TAMANHO
não importa

Obras da autora publicadas pela Editora Record

Avalon High
Avalon High – A coroação: a profecia de Merlin
Cabeça de vento
Sendo Nikki
Como ser popular
Ela foi até o fim
A garota americana
Quase pronta
O garoto da casa ao lado
Garoto encontra garota
Todo garoto tem
Ídolo teen
Pegando fogo!
A rainha da fofoca
A rainha da fofoca em Nova York
A rainha da fofoca: fisgada
Sorte ou azar?
Tamanho 42 não é gorda
Tamanho 44 também não é gorda
Tamanho não importa
Liberte meu coração
Insaciável
Mordida

Série O Diário da Princesa
O diário da princesa
Princesa sob os refletores
Princesa apaixonada
Princesa à espera
Princesa de rosa-shocking
Princesa em treinamento
Princesa na balada
Princesa no limite
Princesa Mia
Princesa para sempre

Lições de princesa
O presente da princesa

Série A Mediadora
A terra das sombras
O arcano nove
Reunião
A hora mais sombria
Assombrado
Crepúsculo

Série As leis de Allie Finkle para meninas
Dia da mudança
A garota nova
Melhores amigas para sempre?

Série Desaparecidos
Quando cai o raio
Codinome Cassandra

Série Abandono
Abandono

Meg Cabot

TAMANHO não importa

Tradução de
ANA BAN

3ª edição

GALERA RECORD
RIO DE JANEIRO • SÃO PAULO
2013

CIP-BRASIL. CATALOGAÇÃO-NA-FONTE
SINDICATO NACIONAL DOS EDITORES DE LIVROS, RJ

Cabot, Meg, 1967-
C116t Tamanho não importa: romance/ Meg Cabot; tradução Ana Ban. –
3ª ed. 3ª ed. – Rio de Janeiro: Galera Record, 2013.

Tradução de: Big boned
Sequência de: Tamanho 44 também não é gorda
ISBN 978-85-01-08273-2

1. Wells, Heather (Personagem fictício) – Ficção. 2. Ficção americana. I. Ban, Ana. II. Título. III. Série.

11-3827 CDD: 813
CDU: 821.111(73)-3

Título original em inglês:
Big Boned

Texto revisado segundo o novo Acordo Ortográfico da Língua Portuguesa.
Design de capa: Izabel Barreto

Direitos exclusivos de publicação em língua portuguesa somente para o Brasil adquiridos pela
EDITORA RECORD LTDA.
Rua Argentina, 171 – Rio de Janeiro, RJ – 20921-380 – Tel.: 2585-2000,
que se reserva a propriedade literária desta tradução.

Impresso no Brasil
ISBN: 978-85-01-08273-2

Atendimento e venda direta ao leitor:
mdireto@record.com.br ou (21) 2585-2002.

Para Benjamin

— Você veio!

É isso que Tad Tocco, meu professor assistente de matemática da recuperação, diz quando eu me aproximo dele naquela manhã em Washington Square Park.

Ele não me beija, porque o nosso relacionamento é totalmente proibido. Professores (principalmente quando são assistentes do departamento de matemática que estão a caminho de uma posição catedrática) não têm permissão para ter romances com alunas.

Nem mesmo com alunas que, como eu, têm praticamente 30 anos, trabalham como diretora assistente em um dos dormitórios da faculdade e, de todo modo, fazem o curso com a possibilidade de ser apenas aprovado ou reprovado, sem nota específica.

— Claro que eu vim — digo, tentando fazer de conta que nunca existiu nenhuma dúvida quanto a isso. Só que, é claro, quando acordei meia hora antes e olhei para o relógio, e vi o ponteiro grande no 12 e o pequeno no seis, a única coisa que tive vontade de fazer foi puxar as cobertas de novo por cima da cabeça e passar mais duas horas e meia em um sono delicioso. Afinal, não é para isso que serve morar a dois quarteirões do lugar em que se trabalha? Para poder dormir até absolutamente o último minuto?

Mas eu tinha prometido.

E agora estou feliz por ter me arrastado para fora do meu edredom aconchegante. Porque Tad está *lindo*. O sol do início da manhã reflete em seu cabelo louro comprido (preso para trás em um rabo de cavalo que é quase mais comprido do que o meu) e também nos pelos dourados das pernas dele.

E dá para ver muitos desses pelos dourados das pernas, graças ao shortinho minúsculo de corrida que ele está usando.

Olá, Deus, Você está aí? Sou eu, a Heather. Eu só queria agradecer. Obrigada pelo sol que brilha e pelo ar limpo e fresco e pelas lindas flores da primavera que estão desabrochando.

Obrigada também pelos professores assistentes de matemática que usam shortinho minúsculo de corrida. Essas coisas realmente fazem valer a pena acordar duas horas e meia antes do horário em que preciso acordar. Se eu fizesse ideia de que era assim, teria começado a acordar cedo muito antes.

Bom, talvez.

— Então, acho melhor irmos devagar — Tad me informa. Ele está fazendo alongamento em um banco da praça. Os músculos da coxa dele são delgados e duros, sem nem um grama de gordura. Mesmo quando estão relaxadas, as coxas do Tad são firmes como pedra. Eu sei disso porque já senti. Apesar de sermos proibidos pela nossa empregadora mútua, a Faculdade de Nova York, de ter relacionamentos românticos com os alunos, Tad e eu estamos nos encontrando escondidos, pelas costas de todo mundo.

Afinal, quando você está com vinte e tantos anos, quase trinta, e está fazendo um curso de recuperação de matemática com a possibilidade de ser apenas aprovado ou reprovado, sem nota específica, só para poder fazer outras aulas depois, quem se importa?

Além do mais, faz praticamente uma eternidade que eu estou na seca. O que eu devia fazer? Esperar até maio, quando o meu curso terminar, antes de pular em cima dele? Até parece. Como se isso fosse possível.

Principalmente levando em conta o que é pular em cima do Tad. Quero dizer, o corpo do cara é ótimo, em parte devido ao estilo de vida atlético (ele corre, nada no complexo esportivo e faz parte de um time de frisbee de arrasar) e em parte devido ao fato de que ele se alimenta de maneira extremamente saudável.

Isso se você considera não comer carne uma coisa saudável, algo de que ainda não estou totalmente convencida de que seja.

Quando estou relaxada, minhas coxas ficam todas molengas. Isso se deve em parte ao fato de que eu não corro, não nado nem jogo frisbee de jeito nenhum, e também devido ao fato de que eu como qualquer coisa que tenha calda de chocolate ou ketchup por cima. Ou até se for sem nada, como é o caso das rosquinhas Krispy Kreme (que o Tad também come, porque são fritas em óleo vegetal, não em banha animal. Mas já reparei que quando Tad come rosquinhas, ele só saboreia uma e já parece satisfeito enquanto eu preciso comer a caixa inteira, porque não consigo parar de pensar nas rosquinhas até saber que não sobrou nenhuma. O que acontece comigo?).

Espera. Por que eu estou pensando em rosquinhas Krispy Kreme? A gente deveria estar fazendo exercício.

— Você quer fazer alongamento? — Tad pergunta para mim enquanto pressiona o calcanhar contra a bunda. Eu sei que a bunda do Tad é dura como pedra também, igual às coxas. A minha bunda, por outro lado, é ainda mais molenga do que as minhas coxas. Mas é bem grande, de modo que para mim é fácil encostar o calcanhar na bunda. Isso não é exatamente se alongar.

— Claro — respondo.

Enquanto me alongo, reparo que todos os corredores na praça estão de short, igual ao Tad. Eu sou a única de legging. Ou, devo dizer, calça de ioga. Porque não tem como eu vestir uma legging. Vamos encarar: eu não sou nenhuma Mischa Barton.

Foi por isso que fiquei tão feliz quando encontrei uma calça de ioga com modelo quase boca de sino. É isso que estou usando em vez de legging ou short de corrida. Espero que a boca de sino me dê um pouco de equilíbrio, para eu não ficar parecendo um joão-bobo.

— Certo — diz Tad, sorrindo para mim. Ele está usando os óculos de aro dourado dele, que o deixam com a maior cara de professor. Eu adoro esses óculos porque, na verdade, não dá para ver muito bem que por trás daquelas lentes estão os olhos azuis mais lindos de todos os tempos. Até que ele os tire. E ele só faz isso na hora de dormir. — Cada volta dá uns 400 metros. Para dar 5 quilômetros, eu costumo dar umas 12 voltas. Tranquilo por você? Vamos com muita calma, bem devagar, já que esse é o seu primeiro dia.

— Ah — digo. — Não se preocupe comigo. Vá no seu ritmo. Eu te alcanço.

As sobrancelhas douradas do Tad se apertam.

— Heather. Tem certeza?

— Claro que sim — respondo com uma risada. — Eu vou ficar bem. É só uma corridinha de manhã.

— Heather — diz Tad, ainda com uma cara de preocupação. — Não tente menosprezar isso como se não fosse nada de mais. Eu sei que este é um grande passo para você e estou muito orgulhoso, mesmo, só pelo fato de você ter vindo. A verdade é que eu me preocupo com você, e a sua saúde física é realmente muito importante. E o treinamento para corrida é uma coisa muito séria. Se você fizer do jeito errado, pode acabar se machucando feio.

Atletas! Eles são mesmo muito esquisitos. Corridinha da manhã, treinamento para corrida. Quem se importa? De qualquer jeito que se chame, para mim parece uma sentença de morte.

Espera... eu pensei mesmo isso? Não era minha intenção. Não, de verdade. Isso aqui vai ser divertido. Eu vou entrar em forma. Porque, como Tad vive me dizendo, eu não sou gorda. Só preciso tonificar um pouco os músculos.

— Pode ir na frente — digo a ele, com um sorriso. — Eu vou estar logo atrás de você.

Tad dá de ombros, lança uma piscadela de despedida para mim (acho que ele sabe tão bem quanto eu que vai me deixar comendo poeira) e se afasta.

É. Não vai ter como eu acompanhar. Mas tudo bem. Eu simplesmente vou no meu próprio ritmo. Com calma e bem devagar. Pronto, está vendo? Estou conseguindo. Estou correndo! Ei, dá só uma olhada em mim! Estou correndo! Estou...

Certo, tudo bem, já chega disso. Ufa. A gente pode ficar sem ar fazendo uma coisa dessas. E, falando sério, é o meu primeiro dia. Não quero exagerar.

Além do mais, acho que senti alguma coisa se soltar aqui dentro. Não estou tentando ser dramática nem nada, mas acho que foi o meu útero. É sério. Acho que o meu útero se soltou.

Será que isso é possível? Quero dizer, será que o meu útero pode simplesmente escorregar para fora?

Espero que não, sinceramente, porque essa calça de ioga barra legging não é apertada o bastante para segurá-lo. Eu comprei GG em vez de G porque eu achei, sabe como é, que ninguém ia poder ver a minha celulite através do tecido se não fosse superjusta.

Mas agora o meu útero simplesmente vai deslizar pelo meio das minhas pernas e vai ficar parecendo que eu estou com uma carga enorme na calça.

Talvez não tenha sido o meu útero. Talvez tenham sido só os meus ovários. Mas tudo bem, porque eu não tenho mesmo muita certeza se quero ter filhos. Quero dizer, é, talvez pudesse ser legal, mas que tipo de mãe eu seria, de verdade? Se não fosse o irmão ovelha-negra do meu ex-namorado para me deixar morar sem pagar aluguel em um andar do prédio antigo de tijolinhos dele em troca de fazer toda a cobrança e a contabilidade da sua agência de investigação particular, eu provavelmente estaria morando em uma casa em Long Island com mais cinco pessoas neste exato momento. E mal conseguindo chegar ao trabalho antes do meio-dia todos os dias, já que moro a mais ou menos dois minutos a pé do lugar em que trabalho agora, e quase nunca consigo chegar antes das nove.

Como é que eu poderia cuidar de um ser humano vivo que depende totalmente de mim para satisfazer as suas necessidades?

Olha só para a minha cachorra! Eu a deixei em casa ao invés de trazê-la para a praça junto comigo para a corridinha da manhã porque ela ainda estava dormindo e não quis acordar quando eu tentei. Nem quando eu agitei a coleira dela. Que tipo de mãe faria isso? Que tipo de mãe fala "certo, tanto faz" quando os filhos dizem que querem ficar em casa e dormir em vez de ir à escola?

Vou dizer de que tipo. O tipo que a gente vê sendo levada algemada no noticiário noturno e que diz. "Tira essa câmera da minha cara!"

Especificamente, eu.

Mas, falando sério. Eu acordei cedo de verdade. Tão cedo que a minha própria cachorra não expressou interesse em se levantar para se juntar a mim. Isso é muito triste.

Principalmente porque a Lucy não sabe que, em breve, ela vai sofrer o maior choque: desde que Cooper deixou o meu pai (ex-presidiário) se mudar para lá, a Lucy tem vivido como uma rainha, graças à mania que o meu pai tem de preparar jantares gourmet e de levá-la para longas caminhadas por toda a cidade (em troca do quarto e da alimentação grátis, Cooper pediu para o meu pai seguir alguns futuros "ex" das clientes dele. Meu pai achou que ia ficar menos na cara se ele ficasse passeando com um cachorro na frente do Ritz).

Mas agora que o meu pai retomou contato com o antigo sócio dele, Larry, e os dois inventaram alguma coisa supersecreta que vai fazê-los "voltar para o ramo da música", ele vai se mudar... não exatamente para um apartamento de luxo no paraíso, mas para o quarto extra do Larry, em seu apartamento na Park Avenue com a Fifty Seventh Street.

E pode acreditar que eu não estou reclamando. Claro que eu sinto por ver o meu pai sair... era legal chegar em casa, não precisar passear com a cachorra e já ter jantar pronto toda noite.

Mas quantas garotas com quase 30 anos ainda moram com o pai?

Mesmo assim, se a Lucy soubesse como a folga dela está perto de acabar, aposto que ela não se comportaria desse jeito tão blasé em relação a dar um passeio comigo hoje de manhã.

Desculpa: fazer um treino de corrida.

Mas talvez a Lucy é que esteja certa. Quando se passa da parte de ficar só olhando todos os professores assistentes fofos de shortinho atlético, essa coisa de correr é a maior chatice. Acho que eu vou só caminhar. Caminhar é um exercício excelente. Dizem que, se você fizer uma caminhada vigorosa de meia hora todos os dias, não vai engordar, ou qualquer coisa do tipo. Só que isso não é tão bom quanto perder peso. Sabe como é, como você precisa.

Mas é melhor do que nada.

É, caminhar é bom. Claro que tem um monte de gente passando a toda velocidade por mim. Gente do esporte. É óbvio que o útero dessas mulheres não vai cair. Como é que elas conseguem ficar com eles no lugar? Qual é o segredo?

— Heather?

Nossa. É o Tad.

— Tudo bem aí?

Ele está correndo ao meu lado, quase sem sair do lugar, por eu estar me movendo muito devagar.

— Está tudo bem! — exclamo. — É só, sabe como é. Estou indo devagar. Como você disse.

— Ah. — Tad parece preocupado. — Então... está tudo bem?

— Está tudo ótimo! — Tirando o meu útero. Ou os meus ovários. Seja lá o que for. Espero que o Tad não pretenda ter filhos. Quero dizer, comigo. A não ser que seja adotando. Porque eu acho que todo o meu equipamento caiu ali atrás, perto do cercado de cachorros.

— Hum — Tad diz. — Certo. Bem...

— Pode continuar — digo, toda alegre. Porque eu estou tomando muito cuidado para não deixar Tad ver a minha verdadeira personalidade matutina. Afinal, ele não está pronto para isso. Ainda. — Está tudo bem aqui.

— Certo — Tad diz mais uma vez. — A gente se vê logo.

Ele sai de novo, lépido e dourado como uma gazela, com o rabo de cavalo subindo e descendo atrás dele. Olhe só para ele. *Esse é o meu namorado*, tenho vontade de dizer para a tamanho PPP que passa toda saltitante do meu lado com seu shortinho minúsculo de corrida e 17 tops de alcinha.

(Falando sério, qual é o objetivo do visual de usar vários deles ao mesmo tempo? E dá para ver que um dos tops de alcinha é um sutiã de suporte atlético, e disso, convenhamos, ela não precisa, já que na verdade não tem peito algum. Enquanto isso eu quase sofri uma lesão ocular ali atrás, quando tentei correr alguns passos.) *É isso aí. Meu namorado. Ele é gostoso, não é?*

Ah, olha só. Consegui dar a volta toda na praça! Uma vez. Tudo bem que eu caminhei a maior parte do trajeto, mas, mesmo assim... só faltam mais 11 vezes! É, essa coisa de 5 quilômetros vai ser moleza. Mas, bem, também queria saber por que Tad quer tanto que eu faça 5 quilômetros com ele. Não pode ser só porque ele se preocupa comigo e quer que eu seja saudável, pode? Porque eu acabei de fazer um exame geral no centro de saúde e está tudo ótimo comigo. Estou um pouco acima do peso de acordo com o meu IMC, mas quem disse que o IMC é um indicador preciso da saúde?

Só o governo dos Estados Unidos.

Bem, acho que um casal que corre junto fica junto...

Só que não fica, porque ele está cinco voltas na minha frente.

Ou melhor, seis.

Como foi que eu o deixei me convencer a fazer isso? Ah, espere, eu sei como... simplesmente quero que ele goste de mim. E como ele é uma pessoa em forma, preocupada com a saúde, eu quero que ele pense que eu também sou assim. É surpreendente ver o tanto de tempo que eu já consegui ficar com ele... quase três meses. Faz 12 semanas que o cara e eu estamos saindo, e ele continua achando que eu sou o tipo de mulher que corre 5 quilômetros de manhã por pura diversão, e não o tipo de mulher que toma banho de banheira em vez de usar o chuveiro porque tem preguiça de ficar em pé o tempo que leva para lavar o cabelo.

Isso, sem dúvida, deve-se ao fato de ele tirar os óculos antes de nós irmos para a cama.

Cooper tentou me avisar, é claro, com seu jeitinho sempre muito sutil. Ele encontrou com a gente um dia em que Tad e eu estávamos almoçando no Zen Palate. Eu nunca levei Tad para casa porque... bem, Cooper nunca leva as amiguinhas dele para casa. E eu tenho bastante certeza de que ele tem algumas, porque às vezes há mensagens na secretária eletrônica que não podem ser explicadas de outra maneira... uma voz de mulher, ronronando, toda sensual: *Coop, é a Kendra. Liga para mim.* Esse tipo de coisa.

Mas eu não tive como evitar apresentar os dois no Zen Palate, que Tad frequenta por ser vegan, e que Cooper frequenta porque... bom, para dizer a verdade, não faço a menor ideia do que Cooper foi fazer lá naquele dia.

Mas, bom, mais tarde, eu não consegui resistir e perguntei ao Cooper o que ele tinha achado do Tad. Acho que tinha uma parte de mim totalmente esperançosa de que, agora que o Cooper tinha me visto toda feliz com um gostosão que joga frisbee superbem, ele iria se arrepender de ter dito que eu precisava de um cara para me ajudar a me recuperar de um relacionamento ruim, e que ele não queria ser esse cara.

Mas a única coisa que o Cooper perguntou foi como é que nós podíamos ter alguma coisa em comum, levando em conta que Tad era vegan.

Achei isso meio insultante. Quero dizer, há outras coisas que são importantes para mim além de comida.

E, tudo bem, na verdade Tad não se interessa por nenhuma delas. Tipo, ele gosta mais de plano cartesiano, e eu estou mais para Cartoon Network. Ele gosta do Neil Young, e eu gosto do Neil Diamond (como figura irônica da cultura pop, não para escutar. Tirando "Brother Love's Traveling Salvation Show", e só quando eu estou sozinha). Eu gosto de filmes que tenham explosões. Ele gosta de filmes que tenham legendas.

Esse tipo de coisa.

Mas, ainda assim. Quem é que anda por aí *perguntando* para os outros esse tipo de coisa? O que os dois têm em comum enquanto casal? Não é a maior *grosseria*? Eu fiquei com vontade de perguntar ao Cooper o que ele achava que *NÓS*, quer dizer, ele e eu, tínhamos em comum enquanto casal... até eu me lembrar de que nós não formávamos um casal.

O mais assustador é que o Cooper e eu temos *toneladas* de coisas em comum... nós dois gostamos de boa comida (como por exemplo os cachorros-quentes do Nathan, ostras frescas na concha aberta e pato à Pequim, só para citar algumas), e boa música (como por exemplo blues, todo tipo de jazz menos fusion, clássica, ópera, R&B, qualquer tipo de rock menos heavy metal, apesar de eu ter um fraco secreto pelo Aerosmith), e bons vinhos (bom, tudo bem, eu não sei dizer muito bem qual é a diferença entre um bom vinho e um ruim, mas eu sei que o bom não tem gosto de molho de salada nem me dá dor de cabeça).

E, é claro, de programas horríveis de TV. E eu só descobri que o Cooper também gostava disso há pouco tempo. Me deparei com ele em um momento em que ele obviamente acreditava estar sozinho em casa. Ele pegou o controle remoto todo apressado, tentando mudar para a CNN antes que eu pudesse ver. Mas eu vi. Ah, eu vi.

— Que vergonha, Cooper. — Foi o que eu disse... mas ao mesmo tempo, pensei comigo mesma que aquilo era de mais. — *Supergatas*?

— Cala a boca — ele respondeu, afável.

— Falando sério — eu disse. Afinal, quem não adora *Supergatas*? Bom, só Tad que não, porque ele não tem TV (eu sei, eu *sei*, ok?). — Qual é a sua preferida?

Ele só olhou para mim como se eu fosse louca. Mas não pela razão que eu tinha pensado. Mas porque ele sabia exatamente do que eu estava falando.

— A Dorothy, é claro.

O meu coração quase parou.

— Ela também é a minha — eu murmurei. E daí me sentei no sofá ao lado dele para assistir.

Cooper e eu temos *muito* em comum... até o fato de que nós dois não somos capazes de ver qualquer injustiça social que não seja punida (ou um crime que não seja desvendado), até mesmo suando é preciso arriscar a própria vida para conseguir consertar as coisas. Isso sem mencionar que nós dois temos um certo distanciamento emocional de nossas família.

Mas isso não significa que eu não esteja totalmente interessada no Tad. Eu *estou*.

Só que talvez eu não me interesse em correr com ele.

E foi por isso que, quando Tad me passou pela oitava vez, e desacelerou para perguntar se estava tudo bem comigo, eu de repente comecei a mancar.

— Hum — respondi. — Talvez eu tenha torcido alguma coisa. Se for tudo bem para você, eu estava pensando em talvez parar por aqui e ir até a sua casa para tomar um banho. Daí eu te levo para tomar café da manhã. Hoje tem waffles belgas no refeitório.

Isso mostra que não se deve nunca subestimar o apelo de waffles belgas a um professor assistente vegan que joga frisbee superbem. Mesmo que ele esteja tentando fazer a namorada adotar uma boa forma física.

Mas, bem, talvez tenha sido o banho. Tad está convencido de que não é bom para o meio ambiente se duas pessoas desperdiçam água ao tomar banho separadas, quando poderiam estar tomando banho juntas.

Eu nunca tinha sido muito fã do chuveiro, até agora. E ainda tem o fato de que Tad precisa tirar os óculos antes de entrar, de modo que eu não preciso me apertar contra a parede em um esforço para esconder a minha celulite. Bem, essa é uma vantagem extra.

Principalmente quando Tad diz, no momento em que estamos ensaboando o peito um do outro, de um jeito meio tímido:

— Heather. Tem uma coisa que eu estou querendo perguntar a você.

— Ah, é? — É difícil ficar com a voz neutra quando tem um cara massageando as suas partes pudendas com uma esponja. Mesmo que ele na verdade não possa enxergar as partes pudendas devido ao fato de ser extremamente míope.

— É. Você tem, hum, algum plano para o verão?

— Você está falando... de alugar uma casa com mais alguém para o fim de semana ou algo assim? — Será que ele está perguntando se eu quero dividir uma casa na praia com ele? Bem, isso é esquisito. Eu não sou de ir à praia, de jeito nenhum. Porque praia significa maiô, e maiô é igual a canga, que é igual a mal-estar social quando todo mundo começa a perguntar: *Quando é que você vai tirar a canga e se juntar a nós na água?*

— Não — ele responde. — Quero dizer... será que você pode tirar algumas semanas de férias?

— Não sei — respondo devagar. Algumas semanas na praia? Como é que eu vou poder dizer que estou com uma queimadura de sol horrorosa e por isso não posso tirar a canga durante algumas *semanas*? — Eu só tenho mais ou menos uma semana de férias desde que comecei... — Será que ele acreditaria em mim se eu dissesse que era alérgica a areia?

— Vai demorar mais do que uma semana — Tad murmura, e a mão dele vai ainda mais para baixo. — E que tal se você tirasse uma licença? Será que você consegue?

— Acho que eu posso perguntar. — O que está acontecendo aqui? Quero dizer, eu sei o que está acontecendo *aqui embaixo*. Mas o que está acontecendo aqui em cima, na cabeça do meu namorado? Isto aqui parece cada vez menos com dividir uma casa de praia no fim de semana e cada vez mais com... eu nem sei. — De quanto tempo nós estamos falando? No que você está pensando? Uma viagem de carro pelo interior do país?

Tad sorri.

— Não exatamente. E, na verdade... esqueça que eu disse alguma coisa. Vou perguntar quando chegar a hora certa. E nesse momento, a hora com certeza... não... é a certa.

A hora estava perfeitamente certa, se quer saber a minha opinião. Só não era certa para alguma coisa que não fosse... bom. Uma boa diversão bem limpinha.

Mesmo assim, eu não pude deixar de me sentir um pouco aborrecida. Que diabos o Tad queria me perguntar... mas só quando chegasse a hora certa... que exigiria que eu tirasse um bom tempo de folga do trabalho durante o verão?

Hummm... o quê... não...

Não. Com toda a certeza. Não. Isso, não. Não pode ser. Só faz 12 semanas que nós estamos namorando!

Por outro lado... Eu *realmente* saí para correr com ele hoje de manhã. Se isso não for sinal de compromisso, não sei o que é.

Mesmo assim, são as pequenas coisas que mais fazem diferença na vida. De verdade.

Olhando para trás, é engraçado (engraçado do tipo estranho. Não engraçado de dar risada) pensar que no exato momento em que eu estava pensando nisso, o meu chefe estava tomando o primeiro gole do café dele naquela manhã...

E morrendo.

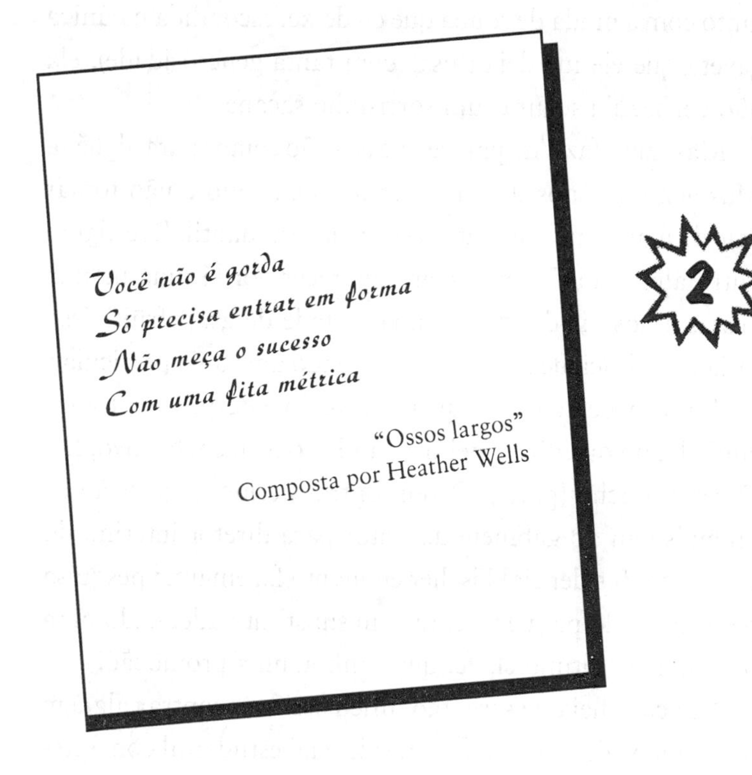

2

Quando me dirijo para a minha sala depois do café da manhã, eu estou me sentindo bem em relação a tudo. Bom, é verdade que o Pete, o segurança, ficou olhando desconfiado para a minha despedida cuidadosamente despreocupada do Tad quando ele saiu do prédio. Eu: "A gente se vê." Tad: "Até mais tarde." Acho que alguns funcionários da Faculdade de Nova York talvez já estejam sabendo sobre nós a essa altura. Magda com certeza sabe; depois de ver que o meu cabelo e o do Tad ainda estavam molhados (preciso me lembrar de comprar um secador de cabelo para deixar na casa dele, junto com a muda de roupa que eu deixei escondida na única gaveta que ele me deixa usar com tanta generosidade), ela não conseguiu segurar um sorrisinho sacana.

Mas tanto faz. Até parece que eles vão contar para alguém. Mas acho que nós devemos ter mais cuidado e não tomar café da manhã no conjunto residencial estudantil. E se algum outro aluno do Tad por acaso aparecer por lá uma manhã dessas e nos vir dividindo uma metade de grapefruit? Isso seria bem difícil de explicar como sendo uma aula particular.

A única pessoa com quem eu realmente preciso tomar cuidado, no que diz respeito ao Tad, é o meu chefe novo, Dr. Owen Broucho (ph.D). Owen foi transferido da posição de ombudsman do gabinete do reitor para diretor interino do Conjunto Residencial Fischer enquanto fazem uma pesquisa pelo país todo para encontrar um substituto adequado para o Tom, meu último chefe, que ganhou uma promoção.

Nunca achei que seria tão difícil assim encontrar alguém para cuidar de um conjunto residencial estudantil com setecentos leitos em troca de 30 mil dólares por ano e alojamento gratuito em Greenwich Village, que é um dos lugares com o aluguel mais alto no país.

Mas depois de vários assassinatos no conjunto residencial estudantil em questão, no decurso de meros nove meses, o que valeu ao prédio o apelido de Alojamento da Morte, você ficaria surpreso de ver como há poucos candidatos que expressam disposição para trabalhar aqui.

É uma pena, porque o Conjunto Fischer na verdade é um prédio de arrasar. É um dos maiores em Washington Square Park, e ainda mantém muito da sua grandeza de meados do século XIX, com pisos de mármore e salas de descanso com lareira. Quero dizer, tirando o fato de que a maior parte dos quartos foi convertida para duplos-triplos (dois quartos unidos por um banheiro, com três residentes em cada quarto, somando o total de seis alunos para compartilhar um banheiro) e de que outro dia eu achei dejetos humanos (de variedade escatológica) em uma das cabines de mogno entalhado do saguão de entrada.

Não consigo imaginar como é possível que todas as pessoas com diploma de pós-graduação no país não estejam loucas atrás desse cargo.

De qualquer forma, enquanto não encontram ninguém, vamos ter que ficar com Owen, que é totalmente legal e tudo mais, mas é superantiquado. Tipo, ele veste *terno* para trabalhar todo dia. Em um lugar onde as pessoas fazem cocô em cabines telefônicas. Vai entender.

E ele é severo demais em relação ao cumprimento das diretrizes da faculdade para cada coisinha. Tipo, ele realmente veio me dar bronca quando acabou o papel da máquina de fotocópia e eu mandei a nossa assistente de pós-graduação, a Sarah, até o escritório da administração do refeitório para pegar um pouco emprestado. Owen ficou todo assim:

— Heather, espero que você não transforme em hábito o fato de tomar suprimentos emprestados de outros escritórios. Parte da sua função é garantir que o seu escritório tenha sempre um estoque adequado de suprimentos que precisamos.

Hum. Certo.

Além do mais, Owen está envolvido demais no atual burburinho do campus, que tem a ver com o fato de os alunos-funcionários de pós-graduação estarem organizando um sindicato para protestar contra cortes nos pacotes de salário e de seguro-saúde deles. Ele supostamente deveria ser a ligação entre os alunos e o gabinete do reitor; e isso significa basicamente que, durante metade do tempo que passa na sala dele no conjunto residencial, ele fica discutindo a política da faculdade com alunos nervosos de pós-graduação que nem moram aqui.

Então, dá para ver por que eu tomo um cuidado extra em manter a minha relação com o Tad na surdina, já que Owen está por perto.

E isso é uma pena, porque Tad realmente me ajudou a ser uma funcionária melhor. Agora, além de cometer menos erros de matemática quando estou calculando a folha de pagamentos, eu também sempre chego alguns minutos adiantada para trabalhar depois de passar a noite na casa do Tad. Isso porque a quitinete subsidiada pela faculdade dele fica um quarteirão mais perto do Conjunto Fischer do que o prédio de tijolinhos do Cooper. A minha melhor amiga Patty quer saber como eu consegui me envolver com o único homem que mora mais perto do meu local de trabalho do que eu, e que importância esse fato tem em relação à minha decisão de buscar um relacionamento romântico com ele.

A minha melhor amiga Patty realmente é cética demais para uma jovem mãe em um casamento feliz.

Na manhã da minha primeira sessão de treinamento (e possível prelúdio para um pedido de casamento) com Tad, eu realmente consegui chegar ao escritório da diretoria do conjunto residencial antes do Owen, e isso é um feito e tanto. Eu tinha começado a me perguntar se o meu chefe interino *mora* na sala dele, já que, aparentemente, ele nunca sai de lá.

E eu não sou a única que ficou surpresa em encontrar a porta da sala dele ainda fechada e trancada naquela manhã. Uma residente, que eu conheço como Jamie Price, que foi transferida no segundo semestre do ano letivo, loura, de ombros largos e olhos azuis, desgruda-se do sofá de design institucional que fica na frente da minha sala com uma expressão ansiosa.

— Oi? — Jamie é uma dessas meninas que termina quase tudo que fala com um ponto de interrogação, mesmo que não seja uma pergunta. — Eu tinha uma reunião marcada? Com o Dr. Broucho? Para as oito e meia? Mas ele não está aqui? Eu bati na porta?

— Ele só deve estar um pouco atrasado — digo e tiro as chaves do bolso da minha mochila. Sempre carrego mochila e não bolsa porque mochilas têm espaço suficiente para toda a minha maquiagem, equipamento de cuidados com o cabelo, mudas extras de calcinha e sutiã etc., e isso nunca foi tão útil quanto agora que eu divido o meu tempo entre o meu apartamento e o do meu professor de recuperação de matemática. Eu só preciso me lembrar de comprar um secador de cabelo de viagem. Eu já dominei mais ou menos essa coisa de viver sem endereço fixo. Bem, é o mínimo que eu podia fazer, levando em conta todos os anos que eu passei na estrada, vivendo com uma mala e a minha mãe, com a coisa das turnês de shopping center de uma cantora adolescente que era uma estrela-sensação da música pop (nenhum palco era pequeno demais para Heather Wells!), lentamente abrindo caminho para lugares maiores, como feiras estaduais. Até que eu alcancei o auge do sucesso, abrindo para a boy band Easy Street, onde conheci o amor da minha vida, Jordan Cartwright, cujo pai me ofereceu o megacontrato de gravação que transformou Heather Wells em um nome presente em todos os lares norte-americanos...

...durante mais ou menos cinco minutos, antes de decidir que eu queria ter voz própria e escrever minhas próprias músicas em vez de cantar a porcaria melosa que me davam, e o pai do Jordan finalmente me dispensou...

...e a minha mãe fugiu para a Argentina com o meu empresário e todo o meu dinheiro.

Mas esse não é o tipo de coisa em que eu gosto de pensar antes das nove da manhã. Aliás, não gosto de pensar nisso nunca.

— Tenho certeza de que ele vai chegar a qualquer minuto — digo a Jamie.

Diferentemente da pessoa que vai ser contratada para substituí-lo, Owen não mora no prédio. O apartamento do diretor do Conjunto Fischer está vazio desde que o antigo diretor, Tom, saiu de lá no mês passado, depois de ser transferido para um apartamento mais legal no prédio das fraternidades. O Conjunto Waverly, do outro lado da praça, é onde ele no momento se aninha com seu novo namorado, com quem divide a casa, o técnico de basquete. Owen tem um apartamento subsidiado pela faculdade, igual ao Tad, mas em um prédio muito melhor, no lado norte de Washington Square Park.

— Certo — Jamie diz e me segue (depois de eu destrancar a porta) até a sala da frente, que divido com a Sarah e 15 assistentes dos residentes, alunos que, em troca de um quarto e alimentação grátis, supervisionam, cada um, um andar do prédio e funcionam como conselheiros, confidentes e polícia antinarcóticos para cerca de 45 outros alunos. Minha mesa fica no canto mais distante da porta, onde posso me sentar de costas para a parede e ficar de olho na máquina de fotocópia.

Ela recebe tanta violência diária que eu devia receber hora extra como técnica de conserto de máquina de fotocópia, de tanto tempo que passo arrumando a coitada.

A porta da sala do diretor do conjunto residencial (separada da sala da frente por uma parede feita de gesso no primeiro metro e meio e depois por uma grade de metal que sobe até o teto) está fechada

Só que, através da grade, eu sinto cheiro de café. E sinto outro cheiro que não consigo identificar muito bem. E ouço barulhos da rua (um carro buzinando, passos na calçada) que vêm do lado de fora da sala do diretor, que (diferentemente da sala da frente) tem janelas que dão para uma rua lateral de Washington Square.

Baseada nesses indícios, parto do princípio de que Owen está na sala, tomando café com uma das janelas abertas. Mas a porta está fechada provavelmente porque ele quer privacidade. Acreditando que seja para ele poder ver pornografia na internet em paz.

Mas a verdade é que Owen nunca me pareceu do tipo que gosta de ver pornografia na internet, apesar de ele ser divorciado e de estar na meia-idade, que supostamente são as características básicas de quem gosta de ver pornografia na internet... bem, tirando garotos de 14 anos.

— Owen — digo e bato na porta. — A aluna que marcou reunião com você às oito e meia, Jamie, está aqui.

Jamie, parada ao lado da minha mesa com seu twin-set azul-bebê e jeans diz, através da grade:

— Hã, oi, Dr. Broucho?

O Dr. Broucho não responde. E isso é muito esquisito. Porque eu sei que ele está lá dentro.

É aí que eu começo a ficar arrepiada. E a verdade é que eu já trabalho há tempo suficiente no Conjunto Residencial Fischer para saber que, quando você fica arrepiada, provavelmente não é à toa.

— Jamie — digo, tentando não deixar transparecer na minha voz o pavor crescente que sinto. — Vá até a recepção e peça ao Pete, o segurança, para vir até aqui por um minuto, pode ser?

Jamie, com uma cara de quem não está entendendo nada, mas sem parar de sorrir, responde:

— Tudo bem.

E sai na direção do saguão de entrada.

Assim que ela sai, eu pego a minha chave da sala do diretor coloco na fechadura e abro a porta.

E vejo por que ele não respondeu quando eu bati.

Volto a fechar a porta bem rapidinho, tiro a chave e me afundo na cadeira mais próxima (a que fica do lado da mesa da Sarah).

Daí, enfio a cabeça entre os joelhos.

Estou examinando a parte de cima do meu tênis quando Pete e Jamie voltam, Pete arfando um pouco, porque tem o mesmo problema que eu em recusar as barras de chocolate Dove que Magda nos oferece de graça.

— O que foi? — Pete quer saber. — Qual é o problema? Por que você está abaixada deste jeito?

— Estou com cólica — digo para os meus cadarços. — Jamie, vamos precisar remarcar a sua reunião para outro dia, certo?

Ergo os olhos dos sapatos e vejo que Jamie parece confusa.

— Está tudo bem? — ela quer saber.

— Hum — respondo. O que eu vou dizer? *Claro, está tudo ótimo*? Porque não está tudo ótimo coisa nenhuma. E ela vai descobrir isso... e vai ser bem rápido. — Não exatamente. A gente liga para você depois para remarcar, certo?

— Certo — Jamie responde, agora parecendo mais preocupada do que confusa. — Eu...

Mas algo no meu rosto (talvez a sensação de enjoo que estou tentando segurar? *Por que* eu fui comer o segundo waffle?) a detém, e ela dá meia-volta a sai da sala.

— Feche a porta — eu digo a Pete, que o faz.

— Heather — diz ele. — O que está acontecendo? Qual é o problema? Você está passando mal? Quer que eu chame a enfermeira de plantão?

— Eu não estou passando mal — eu digo e estendo as chaves para ele, sem afastar a cabeça de perto do chão (espero que, assim, eu consiga segurar a sensação de enjoo). — Mas Owen está. Bom, ele não está exatamente passando mal, ele está... morto. É melhor ligar para a emergência. Eu ligaria, mas... não estou me sentindo muito bem nesse momento.

— Morto? — Não consigo enxergar o rosto dele, mas tenho uma boa visão dos sapatos (pretos e bem fortes, com ponteira de aço reforçada para quando residentes teimosos, ou suas visitas, tentam resistir fisicamente a ser dissuadidos de fazer a idiotice qualquer que estejam fazendo no momento). — Como assim, morto?

— Morto, mortinho — digo. — Tipo, morto.

— Por que você não disse antes? — Pete fica xingando baixinho e pega as chaves. Dá para ouvir quando ele fica mexendo nas chaves para ver qual é a certa, mas eu não me arrisco a erguer os olhos para ajudar. Porque as coisas ainda estão nadando de um lado para o outro ao sul da minha garganta.

Além do mais, eram waffles com pedacinhos de chocolate. Isto está tão errado: por que eu nunca consigo fazer um café da manhã saudável? O que há de tão errado com torrada de pão integral, meio grapefruit e uma omelete de clara de ovo? Por que eu sempre preciso pegar o chantili? *Por quê?*

— Por que você não tentou fazer alguma coisa por ele? — Pete quer saber, ainda tentando encontrar a chave certa. — Prestar primeiros socorros ou algo do tipo?

— Primeiros socorros não vão ajudar — respondo para os meus sapatos. — Tendo em vista que ele está morto.

— Desde quando você é formada em medicina? — Pete quer saber. E ele finalmente acha a chave certa e depois usa o ombro para abrir a porta, com muito mais força do que o necessário.

Daí ele fica paralisado.

Eu sei que ele fica paralisado porque continuo olhando para os pés dele.

— Ah — diz ele, baixinho.

— Abaixe as persianas — digo para o chão.

— O quê? — A voz do Pete está estranha.

— As persianas da janela — digo. — Qualquer pessoa que passar pela calçada pode olhar para dentro e ver. Estou surpresa por ninguém ter visto ainda. — Por outro lado, estamos em Nova York. Em Nova York, uma cidade muito, muito ocupada, cheia de nova-iorquinos muito, muito ocupados. — Abaixe as persianas. — Percebo que estou começando a me sentir melhor. Não bem o suficiente para olhar para dentro da sala onde Pete está. Mas bem o suficiente para me sentar ereta e pegar o telefone. — Eu vou ligar para a emergência. Você abaixa as persianas.

— Certo. — A voz de Pete ainda está estranha. Talvez seja porque ele está xingando sem parar e com muita criatividade, por entre os dentes. Ouço quando as persianas deslizam para baixo.

Mas eu continuo sem olhar para trás. Aperto o telefone contra a minha orelha e pressiono com força os números da emergência. Disco 9 primeiro para pegar a linha.

Enquanto estou fazendo isso, uma chave é inserida na fechadura da sala da frente (que se tranca automaticamente quando é fechada) e, um segundo depois, Sarah, nossa aluna assistente de pós-graduação (ou, acho, para ser mais correta, a *minha* aluna assistente de pós-graduação, já que não existe mais *nós*), entra e fica surpresa de me ver sentada à mesa dela.

— Ei — diz ela. — O que está acontecendo? Por que Pete está aqui? Cadê...

— Não! — Pete e eu gritamos ao mesmo tempo quando Sarah dá um passo na direção da porta aberta da sala do Dr. Broucho.

É nesse exato momento que a atendente da emergência diz na minha orelha:

— Você ligou para o telefone de emergências. Em que posso ajudar?

— Qual é o problema? — Sarah quer saber, porque Pete estendeu as mãos e está caminhando na direção dela, bloqueando sua tentativa de entrar na sala do Dr. Broucho. — O que foi? Eu quero ver. Eu quero ver!

— Alô? — guincha a operadora do telefone de emergência na minha orelha.

— Sim, alô — digo. — Preciso da polícia no Conjunto Residencial Fischer, na Washington Square West.

Dou a eles o endereço, apesar de não ser muito necessário. A esta altura, todos os operadores de telefone de emergência de Manhattan já sabem onde fica o Alojamento da Morte.

— Vá e se sente ali na mesa da Heather — diz Pete a Sarah e fecha a porta da sala do Dr. Broucho atrás de si.

— Por quê? — Sarah exige saber. — O que está acontecendo lá dentro? Por que você não quer que eu veja? Isto não é justo. Eu...

— Qual é o seu problema? — Pete quer saber. — Eu mandei você se sentar, vai se sentar!

— Você não pode ficar mandando em mim! — grita Sarah. — Eu não sou uma simples aluna, sabia?! Eu sou funcionária desta faculdade, igual a você. Eu tenho tanto direito de saber o que está acontecendo quanto qualquer outro funcionário desta faculdade. Estou cansada de ser tratada...

— Qual é a natureza da emergência, senhora? — a operadora do telefone de emergência quer saber.

— Hum — respondo. Mal consigo escutar meus próprios pensamentos com as reclamações da Sarah.

— ...como uma cidadã de segunda classe na administração do reitor Allington — ela prossegue. — Nós estamos organizando um sindicato, e nenhuma das decisões retrógradas da diretoria responsável pela administração dos funcionários vai nos negar o direito de fazer isto!

— Senhora? — pergunta a operadora. — Tem alguém aí?

— Tem sim — respondo. — Desculpa.

— E qual é a natureza da sua emergência?

— Hum — digo mais uma vez. — A natureza da minha emergência é que alguém deu um tiro na cabeça do meu chefe.

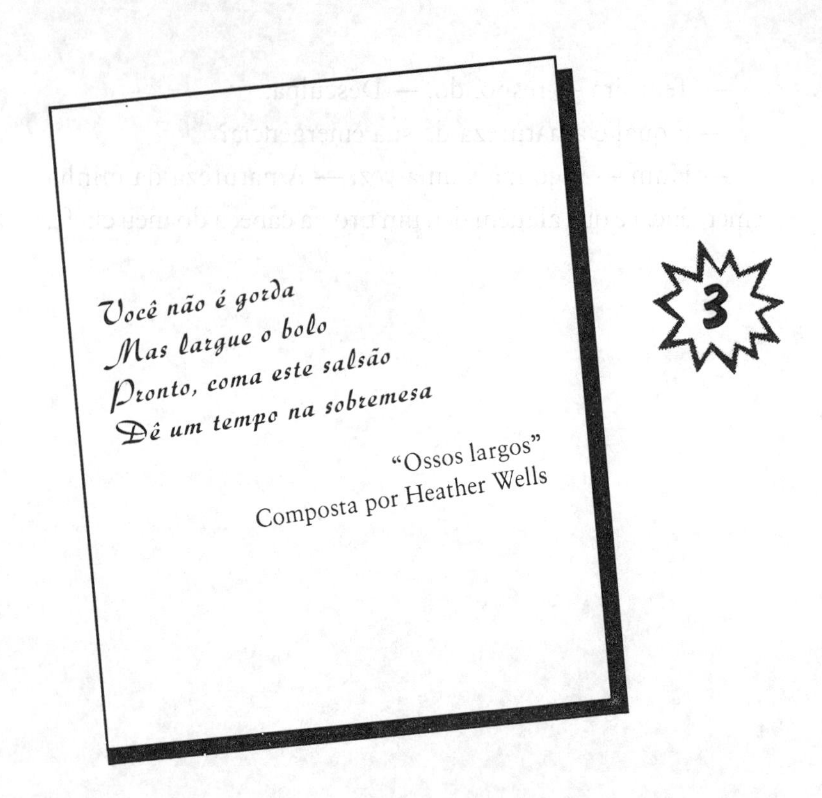

Certo, eu confesso. Nunca fui a maior fã do Owen.

Bom, mas e daí? Ele só foi designado para o Conjunto Residencial Fischer para controlar o prejuízo. É isso que um ombudsman faz. Até parece que ele *queria* estar aqui. O gabinete do reitor o jogou de paraquedas na sala do diretor para que ele tentasse fazer o possível com a confusão do "Alojamento da Morte".

Mas, também, Owen nem se concentrava nisso totalmente, já que ele vivia distraído com a coisa da sindicalização dos alunos de pós-graduação.

E, ainda assim, encontrava tempo para chamar a minha atenção porque eu estava pegando material de escritório emprestado com o refeitório.

Certo, eu sei que é mesquinharia reclamar, já que o cara está morto.

Mas pelo menos, diferentemente de Sarah, eu me contive e não disse que ele merecia levar um tiro.

Claro que Sarah não tinha visto a maneira como a bala tinha atravessado o crânio de Owen e saído do outro lado, deixando um buraco preto (rodeado de respingos de sangue) no meio do calendário mensal dele do Garfield (Garfield: um gato que usa óculos escuros e gosta de comer lasanha).

Os danos exatos ao crânio de Owen foram surpreendentemente mínimos. A bala tinha entrado pela parte de trás da cabeça dele, através da janela (eu tinha escutado o barulho da rua porque a janela estava aberta, não porque alguém tivesse atirado através do vidro) e saído pela frente. Acho que Owen quis aproveitar a manhã gostosa de primavera.

Ele nem tinha caído da cadeira, estava sentado bem ereto, com o café intocado (mas obviamente frio) à sua frente. Só a cabeça pendia, como se ele estivesse tirando uma soneca. Claramente, a morte o pegara desprevenido e, por misericórdia, tinha sido rápida.

Mas mesmo assim. Tenho bastante certeza de que ele não merecia partir dessa forma. Aliás, nem merecia partir.

— Bem, sei lá — diz Sarah quando faço esse comentário. Estamos em um depósito vazio que fica no mesmo corredor que a nossa sala, que foi isolada como cena de crime pela polícia.

Esse depósito costumava ser usado pela união estudantil como escritório administrativo, até que, depois de meses de reclamação, nós oferecemos um novo no andar de cima para eles (que não se localizava exatamente em frente a sala de administração do refeitório como esse e que por isso fede a cigarro, já que o responsável pelo refeitório fuma escondido), supostamente deveria ser usado para guardar cadeiras velhas quebradas do saguão de entrada e caixas entregues por engano para a Associação Norte-Americana do Amor entre Homens e Meninos, que tem sua sede na mesma rua, e cuja correspondência eu sempre (sem querer) esqueço de encaminhar.

Por alguma razão, no entanto, tem um computador pequeno instalado no depósito, junto com várias cadeiras não quebradas, um saco de dormir e uma máquina de café que parece estar funcionando muito bem com algumas xícaras espalhadas ao redor. Acho que o pessoal da faxina ou da manutenção do prédio está usando o espaço como sala de descanso não oficial. Ainda bem que Owen está morto porque, se ele descobrisse isso, uma ou duas veias iam estourar na cabeça dele, de nervoso, com certeza.

— Você precisa reconhecer — diz Sarah, como se estivesse lendo a minha mente. — Ele era meio imbecil.

— Mas tão imbecil a ponto de ter que levar um tiro? — pergunto. — Acho que não.

— E aquela coisa toda do papel? — pergunta Sarah.

— Ele não queria que eu pegasse papel emprestado de outro departamento! — grito. — Isso faz parte das funções de um chefe!

— Você não precisa berrar — diz Sarah. — E é bem a sua cara mesmo não enxergar como o Broucho, com as implicâncias mesquinhas e burocráticas dele, estava olhando só para os detalhes, em vez de prestar atenção no quadro mais amplo que precisa ser resolvido... como por exemplo o pouco-caso da faculdade em relação às necessidades humanas básicas dos funcionários que trabalham com mais empenho.

— Não sei se eu me classificaria como uma das funcionárias que trabalham com mais empenho na Faculdade de Nova York — respondo, com modéstia. Quero dizer, eu tecnicamente não recebo refeições grátis como parte do meu pacote de benefícios. Eu simplesmente vou lá e roubo...

— Não estou falando de você! — Sarah explode. — Estou falando de assistentes de professores, de pesquisa e de pós-graduação como eu, a quem a administração negligente nega o seguro-saúde pago pelo empregador, proteção de carga horária, benefícios de creche, assistência funerária e outros direitos trabalhistas!

— Ah — digo. Não posso deixar de notar que a mesa onde estou sentada (a que tem o computador em cima) é muito bagunçada, cheia de recados rabiscados em Post-its, migalhas de comida não identificadas e marcas redondas de xícara. Não me lembro de o governo estudantil ter deixado o lugar assim tão bagunçado quando se mudou daqui, mas talvez tenha deixado. Vou ter que pedir para o pessoal da faxina limpar, senão, com certeza vamos ter ratos. Se Owen tivesse visto esta mesa, sei que ele teria sacudido a cabeça com tristeza. Owen era meio maníaco por organização, fato que pode ser exemplificado pela vez em que ele me perguntou como é que eu conseguia encontrar qualquer coisa na minha mesa, me levando a enfiar tudo em uma gaveta que eu não usava muito.

Problema resolvido.

Talvez Sarah tenha razão. Talvez Owen tenha escolhido se concentrar em besteiras, como mesas bagunçadas, para não precisar prestar atenção às coisas importantes. Coisas do tipo: alguém querendo que ele morresse.

— O fato é que — Sarah prossegue — se o gabinete do reitor continuar impedindo nossa sindicalização, ou que não nos forneça espaço para reunião e não assine nosso atual contrato, nós vamos fazer uma greve. E outros sindicatos não vão querer atravessar nossos piquetes, e isso significa que, no campus todo, não vai haver serviço de manutenção nem de limpeza; nada de coleta de lixo; e nenhum serviço de proteção. Vamos ver quanto tempo vai demorar para o reitor Allington perceber a nossa importância quando ele precisar abrir caminho através de sacos de lixo que batem na cintura para conseguir entrar na sala dele.

— Hum — respondo. — Certo.

— E não pense que o Dr. Broucho não estava ciente disso tudo — diz Sarah. — Nós dissemos a ele, na lata, que era isso que iria acontecer se ele não levasse as nossas reivindicações para o gabinete do reitor.

Fico olhando estupefata para ela.

— Que ele iria levar um tiro na cabeça?

Sarah revira os olhos.

— Não. Que a gente ia fazer greve. Dr. Broucho sabia disso. E, no entanto, permitiu que mais um prazo se encerrasse, à meia-noite de ontem. Bom, agora eles vão ter que encarar as consequências de suas ações.

— Espera. Então, você acha que o Dr. Broucho levou um tiro de alguém da sua organização? Por não estar prestando atenção às reivindicações de vocês?

A Sarah solta um gritinho.

— Heather! Claro que não! O CAPG não acredita em violência!

— Ah. — Fico olhando chocada para ela mais um pouco. — Bem — digo finalmente. — Tendo em vista que o ombudsman parece ter sido assassinado hoje de manhã, você acha que consegue fazer com que o, hã...

— Coletivo dos Alunos de Pós-Graduação — ela responde. — Nós nos denominamos como CAPG para encurtar.

— Certo. Sei. Bem, uma vez, já que o cara por meio do qual vocês chegam ao gabinete do reitor está MORTO, quem sabe vocês não se acalmam um dia até a gente descobrir quem fez isso, e por quê?

Sarah balança a cabeça para mim com tristeza e o cabelo comprido roça nos cotovelos. Ela está vestida com o kit básico de praticidade do Coletivo dos Alunos de Pós-Graduação, que consiste em um macacão por cima de collant preto, combinando com coturnos, óculos de aro de metal, nada de maquiagem e cabelo todo frisado.

— Você não percebe, Heather? É isso que eles *querem*. Como é que nós vamos saber se o gabinete do reitor não orquestrou o assassinato do Dr. Broucho por conta própria, para postergar a nossa greve, sabendo, como devem saber, que se nós pararmos as operações do dia a dia vão ficar totalmente emperradas?

— Sarah — digo e ergo a mão para esfregar as têmporas. Posso sentir o início de uma dor de cabeça. — Ninguém do gabinete do reitor atirou no Dr. Broucho. Essa é uma suposição totalmente ridícula.

— Tão ridícula quanto a sua suposição de que um de nós fez isso? — Sarah joga o cabelo. — Esse é só o disfarce deles, sabe? — completa, toda sombria. — Você não percebe? Todo mundo vai desprezar a ideia como sendo ridícula. E é exatamente assim que eles podem conseguir se safar. Mas isso, se foram eles. E não estou dizendo que tenham sido.

— Quem fez o quê? — Um rapaz alto e pálido aparece à porta, com uma bolsa a tiracolo básica pendurada no ombro e dread-locks compridos e malcuidados, a versão masculina do estudante de pós-graduação da Faculdade de Nova York. Eu o reconheço das fotografias no jornal do campus (e da breve apresentação em uma tarde na frente da biblioteca, onde ele e Sarah estavam fazendo piquete) como sendo Sebastian Blumenthal, o líder do Coletivo dos Alunos de Pós-Graduação, ou CAPG.

E, se os meus superpoderes não me enganam, o menino preferido de Sarah.

— E que negócio é esse de polícia no corredor? — ele quer saber. — Alguém deixou algum pedaço de cadáver no elevador de novo?

Fico olhando com ódio para ele. É absurdo como as notícias correm rápido nesse lugar.

— Aquilo foi só uma pegadinha.

— Ei, não fui eu quem não percebeu que era só uma prótese e ligou para a emergência — Sebastian responde. — Então, o que está acontecendo?

— Alguém deu um tiro no Dr. Broucho — Sarah informa, sem nenhuma emoção na voz.

— Sério? — Sebastian joga a bolsa em cima do sofá (apreendido no quarto de um aluno e confiscado, já que mobília que não seja feita com material de retardamento de chama não é permitida nos conjuntos residenciais da Faculdade de Nova York) ao lado dela. — Um tiro na barriga?

— Na cabeça — responde Sarah. — Num estilo de mafioso.

— Legal! — Sebastian parece impressionado. — Eu disse para você que ele tinha conexão com a máfia.

— Pessoal! — exclamo, horrorizada. — O homem está morto! Não tem nada de legal nisso! E é claro que o Dr. Broucho não tinha conexão com a máfia. Do que vocês estão falando? Provavelmente foi só uma bala perdida vinda de algum tiroteio qualquer relacionado a drogas ali na praça.

— Não sei, Heather — Sarah diz, com expressão duvidosa. — Você disse que o tiro entrou direto pela parte de trás da cabeça dele. Balas perdidas não costumam fazer isso. Acho que atiraram nele de propósito, e que foi alguém que o conhecia.

— Ou que foi contratado para matá-lo — Sebastian sugere. — Tipo pelo gabinete do reitor, para invalidar as nossas negociações.

— Era o que eu estava dizendo! — exclama Sarah, deliciada.

— Não é? — Sebastian parece satisfeito consigo mesmo. Satisfeito o suficiente para não se lembrar de que não é personagem de um seriado de ação. Nem negro. — Pode crer. É disso que eu estou falando.

— Certo — eu digo. — Saiam daqui. Os dois. Agora.

Sebastian para de rir.

— Ah, Heather, fala sério. Você precisa reconhecer que o cara era frio. Lembra quando ele brigou com você por causa do papel?

Agora eu fico olhando com ódio para Sarah. Não acredito que ela contou isso para ele.

— Será que *todo mundo* precisa ficar tocando nesse assunto? — eu exijo saber. — E ele não me deu bronca, ele...

— Tanto faz — Sarah interrompe. — Foi Heather quem achou o corpo, Sebastian. É compreensível ela estar abalada. Acho que vou fazer companhia a ela até a polícia vir interrogá-la. Heather tinha uma implicância conhecida com a vítima, por causa da coisa do papel.

— Eu não estou abalada! — exclamo. — Estou bem. E ninguém vai me interrogar. Eu...

— Que merda — Sebastian diz e estica o braço para colocar a mão no meu ombro. — Desculpe. Está tudo bem? Quer que eu pegue alguma coisa no refeitório para você? Um chá quente ou algo assim?

— Aaaah — diz Sarah. — Eu aceito um café. E bolo, se tiver.

— Sarah! — Estou chocada.

— Bem, sei lá, Heather — ela diz e parece aborrecida. — Se ele está oferecendo... Quando o CAPG fizer greve, como vai fazer em breve, nossos programas de refeição provavelmente vão ser retirados. Eu não vou desperdiçar meus poucos dólares se tem alguém oferecendo para me pagar um...

— Heather! — Gavin McGoren, estudante de cinema folgado, aluno de primeiro ano e residente do prédio com uma paixão não correspondida (e infeliz) por mim, aparece à porta do depósito, sem fôlego e arfando. — Ai, meu Deus,

Heather. Você está aqui. Está tudo bem? Eu acabei de saber. Vim o mais rápido que pude...

— McGoren, bem o sujeito que eu queria encontrar — Sebastian diz. — Preciso de alguém para operar os microfones para a manifestação na praça amanhã à noite. Você está a fim?

— Claro, tanto faz — responde Gavin e deixa a mochila cair no chão, mas sem tirar os olhos de mim. — É verdade? Ele foi mesmo vítima de um tiroteio qualquer relacionado a drogas? Eu sabia que era perigoso não mandar fechar com tijolos aquelas janelas ao nível da rua. Você percebe que podia facilmente ter sido você, não é mesmo, Heather?

— Acalme-se, Gavin — Sarah diz. — Ela já está bem apavorada. O que você está tentando fazer? Piorar tudo?

— Ai, meu Deus — eu digo. — Não estou apavorada. Quero dizer, estou. Mas... olhem, a gente precisa mesmo falar sobre isso?

— Claro que não precisamos falar sobre isso, Heather — Sarah diz, com sua voz mais acolhedora. Vira-se para Sebastian e Gavin e diz: — Vocês dois, por favor, deixem a Heather em paz. Encontrar um cadáver... principalmente se for de uma pessoa com quem você trabalhava tão próxima, como Heather trabalhava com o Dr. Broucho... pode ser muito desconcertante. É provável que Heather vá sofrer de estresse pós-traumático durante um tempo. Nós vamos precisar prestar atenção nela para detectar sinais de agressividade sem explicação, depressão e alheamento emocional.

— Sarah! — Estou estupefata. — Será que você pode fazer o favor de calar a boca?

Ela diz, no mesmo tom acolhedor:

— Claro, Heather. — E então, ela sussurra para os garotos: — O que eu falei sobre agressividade sem explicação?

— Sarah. — Eu estou seriamente precisando de uma aspirina. — E ouvi muito bem o que você disse.

— Hum. — Sebastian está olhando para os próprios pés. — Quanto tempo essa coisa de estresse pós-traumático costuma durar?

— É impossível dizer — Sarah responde.

Ao mesmo tempo, eu digo:

— Eu *não* estou sofrendo de estresse pós-traumático.

— Ah — Sebastian diz, olhando para mim, agora, em vez de olhar para os pés. — Bem, ótimo. Porque eu estou querendo te perguntar uma coisa.

Eu resmungo.

— Ai, você também, não.

— Ela não sai com alunos — Gavin informa a ele. — Eu já tentei. É tipo proibido, ou qualquer coisa assim.

Eu afundo a cabeça nas mãos. Sério. Quanto será que sou capaz de aguentar em um único dia? Já é bem ruim o fato de eu ter saído para correr hoje de manhã (foram só alguns passos, mas, mesmo assim. Pode ser que eu tenha deslocado alguma coisa. Ainda não sei. Todas as minhas partes femininas pareciam estar funcionando bem lá na casa do Tad, quando nós demos uma testada. Mas como ter certeza sem fazer uma visita ao ginecologista?), mas meu chefe levou um tiro, minha sala foi tomada pelo CSI: Greenwich Village e Gavin McGoren está dando uma explicação a respeito da posição oficial da Faculdade de Nova York em relação aos relacionamentos entre alunos e funcionários? Eu quero de volta as duas horas e meia de sono que eu perdi.

— Hum, eu não ia chamar Heather para sair, cara — responde Sebastian. — Eu ia pedir para ela participar da nossa manifestação amanhã à noite.

Eu separo os dedos e olho para ele pelos espaços.

— *O quê?*

— Vamos lá — Sebastian implora e se ajoelha na minha frente. — Você é a *Heather Wells*. Seria muito importante se você fosse lá, quem sabe puxasse um "Kumbaya", aquela musiquinha de incentivo para a gente cantar...

— Não — respondo. — De jeito nenhum.

— Heather — Sebastian diz. — Você faz ideia do que significaria para o CAPG se tivéssemos uma celebridade com o seu status para nos dar apoio?

— Para dar apoio a vocês... — repito baixinho, deixando as mãos caírem. — Sebastian, eu posso perder o emprego se fizer isso!

— Não, não pode — Sebastian responde. — Liberdade de expressão! Eles não teriam coragem!

— Falando sério — Sarah diz, com um resmungo. — Eles são fascistas, mas não *tão* fascistas assim...

— Não vou pagar para ver — eu digo. — Vamos lá. Eu apoio totalmente vocês e tudo o mais. Por acaso eu disse alguma coisa a respeito do fato de que você, Sebastian, estar sempre por aqui, neste prédio, apesar de não ser, de fato, estudante de graduação, e nem morar aqui, na verdade? Mas cantar na sua manifestação? Em Washington Square Park? Na frente da biblioteca, e do gabinete do *reitor*? Você só pode estar brincando.

— Falando sério, Sebastian — Sarah diz, com aquele tipo de voz que só uma mulher que adora um homem que a deixa frustrada por não ter a mínima noção de seus sentimentos é capaz de usar. — Às vezes você realmente exagera um pouco.

Ele lança um olhar ofendido para ela.

— Foi você quem disse para pedir! — exclama.

— Bem, eu não quis dizer *agora*! — Sarah responde. — Ela acabou de descobrir que o chefe dela caiu morto, pelo amor de Deus. E você quer que ela seja a anfitriã de uma manifestação sindical?

— Não é para ser anfitriã! — exclama Sebastian. — É só ir lá e cantar uma música. Algo inspirador. Não precisa ser uma canção de protesto. "Vontade de te comer" também estaria ótimo. E pode ser acústico. Nós não somos exigentes.

— Meu Deus — diz Sarah, sacudindo a cabeça de desgosto. — Às vezes você é demais, Sebastian.

— Ela não para de repetir que está bem! — Sebastian insiste. Ele então se levanta e joga as mãos para cima.

— Não faça isso, Heather — diz Gavin. — A menos que você esteja a fim.

— Eu não vou fazer — eu respondo. — Porque por acaso eu gosto do meu emprego e não quero ser demitida essa semana.

— Nunca iriam demitir você — Sebastian explica, em tom de quem sabe o que está dizendo. — Para começo de conversa, não quero ser insensível, mas o seu chefe acaba de ser assassinado. Quem é que iria cuidar deste lugar? E, depois, se tentassem despedir você, seria um desrespeito ao seu direito constitucional de congregação e de protesto pacífico.

— Cara — diz Gavin —, ela sabe total que foi você que colocou aquele braço falso no elevador.

— Heather Wells. — A voz profunda ribomba da porta aberta. Ergo os olhos e vejo um dos integrantes da força policial de Nova York ali parado. — O inspetor Canavan gostaria de dar uma palavrinha com você.

— Ah, graças a Deus! — exclamo, levanto da mesa em um pulo e me apresso na direção da porta. Dá para ver que as coisas vão mal no trabalho quando você realmente se sente aliviada por ser levada para ser interrogada por um investigador de homicídios.

Mas quando você trabalha no Alojamento da Morte, esse tipo de coisa acontece com uma frequência preocupante.

O inspetor Canavan cortou o cabelo desde a última vez que o vi. Fizeram um corte bem sério na cabeça dele, e tem tanto cabelo grisalho que fica parecendo quase azul sob a lâmpada fluorescente que tem em cima da minha mesa (eu tenho uma luminária de mesa para deixar o ambiente mais aconchegante, mas parece que o detetive preferiu não ligá-la. Acho que investigadores de homicídio não se importam com ambientes aconchegantes). Ele franze a testa para o telefone que aperta contra a orelha e ergue os olhos para mim quando eu entro, com ar tão desinteressado quanto o de um rato que saiu de trás de algum latão de lixo.

— É — diz o inspetor Canavan ao telefone. — Eu sei muito bem o que a prefeitura vai dizer. Eles ficam bem felizes de fechar uma rua para que filmem um episódio de *Law & Order*. Mas se a *verdadeira* polícia de Nova York quer dar início a uma investigação de um assassinato *real*...

A porta da sala do Dr. Broucho se abre e um sujeito tipo CSI sai de lá, mastigando um taco. Dá para ver que ele já fez uma visita ao refeitório antes de parar para fotografar os respingos de sangue.

— Ei, Heather — diz ele e dá uma piscadela.

— Ah, oi — respondo. — O refeitório já abriu para o almoço?

— Já — responde. — Tem taco de carne especial. Ah, e caçarola de peru.

— Mmmm — digo, cheia de fome. Parece que os waffles foram há um tempão.

— E não é? — diz o cara da investigação forense. — Eu *adoro* quando nós somos chamados ao Alojamento da Morte.

— É *Conjunto Residencial* da Morte — corrijo.

— É melhor que você não deixe pingar molho picante na minha cena de crime de novo, Higgins — diz o inspetor Canavan, todo mal-humorado, e bate o meu telefone.

Higgins revira os olhos e desaparece mais uma vez para dentro da sala do Owen.

— Então — o inspetor Canavan diz para mim quando eu me afundo na cadeira de vinil azul na frente da minha mesa, aquela que geralmente é ocupada por garotas anoréxicas, jogadores de basquete e outros residentes problemáticos. — Que diabos está acontecendo aqui, Wells? Como é que toda vez que eu viro as costas alguém morre no seu local de trabalho?

— Como é que eu vou saber? — pergunto com veemência, tão mal-humorada quanto ele. — Eu só trabalho aqui.

— É — rosna o inspetor Canavan. — Nem me diga. Bom, pelo menos dessa vez, a pessoa que acabou com o seu chefe fez isso da rua, não de dentro do prédio, então é uma mudança bem-vinda. Então, onde você estava hoje de manhã, por volta das oito horas?

Meu queixo cai.

— Eu sou suspeita? Você tem que estar brincando comigo!

A expressão dele não se altera.

— Você ouviu. Onde estava?

— Mas, depois de tudo que nós passamos juntos... Você me *conhece*! — eu exclamo. — Você sabe que eu nunca...

— Eu já soube da história do papel, Wells — diz o inspetor Canavan, curto.

— O... o *papel*! — Para colocar de maneira direta, estou estupefata. — Ah, fala *sério*! Você acha que eu vou dar um tiro na cabeça de alguém por causa de uma resma de papel?

— Não — o inspetor Canavan responde. — Mas preciso perguntar.

— E quem foi que contou para você, aliás? — eu exijo saber, esquentada. — Foi Sarah, não foi? Eu vou matar esta mulher... — Engulo em seco imediatamente, arrependendo-me da minha escolha de palavras no mesmo instante e olho nervosa para a grade que separa a minha sala da cena do crime. Dá para ouvir sons sutis de atividade vindos de trás dela, o murmúrio de medidas sendo tomadas, e também a mastigação de tacos.

— Wells. — O inspetor Canavan, sempre fleumático, parece entediado. — Pare já com o drama. Todos nós sabemos onde você estava às oito da manhã. Isto é só uma formalidade. Então, por favor, coopere como você sempre coopera e diga... — Ele ergue a voz em um falsete que, percebo, bem insultada, aparentemente tem a intenção de imitar a minha voz. — *Eu estava na cama aqui na esquina apertando o botão soneca do despertador, inspetor Canavan...* — Ele segura a caneta em riste por cima do formulário de depoimento, pronto para escrever exatamente isso.

Começo a sentir o meu rosto corar. Não porque eu não fale desse jeito... pelo menos, acho que não. Mas porque... bom, não era onde eu estava hoje de manhã.

— Hum — eu digo. — Bom... o negócio é que... Não é onde eu estava hoje de manhã. O negócio é que, hum, hoje de manhã, eu, hum, saí para correr.

O inspetor Canavan larga a caneta.

— Você o *quê*?

— É. — Fico imaginando se, levando em conta o número de integrantes da força policial de Nova York que no momento tomou a área de Washington Square Park, em busca de evidências do assassinato do Dr. Broucho, eu devia pedir para eles ficarem de olho no meu útero. Sabe como é, só para o caso de eles acharem um perdido por aí.

— *Você* saiu para correr — o inspetor Canavan diz, em tom incrédulo.

— Não estou tentando perder peso, só tonificar — eu digo, desanimada.

O inspetor Canavan faz uma cara de quem não cutucaria a questão nem com uma vara de 3 metros. Afinal de contas, ele próprio tem filhas.

— Bom, você deve ter caminhado nesta direção quando estava voltando para casa para se trocar antes do trabalho — diz ele. — Você viu alguma coisa no caminho? Qualquer coisa... ou qualquer pessoa... fora do comum?

Eu engulo em seco de novo.

— Hum. Eu não me troquei na minha casa. Eu me troquei... na casa de um amigo.

O inspetor Canavan me olha torto. E foi *bem* torto.

— Que amigo?

— Um... amigo novo? — Percebo que estou falando igual a Jamie Price, flexionando a frase e a transformando em interrogação. Mas não dá para evitar. O inspetor Canavan está me assustando um pouco. Já me envolvi em assassinatos demais no Conjunto Residencial Fischer antes.

Mas eu nunca fui *suspeita* em nenhum deles antes.

Além do mais, o interrogatório que ele me faz me lembra o meu pai. Se o meu pai tivesse qualquer interesse que fosse sobre a minha vida pessoal. Coisa que, aliás, ele não tem.

— Que amigo novo? — ele exige saber.

— Meu Deus! — eu exclamo. Ainda bem que eu nasci quando nasci e não fui integrante da resistência francesa ou algo assim. Eu teria cedido sob a tortura nazista em dois segundos. Eles só iam precisar *olhar* para mim e eu teria entregado todos os segredos que soubesse. — Eu estou indo para a cama com o meu professor de recuperação de matemática, certo? Mas você não pode contar para ninguém, senão ele vai se encrencar feio. Tem alguma maneira de você não colocar o nome dele no seu relatório? Eu conto, é claro, e você pode conversar com ele e tudo o mais, se não acreditar em mim e quiser conferir a minha história e tal. Mas se tiver algum jeito de você deixar o nome dele fora disto, seria mesmo muito, muito bom...

O inspetor Canavan fica me encarando durante um ou dois segundos. Não consigo saber o que ele está pensando. Mas posso imaginar. Quer conseguir boas notas, é o que eu acho que ele está pensando. Vai para a cama com o professor para tirar A...

Mas acontece que eu estou errada.

— Mas e Cooper? — ele quer saber.

É a minha vez de ficar encarando.

— Cooper? — pisco algumas vezes para ele. — O que *tem* Cooper?

— Bem. — O inspetor Canavan parece tão confuso quanto eu me sinto confusa. — Eu achei que ele era seu... você sabe. Que vocês andavam juntos. Seu cobertor de orelha. Sei lá como vocês, jovens, chamam isso hoje em dia.

Fico olhando para ele, completamente horrorizada.

— Que nós andamos juntos? Isso é jeito de falar?

— Achei que você se engraçava para cima dele — o inspetor Canavan rosna. — Você *disse* que sim, naquela noite que os garotos da fraternidade tentaram transformar você em sacrifício humano...

— Acho que foram as drogas que eles me fizeram tomar falando por mim. — Eu me apresso em lembrar, na esperança de que ele não repare como o meu rosto ficou muito mais corado. — Se eu me lembro corretamente, eu também disse a você que o amava. E também para as floreiras da frente do prédio. E para os paramédicos. E para o médico do pronto-socorro que me fez uma limpeza estomacal. E também para o suporte do soro.

— Mesmo assim... — o inspetor diz, parecendo estranhamente nada abalado. Para ele. — Eu sempre achei que você e Cooper...

— É — respondo rapidinho. — Bem, você estava errado. Agora eu estou com Tad. Por favor, não dificulte as coisas para ele, não coloque no seu relatório. Ele é legal, e eu não quero fazer nada que possa impedir que ele consiga um cargo pleno. — A não ser transar com ele várias vezes.

Mas eu não digo esse complemento em voz alta, claro.

— Hum — o inspetor Canavan diz. — Claro. Então... você não viu nem ouviu nada quando estava na praça?

— Não — respondo. Dentro da sala do Dr. Broucho, alguém fez uma piada (quem sabe foi sobre o calendário do Garfield?) e alguma outra pessoa está abafando a risada.

— Bem, o que você sabe sobre esse tal de Brôcho? — o inspetor Canavan quer saber.

— Pronuncia-se Brucho — Eu o corrijo.

Ele fica olhando para mim sem entender nada.

— Está de brincadeira.

Eu sorrio, desolada.

— Não. Não estou. Eu sei que ele foi casado uma vez. Ele estava se divorciando. Essa é uma das razões por que ele aceitou o emprego aqui. Veio de Iowa, acho.

— De Illinois. — O inspetor Canavan me corrige.

— Certo — digo. — De Illinois. — Fico em silêncio.

Ele fica me encarando.

— Só *isso*?

Tento pensar.

— Uma vez — digo — ele me mostrou uma página do calendário do Garfield dele que ele achava engraçada. Era um desenho em que o Garfield dava para o cachorro...

— Odie. — O inspetor Canavan me ajuda.

— É. Odie. Ele dava para Odie uma lasanha. E o cachorro ficava todo feliz. Mas daí o Garfield deixava a lasanha fora de alcance por causa da coleira do cachorro. E daí ele não alcançava.

— Que idiota doente — diz o inspetor Canavan.

— Quem? O gato? Ou o Dr. Broucho?

— Os dois — o inspetor Canavan diz.

— É — concordo.

— Você consegue pensar em alguém que possa ter algo contra ele? Broucho, quero dizer.

— Algo contra ele? Algo tão grave a ponto de dar um tiro na cabeça dele? — Eu ergo o braço e passo os dedos pelo meu cabelo duro de gel. — Não. Não conheço ninguém que odiasse Owen o suficiente para matá-lo. Claro, há alguns alunos que talvez não gostem... gostassem... assim muito dele, mas ele é o diretor do conjunto residencial. Bom, diretor interino do conjunto residencial. E ombudsman do gabinete do reitor. Ninguém *deve* gostar dele. Mas ninguém o odiava... não tanto assim. Não que eu saiba.

O inspetor Canavan folheia o caderninho.

— O Broucho demitiu alguém nos últimos meses?

— Demitiu? — eu dou risada. — Isto aqui é a Faculdade de Nova York. Ninguém é demitido. As pessoas são transferidas.

— E esse divórcio pelo qual ele estava passando. Difícil?

— Como é que eu vou saber?

O inspetor Canavan aperta os olhos para mim.

— Não finja que você não se senta embaixo daquela grade ali e fica escutando todas as conversas que acontecem dentro daquela sala, mocinha. Você sabe muito bem se o divórcio dele foi difícil ou não. Agora, pode me contar.

Eu suspiro.

— Tinha uma certa discussão sobre a louça que foi presente de casamento. Só isso. É sério. Foi a única coisa que eu ouvi.

O inspetor Canavan parece decepcionado.

— E essa coisa da greve dos alunos de pós-graduação? É séria?

— Para eles, é — respondo, pensando em Sarah. — E é para o gabinete do reitor. Se esse pessoal realmente entrar em greve, os outros sindicatos afiliados à faculdade serão obrigados a entrar em greve junto. E daí vai ser a maior confusão... ainda por cima, bem na época da formatura.

— E Broucho estava na posição de negociador?

— Ele era a pessoa principal da negociação. Mas fala sério — eu digo, sacudindo a cabeça. — Não é mais provável que ele tenha sido atingido por uma bala perdida de um tiroteio qualquer relacionado a drogas na praça? Quero dizer, sabe como é. Você tem seu pessoal à paisana por ali...

— E é exatamente por isso que eu sei que a bala não atingiu o seu chefe por acaso — o inspetor Canavan diz com muita frieza. — O meu pessoal estava por ali em peso, cobrindo...

— Se você disser *os suspeitos de sempre*, eu vou dar um gritinho de alegria — aviso a ele.

Ele me olha com severidade.

— O seu chefe está morto, Wells. Alguém foi até a janela da sala dele e deu um tiro deliberado no estilo assassino de aluguel; se não foi à queima-roupa, foi o mais próximo disso possível. Era alguém que o conhecia, e alguém que o queria morto. É meu trabalho descobrir quem foi. Se você estiver ocupada demais com esse seu namorado novo para, abre aspas, ajudar na investigação, fecha aspas, desta vez, é música para os meus ouvidos, para dizer a verdade. A última coisa de que eu preciso é ter que me preocupar em livrar a sua bunda ossuda de mais uma situação perigosíssima, em que você pode morrer. Agora, anote o nome do Romeu aqui para que eu possa confirmar a sua história com ele mais tarde e pode sair.

Fico olhando para ele, de repente sentindo meus olhos úmidos.

— Você acha mesmo que a minha bunda é ossuda? — pergunto. — Inspetor Canavan, isso é... sério... a coisa mais doce que alguém já me disse.

— Wells — diz ele, cansado. — Saia daqui.

Claro que eu não tenho para onde ir, já que ele se apossou da minha mesa. Não posso voltar para o depósito. Sinceramente, acho que não tenho mais estômago para a pregação de "poder para o povo" da Sarah. O cheiro de taco que vem do outro lado da grade ficou estonteante. Claro, só passa um pouco das onze.

Mas, ei. Eu corri hoje. Seria tão errado assim fazer um lanchinho?

A Magda está na caixa registradora, ajeitando as unhas cor de casca de ovo azul (em homenagem à primavera) com uma lixa enfeitada com lantejoulas que diz *PRINCESA* na lateral, e com ar entediado. Ela se alegra quando me vê.

— Heather! — ela exclama. O refeitório está quase vazio, afinal, ainda é muito cedo. As únicas pessoas ali são os residentes que não acordaram a tempo de tomar café da manhã e estão aproveitando os bagels que são servidos o dia todo, e todos os integrantes da força policial de Nova York, que Magda deixou entrar de graça e que foram direto para o bufê de taco. — É verdade? Alguém atirou naquele... — ela diz uma palavra feia em espanhol — na cabeça?

— Caramba, Magda — eu digo. — Ele não era assim *tão* mau.

— Ah sim, era sim. — Magda garante. — Uma vez ele disse que se me pegasse dando barras de chocolate Dove para você, ele ia me dar uma advertência. Eu não contei para você, sabe, porque eu não queria que você se aborrecesse. Mas ele fez isso. Ainda bem que está morto.

— Shhhh. — Eu olho ao redor. Ali, em uma mesa próxima, alguns dos colegas do inspetor Canavan estão saboreando salada de taco com acompanhamento de sour cream e guacamole. — Magda, não ande por aí falando isso muito alto, ok? Acho que, dessa vez, nós todos somos considerados culpados até sermos inocentados.

— Então, qual é a novidade? — pergunta Magda, revirando os olhos maquiados com esmero. E eles começam a brilhar quando pergunta: — As coisas estão esquentando com o Sr. Matemática, hein? Eu vi vocês dois hoje de manhã aqui, dando chantili um na boca do outro...

Não posso deixar de desdenhar.

— As coisas *estavam* esquentando. Estavam tão quentes que... — deixo a minha voz sumir. Tanta coisa aconteceu desde aquele interlúdio extremamente estranho no chuveiro hoje de manhã que eu já nem sei mais dizer se aconteceu mesmo.

Mas aconteceu. Não aconteceu?

Magda ergue as sobrancelhas desenhadas com lápis.

— E aí?

— Ele queria saber se eu posso tirar uma folga do trabalho no verão — respondo. — Daí ele disse que tem uma coisa para me perguntar. Quando chegar a *hora* certa.

Magda fica boquiaberta. Então solta um gritinho. Ela então sai da banqueta do caixa com um pulo, dá a volta no balcão com os saltos de 10 centímetros dela e me dá o maior abraço. Sendo ela uns 30 centímetros mais baixa do que eu, ela basicamente abraça a minha cintura e o cabelo dela fica fazendo cócegas no meu nariz.

— Heather! — ela exclama. — Fico tão feliz por você! Vai ser uma noiva tão linda!

— Não sei — digo, sentindo-me pouco à vontade ao perceber que olhares curiosos se voltam na nossa direção. — Quero dizer, eu não posso imaginar que seja *esta* a pergunta que ele realmente quer me fazer. Você imagina? Só faz alguns meses que nós estamos juntos...

— Mas quando é certo, é certo — Magda diz e solta a minha cintura, só para pegar nos meus braços e me sacudir um pouco. — O Sr. Matemática não é burro. Não é igual ao Cooper.

Esse nome de novo. Sinto minhas bochechas esquentarem, como parece que acontece o tempo todo ultimamente, sempre que o nome do meu senhorio é mencionado.

— Então, o que você vai dizer? — Magda quer saber. — Você vai dizer que sim, né? Heather, você não pode ficar o resto da vida esperando Cooper se decidir. Alguns homens nunca se decidem. Como, por exemplo, Pete. Sabe, eu já fui a fim dele...

Estou embasbacada.

— *Você* gosta do *Pete*? — eu fiquei olhando para ela, tão estupefata como se ela tivesse acabado de me dizer que era da cientologia e que tinha um convite para se juntar a Tom e Katie na espaçonave quando ela aparecesse. -- O nosso Pete? Pete que está sentado ali na recepção dos seguranças? Pete que é viúvo com quatro filhos? Pete que tem apetite insaciável por empanadas?

— Muito engraçado — Magda diz e me olha torto. — É, o nosso Pete. Mas já faz muito tempo, foi quando a mulher dele morreu, e eu fiquei com pena dele e tudo o mais. Não que fizesse alguma diferença. Ele continua sem saber que eu existo. Apesar de eu não saber como algum homem pode deixar de reparar *nisto aqui* — ela agita as unhas cor de casca de ovo azul para cima e para baixo na frente do corpo compacto que, apesar de no momento estar coberto pelo avental cor-de-rosa do uniforme, obviamente é a maior gostosura, desde as unhas dos pés azuis que combinam com as das mãos e que escapam do salto-agulha de plástico cor-de-rosa até o coque tingido de loiro que emoldura o rosto.

— Ele ainda está morrendo de dor pelo luto? — sugiro. Mas o mais provável é que Pete, assim como eu, não tenha a menor noção de que Magda algum dia olhou para ele como algo além de mais uma boa companhia para o jantar.

— Provavelmente — Magda diz e agita os ombros bem torneados. Então, um aluno com aquele cabelo de quem acabou de acordar entra aos tropeços no refeitório, com o cartão de alimentação estendido, e ela volta para a banqueta apressada, pega o cartão, passa na maquininha, e diz: — Olhe só para a minha estrelinha de cinema! Tenha um ótimo brunch, querido — devolve o cartão para o aluno e diz: — Então. Onde nós estávamos mesmo?

— Espere um minuto. — Ainda não consigo acreditar no que acabei de escutar. — Você gostava do Pete. Tipo... tipo *gostava* dele. E ele nunca percebeu?

Magda dá de ombros.

— Quem sabe eu teria mais sorte se amarrasse umas empanadas no meu peito.

— Magda. — Eu continuo chocada. — Você alguma vez... Sei lá. Pensou em convidá-lo para sair?

— Ah, eu o convidei para sair — responde Magda. — Várias vezes.

— Espera. Onde? Onde vocês foram?

— A jogos de basquete — Magda responde, indignada. — E ao bar...

— Ao Stoned Crow? — eu exclamo. — Magda! Sair para beber depois do expediente não conta como encontro. E ir a jogos de basquete da faculdade... principalmente com uma fanática por basquete como você... também não conta. Você deve ter passado o tempo todo berrando com os juízes. Não é para menos que ele não captou a mensagem. Quero dizer, você algum dia *falou* para ele?

— Falei o quê?

— Que você *gosta* dele.

Magda diz alguma coisa em espanhol e faz o sinal da cruz. Daí, ela diz:

— Por que eu faria *isso*?

— Porque talvez essa seja a única maneira de um sujeito igual ao Pete algum dia perceber que você gosta dele como mais do que amigo e, sabe como é — eu dou de ombros —, possa levar a coisa para o nível seguinte. Você já pensou nisso?

Magda ergue a mão com a palma virada para mim. — Por favor. Já deu, ok? Não quero falar sobre esse assunto. Não aconteceu. Eu estou em outra. Vamos voltar para você.

Fico olhando fixo para ela mais um pouco. Certo. Ela está em outra. Do mesmo jeito que a minha celulite está em outra.

— Bem, tudo bem. Já que você perguntou... Então, Tad tem uma coisa para me perguntar. E... enquanto isso, o inspetor Canavan perguntou onde eu estava hoje de manhã, na hora da morte do Dr. Broucho, que parece ter sido exatamente a mesma hora em que Tad estava... bem, dizendo para mim que tinha uma coisa para me perguntar. Então eu tive que dar o nome do Tad para o inspetor Canavan, e vai saber o que ele vai fazer com isso. Tad pode se encrencar feio se todo mundo ficar sabendo que ele está indo para a cama com uma aluna.

A Magda solta um suspiro bem grande de desgosto e a franja loira supracitada voa para cima.

— Por favor — ela diz. — Você não é exatamente uma franguinha do primeiro ano. Sem ofensa.

— Na verdade, é exatamente isso que eu sou.

— Mas você é velha! — Magda exclama.

Fico olhando brava para ela.

— Obrigada.

— Você sabe do que eu estou falando. Vocês dois são... como chama mesmo? Adultos conscientes. Ninguém vai se incomodar. Bom, ninguém além do Dr. Broucho. E agora ele está morto. Então, pronto.

— Será que você pode parecer menos satisfeita quando diz isso? — digo a ela em tom de alerta.

— Então, o que você vai responder? — Magda quer saber.

— Em relação a quê?

— Quando ele perguntar se você quer se casar com ele? — grita ela, alto o suficiente para fazer o aluno com cabelo de quem acabou de acordar e também os integrantes da força policial de Nova York olharem na nossa direção.

— Magda — digo. — Não sei. Eu nem sei se é isso que ele vai perguntar. Como você pode saber? Quero dizer, parece meio precipitado...

— Você devia responder que sim — Magda diz, com firmeza. — Vai deixar Cooper louco. E daí ele vai tomar jeito. Pode escrever. Eu sei dessas coisas.

Eu respondo, ácida:

— Se você sabe tanto assim dessas coisas, como é que você e Pete nunca ficaram juntos?

Ela dá de ombros.

— Talvez seja melhor assim. Quem é que vai querer ficar cheia de crianças com a minha idade? Ainda tenho a vida toda pela frente.

— Magda — digo. — Não quero ofender. Mas você está com 40 anos.

— Com 39 e meio — ela me lembra. — Ah, merda.

Olho para onde ela está olhando. E repito o palavrão dela na cabeça.

Porque o reitor Allington, junto com seu entourage, finalmente apareceu.

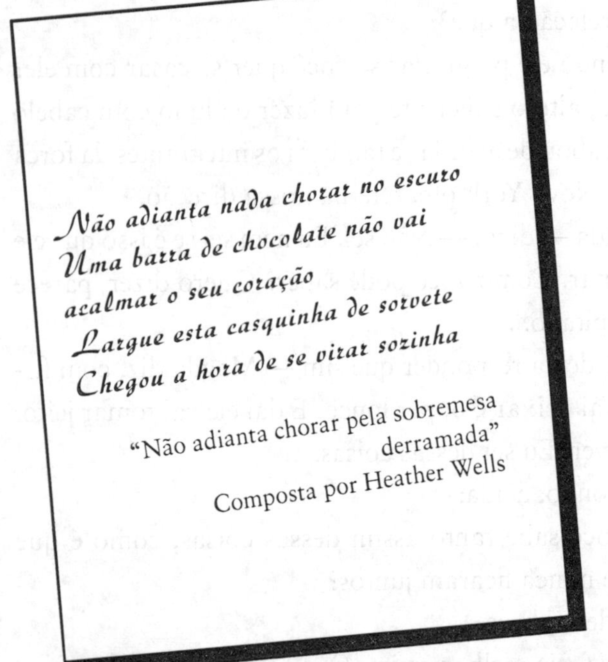

Eu considerei a ideia de pular para baixo do balcão do caixa e me esconder sob os pés da Magda, mas achei que ia parecer pouco profissional.

Em vez disso, fiquei firme no meu lugar enquanto o reitor Allington (como sempre com seu modelo inexplicável de jaqueta da Faculdade de Nova York, calça branca larga, apesar de não estar na época de usar calça branca, e tênis de corrida) entra no refeitório, flanqueado de um lado pelo diretor de acomodação, Dr. Jessup, e do outro pelo Dr. Flynn, o psicólogo de plantão do departamento. Os três estão com expressão aparentemente semiestupefata, escutando o que Muffy Fowler, a guru das relações públicas que a faculdade contratou para ajudar com as notícias relativas às negociações do sindicato dos alunos de pós-graduação, diz.

Mas, agora, parece que Muffy vai ter que colocar panos quentes no assassinato do Dr. Broucho.

— Bem, você simplesmente tem que tirar toda essa gente daqui — Muffy vai dizendo, com seu sotaque carregado do sul, quando os quatro entram. — Afinal, isto aqui é propriedade particular.

— Para falar a verdade — o Dr. Flynn diz, com a voz completamente sem flexão —, as calçadas de Nova York não são propriedade particular.

— Você sabe do que eu estou falando — Muffy responde.

Não consigo deixar de notar que todos os olhos masculinos do recinto estão em cima dela. A ex-rainha de beleza de 30 e poucos anos (não, é sério, estava escrito no currículo dela que foi publicado em *O Amor-Perfeito*, o boletim que é distribuído para todos os funcionários administrativos da Faculdade de Nova York uma vez por mês) usa o cabelo castanho como se fosse um capacete grande e inflado em cima da cabeça (na década anterior, o corte era conhecido como bufante, nesta aqui... nem sei qual é o nome disso) e exibe a silhueta esbelta de maneira vantajosa, com saia-lápis e salto alto.

Acho que dá para ver por que todos os homens das proximidades sentem tanta atração pela vivaz e bem penteada Srta. Fowler... pelo menos até ela abrir a boca.

— Também não vamos mandar um desses policiais de aluguel que vocês aí chamam de seguranças, só para espantar todo mundo — Muffy diz. — Liberdade de imprensa e tudo o mais. Precisamos abordar a questão de maneira mais delicada. Acho que precisamos mandar uma mulher. Alguém do departamento administrativo.

Sinto minha espinha gelar. Não faço ideia do que ela está falando, mas a única coisa em que consigo pensar é: *Não. Por tudo que é mais sagrado.*

— Providenciamos um assistente social para qualquer residente do Conjunto Residencial Fischer que sinta necessidade de conversar com um — Dr. Jessup está tentando dizer ao reitor. — A Dra. Kilgore está a caminho. E como a notícia do assassinato já foi divulgada por todas as estações de rádio locais e pelo canal New York One, estamos incentivando os alunos a ligarem para os pais para dizer que está tudo bem...

Estamos? Nossa, a gente perde muito quando realmente se torna suspeita de um assassinato, em vez de ser apenas uma observadora inocente, como eu geralmente sou.

Mas o reitor Allington não está escutando o que o Dr. Jessup diz. Talvez seja porque toda a atenção dele está concentrada em Muffy (possivelmente porque ela conseguiu enganchar o anel de diamante dela de tamanho descomunal em um fio solto das letras douradas *NY* bordadas na lateral da jaqueta dele).

— Ai, minha nossa — Muffy ri. — Eu me grudei em você, não foi, Phil? Não se mexa nem um centímetro agora, estamos lidando com um diamante amarelo de 3 quilates aqui...

Dr. Allington fica lá olhando para o topo do capacete da Muffy e dá uma risada que só pode ser descrita como boba. Olho para Magda e vejo que ela está encarando o reitor e a gerente de relações públicas como se eles tivessem acabado de ser teletransportados de outro planeta. Eu acho que compreendo a estupefação dela. É verdade que, desde que teve a vida ameaçada neste mesmo prédio, a Sra. Allington passa a maior parte do tempo na casa que o casal tem nos Hamptons.

Ainda assim, o marido dela deveria ficar um pouco menos obviamente deliciado por receber tanta atenção de uma representante do sexo oposto. Mesmo de uma mulher tão bonita quanto Muffy Fowler.

— Não foi engraçado? — Muffy pergunta para o refeitório em geral, quando finalmente consegue se desvencilhar do reitor. Não que alguém pareça estar achando graça. Só ela e o "Phil". Mas, para ser justa, agora todo mundo está olhando para ela... até as mulheres. — Então, em que ponto paramos? Ah, certo. Você pode indicar alguém para mandarmos lá fora para falar com a imprensa, Stan? Alguém que possa fingir que está preocupada?

— Bem... — começa Dr. Jessup. — Claro que podemos mandar Gillian, quando ela chegar. Mas será que a senhorita mesma não deveria fazer isto, já que a universidade a contratou para...

Mas antes que o Dr. Jessup possa terminar, o olhar do reitor Allington recai sobre mim... bem quando, lá no fundo, eu já sabia, de algum modo, que isso iria acontecer. Falando sério. Por acaso essa não é a história da minha vida? Você tem alguma coisa desagradável para fazer? Por que não manda Heather Wells no seu lugar? Afinal de contas, ela perdeu o útero na praça hoje de manhã. Até parece que ela tem alguma serventia para a sociedade agora.

— Ah, Jessica — diz Dr. Allington, saindo por um instante de seu estupor induzido pela Muffy e me reconhecendo como a moça que salvou a vida da esposa dele. Ou qualquer coisa do tipo. — Aqui está Jessica. Por que Jessica não faz isso?

Por razões que nunca ficarão claras para mim, o reitor Allıngton acha que eu sou Jessica Simpson.

Não. De verdade. Independentemente de quantas vezes as pessoas (eu inclusive) digam a ele que eu não sou.

— Ora, Phil — diz Dr. Flynn. Ele sempre é um cara com quem se pode contar. Possivelmente porque ele não mora no campus, mas consegue manter uma noção de perspectiva porque precisa se deslocar todos os dias do subúrbio. — Esta é Heather. Está lembrado? E Heather teve um dia difícil. Foi ela quem encontrou Owen...

— Foi mesmo? Você. — Muffy olha para mim e estala os dedos. — Foi você que o encontrou?

Troco olhares apavorados com a Magda.

— Hum. Foi?

— Perfeito. — Muffy me agarra pelo braço. — Venha comigo.

— Muffy — Dr. Flynn parece assustado —, realmente não acho que...

— Ah, fica quieto — Muffy diz.

Não, estou falando sério. Ela fala assim mesmo.

— Srta. Fowler — Dr. Jessup parece mais exausto do que o normal. Ele parece pálido por baixo do bronzeado de Aspen. — Não estou bem certo de que...

— Ah, minha nossa, mas eu nunca tinha visto na vida um bando maior de reclamões — Muffy declara, usando um tom em que finge estar escandalizada. — Jessica e eu vamos bater um papinho de mulher para mulher, vocês não precisam preocupar a cabecinha de vocês com nada. Vão lá tomar um cafezinho e eu volto com a Jessica daqui a pouquinho. Venha, Jessica.

Antes que eu me dê conta, ela já está me puxando para fora do refeitório e me levando para o saguão de entrada, com um braço ao redor dos meus ombros e o outro no meu pulso.

Isso mesmo. Ela me agarrou daquele jeito que só mulheres que foram integrantes de irmandades de faculdade sabem fazer, de que é impossível fugir.

— Escuta, Jessica — ela vai dizendo enquanto caminhamos, com os olhos brilhando com uma intensidade mais forte do que qualquer uma das pedras preciosas nos dedos e no lóbulo das orelhas dela. — Eu só queria que você dissesse algumas palavras para os repórteres que estão aí na frente. Apenas algumas palavrinhas a respeito de como foi aterrador encontrar o corpo do Owen e tudo o mais. Você acha que pode fazer isso por mim, Jessica?

— Hum — respondo. Pelo cheiro do hálito dela, parece que ela engoliu um pacote inteiro de Listerine de bolso. — O meu nome é Heather.

Lá fora, o céu de primavera continua tão azul quanto estava quando eu perdi o meu útero, algumas horas antes. Está fazendo um calor fora de época... é uma manhã difícil de se passar dentro de um escritório, na frente de uma lousa ou, sabe como é, em uma cena de crime. É verdade que os traficantes de drogas se dispersaram, graças à forte presença policial nas proximidades do Conjunto Residencial Fischer.

Mas isso não significa que não tem um monte de gente por lá, olhando para todos os furgões de canais de TV estacionados em local proibido no lado oeste da praça, enchendo a calçada e atrapalhando o trânsito.

É na direção desses furgões de TV que Muffy começa a me conduzir... apesar de eu acionar os freios prontamente.

— Hum — digo. — Não acho que seja uma boa ideia...

— Está de brincadeira? — Muffy diz. Para uma coisinha tão magra, ela é bem forte. Obviamente ela faz ginástica. As mulheres bonitas do sul são sempre assim. Você olha para elas e acha que um ventinho seria capaz de levá-las embora, mas, na realidade, são capazes de levantar mais peso do que o seu namorado. — Que outra coisa poderia tirar a greve da cabeça deles com mais rapidez do que a loura chorosa que encontrou o chefe com a cabeça estourada? Você acha que conseguiria...

— AI! — eu berro quando ela esmaga um pouco da gordura do meu braço com força, entre o polegar e o indicador. — Por que você fez isso? Doeu, viu?

— Que bom, agora os seus olhos estão lacrimejando — diz Muffy. — Continue assim. Pessoal! Ei, pessoal! Olhem aqui! Foi esta moça que achou o corpo!

Antes que eu perceba, cinquenta microfones estão enfiados na minha cara e eu me vejo explicando, toda chorosa (porque, sim, aquele beliscão doeu *mesmo*. Vai ser sorte se não ficar roxo), que, apesar de eu não estar trabalhando com Owen Broucho assim há tanto tempo, vamos sentir falta dele, e que, seja lá qual fosse a posição que ele tivesse em relação ao pacote de benefícios dos alunos de pós-graduação, ele não merecia morrer daquele jeito, nem de jeito nenhum. E, sim, eu sou *aquela* Heather Wells.

É aí que eu percebo, posicionada bem no meio da roda de xadrez, uma moça de cabelo frisado e macacão que eu conheço muito bem, a responsável por Muffy Fowler ter me jogado para os lobos desta maneira: Sarah estava ali na praça, usando a morte do Dr. Broucho e a divulgação da notícia como oportunidade para promover as ideias do CAPG.

Agora que eu roubei todas as atenções, Sarah está se consultando com indivíduos tão mal-ajambrados quanto ela (não estou falando das pessoas que estão ali para jogar xadrez de fato, e que estão com ar extremamente aborrecido por ver seu território invadido por aquele monte de gente com cara de hippie e de cabelo comprido), entre eles Sebastian. Ele fica olhando feio para mim, e eu tento não levar para o lado pessoal, mas ele obviamente acha que eu faço parte do Sistema... apesar de eu mal ganhar o suficiente para viver. E com certeza não fui *eu* quem decidiu reduzir o pacote de benefícios dos alunos de pós-graduação.

Mas, bom, talvez ele só esteja magoado comigo por eu não ter concordado em cantar alguma música na manifestação dele.

— Então, você faz ideia de quem poderia ter motivos para matar o seu chefe? — pergunta um repórter do Canal 4.

— Não — respondo. — Realmente não faço. Ele era um sujeito bacana. — Tirando a coisa do Garfield que, de fato, beirava a doença. Mas, na verdade, não se pode culpá-lo por isso. — Quieto. Mas bacana.

— E você não acha que o CAPG pode ser responsável por isso, de alguma maneira?

— Realmente não tenho comentários a respeito. — Mas a minha impressão pessoal é que o CAPG não seria capaz de organizar nem uma venda de bolos, muito menos um assassinato.

— Certo — diz Muffy, e enfia o braço no meio da multidão de repórteres para pegar o meu braço. — Chega de perguntas por hora. A senhorita, hum, Wells está exausta depois de sua descoberta terrível e apavorante...

— Só mais uma pergunta! — grita o repórter da Fox News. — Heather, tem alguma coisa que você queira dizer para o seu ex-namorado, o ex-integrante da boy band Easy Street, Jordan Cartwright, agora que ele e a esposa, a superstar Tania Trace, estão esperando um filho?

— A Srta. Wells não vai dizer mais nada — Muffy diz e me puxa para fora da plataforma de madeira bamba que um dos canais de notícia tinha feito a gentileza de me oferecer. — Eu gostaria que todos vocês pegassem seus equipamentos e fossem para casa agora para deixar a polícia fazer seu trabalho e para que os alunos possam voltar para a aula...

Eu solto meu braço do agarrão dela.

— Espere um minuto — digo ao repórter: — Tania está grávida?

— Você não viu o anúncio oficial? — O repórter parece entediado. — Foi postado no site dela hoje de manhã. Tem alguma declaração a dar? Parabéns? Tudo de bom? Qualquer coisa do tipo?

Jordan vai ser pai? Meu Deus.

A minha cachorra seria um pai melhor do que ele.

E ela é mulher. E é um *cachorro*.

— Hum — eu digo. — É. Aos dois. Parabéns. Tudo de bom. Mazel tov. Etc.

Mas eu fico com a sensação de que devia ter dito algo mais significativo do que isso. Afinal de contas, Jordan e eu namoramos durante quase dez anos. Ele foi o meu primeiro beijo, o meu primeiro amor, o meu primeiro... é, isso também. Talvez eu devesse dizer alguma coisa, sei lá. Sobre o ciclo da vida e da morte? É. É, isso parece bom.

— Hum. Isso só serve para mostrar que, quando uma vida se acaba, outra...

— Vamos *andando* — Muffy diz e começa a mexer a bunda gorda. A minha bunda gorda, para ser exata.

— Meu Deus — balbucio enquanto ela me puxa. — Não acredito. Meu ex vai ter filho.

— Bem-vinda ao meu mundo — diz Muffy. — O meu acabou de ter gêmeos.

Fico olhando surpresa para ela.

— É mesmo? Isso é... esquisito, certo? Quero dizer, não foi esquisito? Estou errada em pensar que é esquisito? O seu ex é um fracassado? Porque o meu é um fracassado dos maiores. E é estranho pensar que ele vai ser responsável por outra vida humana.

— O meu é presidente de uma grande firma de investimento em Atlanta — Muffy diz, com o rosto virado para a frente. — Ele me largou pela minha madrinha de casamento na véspera da cerimônia. Então, sim, acho que se pode dizer que é estranho. Da mesma maneira que eu acho estranho que milhões de bebezinhos morram de fome na África todos os anos enquanto eu fico louca da vida se o meu barista usa espuminha de leite integral em vez de desnatado no meu café da manhã. Por que você não me disse que era Heather Wells, a ex-sensação da música pop adolescente?

— Eu tentei — respondo, desanimada.

— Não. — Muffy derrapa e para de supetão em cima dos Manolos dela, bem na frente da porta de entrada do prédio e me cutuca com o indicador, em um gesto de acusação. — Você só disse que o seu nome não era Jessica. Eu não gosto nada de não ser informada sobre as coisas. Então, o que mais você não me contou? Você sabe quem matou aquele homem?

Fico olhando para ela de queixo caído. Sou uns bons 12 centímetros mais alta do que ela, mas ela faz com que me sinta como se ela é que me olhasse de cima.

— Não! — eu exclamo. — Claro que não! Você não acha que, se eu soubesse, teria dito à polícia?

— Não sei — a Muffy responde. — Talvez vocês estivessem tendo um caso.

— ECA! — Eu berro. — POR ACASO VOCÊ *CONHECEU* OWEN?

— Conheci — Muffy responde com toda a calma. — Não fique nervosa. Eu só estava perguntando.

— Você acha que eu estava indo para a cama com ele. *Eu.*

— Já vi coisas mais estranhas acontecerem — Muffy observa. — Afinal de contas, estamos em Nova York.

E, de repente, muitas coisas ficam claras: como o anel da Muffy ficou "acidentalmente" preso na jaqueta do reitor Allington; por que ela pode pensar que eu poderia estar atrás de Owen Broucho; qual era o objetivo da saia-lápis e do salto alto; o que ela está fazendo em Nova York para começo de conversa, tão longe de sua terra natal, Atlanta.

Olha, não estou aqui para julgar ninguém. Cada um é cada um e tudo o mais.

Mas a ideia de qualquer mulher que se muda para Nova York e começa a trabalhar com o objetivo único de arrumar marido é meio... bem. Nojento.

Quem sabe o que eu poderia ter dito à Srta. Muffy Fowler se naquele exato momento não tivesse acontecido uma coisa para me distrair? Uma coisa tão chamativa (para mim, pelo menos) que qualquer outra ideia de conversa com ela desaparece do meu cérebro e eu esqueço que estou parada na frente do Conjunto Residencial Fischer, o local de mais um grande crime, e o lugar onde eu consumo com regularidade mais do que a minha quantidade diária de calorias aconselhada pelo Ministério da Saúde.

E essa coisa é a visão do meu senhorio, semiempregador e amor da minha vida, Cooper Cartwright, correndo na minha direção, arfando.

— Vim para cá assim que eu soube. Está tudo bem com você?

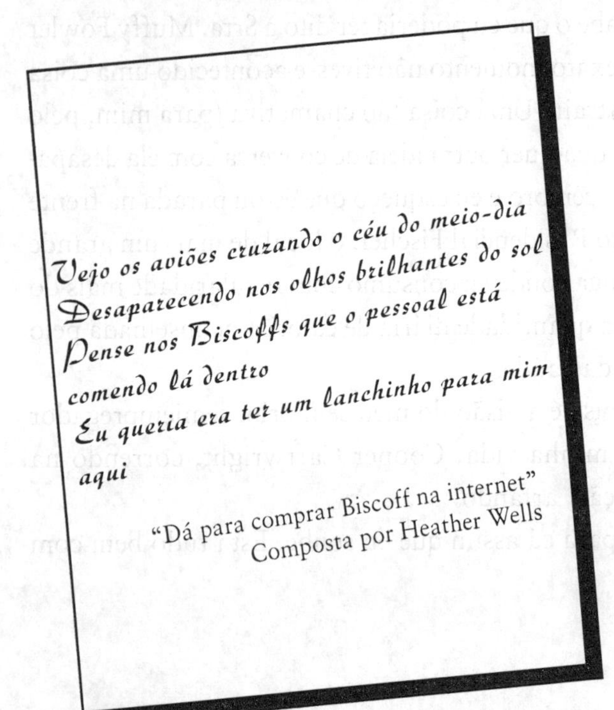

— Muito bem, oi para você.

É isso que Muffy Fowler diz ao Cooper depois que se vira para olhar para ele. Antes que eu me dê conta, ela já está com a bunda empinada e com a mão na cinturinha minúscula, com aquele olhar de gazela, medindo Cooper dos pés calçados com tênis de corrida (bom, ele é detetive particular, afinal de contas. A gente parte do princípio de que ele precisa *correr* atrás de pessoas, como por exemplo bandidos e... sei lá. Meliantes. Ou qualquer coisa do tipo) até a cabeça coberta com cabelo escuro que necessita de um leve corte.

— Hum. — Cooper olha de mim para Muffy e para mim outra vez. — Oi.

— Muffy Fowler. — Muffy estende a mão que exibe o anel de diamante (que, agora eu percebo, é o anel de noivado do casamento cancelado dela) e Cooper a cumprimenta. — Relações públicas da Faculdade de Nova York. E você, quem seria?

— Hum, Cooper Cartwright — ele responde. — Amigo da Heather. Eu estava querendo conversar com ela um minutinho.

— Claro que sim! — Muffy segura a mão dele por um instante além do necessário (até parece que ela acha que eu não ia reparar), então lança um sorriso reluzente para mim e diz: — Tome o tempo que precisar, viu, Heather, você escutou? Eu vou estar ali dentro com o reitor Allington se você precisar de alguma coisa.

Fico olhando para ela. Por que ela está olhando para mim como se fosse minha supervisora (ou companheira de irmandade) ou qualquer coisa do tipo?

— Hum — respondo devagar. — Pode deixar... Muffy.

Ela me dá um abraço rápido de apoio (e me envolve não apenas com os braços, mas também em uma nuvem de Chanel N° 19) e então entra apressada no prédio. Cooper fica olhando fixo para mim.

— O que foi aquilo. — É o que ele pergunta, não exatamente questionando.

— Aquilo — eu respondo — foi a Muffy. Ela se apresentou. Está lembrado?

— É — ele diz. — Eu reparei. Achei que pudesse ter sido uma alucinação. — Ele olha por cima do ombro para os jornalistas que, longe de acatarem a sugestão da Muffy e desmontar tudo para ir para casa, estão parando alunos que atravessam a rua, tentando voltar ao Conjunto Residencial Fischer para almoçar depois da aula, para perguntar a eles se conheciam Owen Broucho e o que pensam a respeito de sua morte brutal e prematura. — Isto é inacreditável. Está tudo bem com você?

— Está — respondo, um pouco surpresa. — Eu estou bem. Por quê?

— Por quê? — Cooper olha do alto para mim com uma expressão muito sarcástica no rosto. — Nossa, não sei. Talvez porque alguém deu um tiro na cabeça do seu chefe hoje de manhã?

Estou comovida. Sério. Não consigo acreditar que ele está preocupado. Quer dizer, eu sei que ele se preocupa.

Mas não consigo acreditar que ele se preocupa a ponto de vir até aqui pessoalmente para ver como eu estou. Claro que a Sexta Delegacia de Polícia tinha tomado conta da minha sala e eu estava sendo entrevistada pela Fox News, então eu não estava exatamente atendendo o celular.

Mas, mesmo assim. É legal saber que posso contar com o Cooper.

— Então, o que você sabe sobre esse sujeito? — ele pergunta e apoia um pé em um dos vasos que os alunos costumam usar como cinzeiro, apesar de todos os cartazes criativos e bem colocados que eu espalhei por aqui dizendo para não fazerem isso. — Você conhece alguém que tenha motivos para querer que ele esteja morto?

Se mais uma pessoa me fizer essa pergunta, sinceramente, acho que a minha cabeça é capaz de explodir.

— Não — eu respondo. — Tirando Odie.

Cooper olha para mim de um jeito esquisito.

— Quem?

— Deixa para lá — digo. — Olha, eu não sei. Todo mundo e mais um pouco já me fez essa pergunta. Se eu soubesse, você não acha que eu já teria dito alguma coisa? Eu mal falava com o cara, Coop. Quero dizer, nós trabalhamos juntos durante alguns meses e tudo mais, mas até parece que ele era meu amigo... não era como Tom. — O meu chefe anterior, com quem eu ainda me encontro regularmente para tomar uma cerveja depois do expediente no Stoned Crow. — Quero dizer, tirando todo o fiasco com o CAPG, não consigo pensar em ninguém que possa ter algo contra Owen Broucho. Ele era simplesmente... insosso.

Cooper fica olhando surpreso para mim.

— Insosso.

Eu dou de ombros, sem saber mais o que fazer.

— Exatamente. Tipo baunilha. Quero dizer, para alguém detestar você o suficiente para matar, você pelo menos tem que... não sei. Tem que ter feito alguma coisa. Alguma coisa interessante. Mas não havia nada interessante a respeito do Owen, nem de longe. Estou falando sério.

Cooper dá uma olhada do outro lado da rua, para os repórteres e seus furgões com todas aquelas miniparabólicas de satélite no teto. Parados do lado de um furgão (mas para fora dos limites da roda de xadrez, porque o guarda idoso que controlava a área finalmente se fartou deles e os expulsou de lá) estão Sarah e sua turminha do CAPG, incluindo Sebastian, bem relaxado, cochichando em tom sombrio entre si, porque os repórteres já gravaram todas as sonoras de que precisavam com eles e não querem mais entrevistá-los.

— E você acha que aquela gente pode ter alguma coisa a ver com isso? — Cooper pergunta, apontando com a cabeça na direção da Sarah.

Eu reviro os olhos.

— Pelamordedeus. *Eles?* Eles são todos, tipo, vegetarianos. Você acha que algum deles ia ter coragem de atirar na cabeça do sujeito? Eles nem comem ovos.

— Ainda assim... — Cooper diz. — Com Broucho fora do caminho...

— Não muda nada — respondo. — A administração não vai mudar de posição. No mínimo, o CAPG perdeu a única voz da razão que existia no meio dessa confusão maluca. Então... — eu estremeço. — Meu Deus, Cooper. Se houver uma greve, os problemas por aqui não vão ter *fim*.

O Cooper parece pensativo.

— E quem vai sair ganhando se houver greve?

Ergo a cabeça para olhar para ele.

— Quem vai sair ganhando se houver *greve*? Ninguém. Você está louco?

— Alguém sempre se beneficia com um assassinato — Cooper diz, ainda com ar pensativo. — *Sempre*.

— Bem — digo, seca. — Não sei quem vai se beneficiar se tiver um monte de lixo espalhado por todo lado... e privadas entupidas... e nenhum segurança no campus... Porque, se o sindicato dos alunos de pós-graduação fizer greve, o sindicato dos faxineiros e o dos seguranças vão ter que fazer greve solidária junto. É parte do acordo deles. Este lugar vai se transformar em um zoológico.

— Empresas sanitárias particulares vão ter que dar uma ajuda — Cooper diz, assentindo com a cabeça. — Segurança privada e empresas de prestação de serviços de faxina também. Talvez seja exatamente o que os donos dessas empresas estejam esperando. Um dinheirinho extra de meio de ano.

Fico olhando de queixo caído para ele enquanto absorvo o significado das palavras dele.

— Espera. Você acha... você acha que o assassinato do Owen foi TRABALHO DA MÁFIA?

Ele dá de ombros.

— Não seria algo inédito. Afinal de contas, estamos em Nova York.

— Mas... mas... — Fico lá parada, estupefata. — Nunca vou descobrir quem o matou se foi TRABALHO DA MÁFIA!

E é aí que Cooper tira o pé do vaso, dá meia-volta e agarra os meus ombros com tanta força que, não vou mentir, dói um pouco. Quando percebo, estou sendo apertada contra os tijolinhos vermelhos que formam as paredes do Conjunto Residencial Fischer, com meu cabelo agora quase seco esmagado contra a placa de cerca de 1855 que fica de um dos lados da porta.

— Nem pense nisso — diz Cooper.

Ele não está gritando, nem está falando acima do tom de uma conversa normal, aliás.

Ele só está muito, muito sério. Tão sério como eu nunca o vi. Não ficou assim nem quando eu sem querer coloquei o casaco de moletom preferido dele na secadora e ele encolheu até ficar tamanho P. O rosto dele está a apenas alguns centímetros do meu. Está tão próximo, que tapa o céu azul lá em cima, e a copa verde das árvores cheias de folhas embaixo dele, e as miniparabólicas em cima dos furgões dos canais de TV, assim como a fila de táxis que desfila pela Washington Square West, e o fluxo de alunos entrando no prédio que perguntam: "Por que tem tanta polícia na Waverly? Alguém pulou da janela ou algo do tipo?"

— Meu Deus — digo, nervosa, ao reparar na barba por fazer de Cooper que ele parece não ter tido tempo de fazer hoje de manhã. E imaginando como seria passar a mão naquela barba por fazer. E isso é ridículo, porque eu já tenho namorado. Que me pediu em casamento hoje de manhã. Bem, praticamente. — Eu só estava brincando.

— Não — Cooper diz, com os olhos azuis dele olhando no fundo dos meus. — Você não estava brincando. E desse aqui, Heather, você vai ficar de fora. Ele não era um aluno. Você nem gosta do sujeito. Esse aqui *não* é sua responsabilidade.

A Dorothy. De *Supergatas*. Nós dois somos a Dorothy de *Supergatas*.

As coisas que passam pela cabeça da gente quando os lábios do homem por quem você está apaixonada estão a apenas alguns centímetros do seu são estranhas. Principalmente, sabe como é, quando você está indo para a cama com outro.

— Hum — digo, incapaz de desviar os olhos da boca dele. — Certo.

— Desta vez eu estou falando sério, Heather — Cooper diz. Os dedos dele apertam meus ombros. — Fique fora disto.

— Vou ficar. — Meus olhos se enchem de lágrimas, inexplicavelmente. Não é porque ele está me machucando: o apertão dele não é assim tão forte. Mas é porque eu não consigo parar de pensar em Magda e em Pete. Quanto tempo eles dois desperdiçaram, quando já podiam estar juntos? Quando, de verdade, a única coisa que os mantém afastados é a falta de noção masculina básica de Pete... e o orgulho feminino de Magda. Quero dizer, isso se Pete também gostar dela. E eu tenho quase certeza de que ele gosta. Quem sabe se eu simplesmente *disser* para Cooper como eu me sinto...

— Cooper.

— Estou falando sério, Heather. Este sujeito pode estar metido em coisas que você não faz ideia... de que não faz a menor ideia, nem de longe. Você me entendeu?

É verdade, eu já tinha tentado dizer para ele antes. Mas ele tinha mencionado alguma coisa sobre não querer ser o cara que iria me ajudar a me recuperar de um relacionamento ruim.

Mas será que Tad já não tinha se revelado mais do que adequado para essa função?

Mesmo assim... coitado do Tad! Como é que eu podia fazer uma coisa dessas com ele? Afinal, tem aquela coisa que ele quer perguntar para mim.

Mas, fala sério. Tad nem tem televisão! Será que é mesmo possível eu estar alimentando a ideia de passar o resto da vida com um cara que espera que eu corra 5 quilômetros toda manhã com ele, evita todo tipo de carne e derivados e nem tem uma televisão própria?

Não. Simplesmente... não.

— Cooper.

— Só estou pedindo para você deixar para lá. Certo? Se você estiver com qualquer ideia de que deseja solucionar por conta própria o assassinato do seu chefe, pode desistir agora mesmo.

— Cooper!

Ele solta um pouco o apertão nos meus ombros e relaxa os dele.

— O que é?

— Tem um assunto que eu ando querendo discutir com você — digo depois de respirar fundo.

Eu preciso fazer isso. Eu simplesmente tenho que engolir o meu orgulho e dizer ao Cooper o que eu sinto. Claro que a frente do prédio onde eu trabalho no dia em que o meu chefe foi assassinado talvez não seja o melhor lugar nem o melhor momento. Mas, realmente, qual é o melhor lugar e qual é o melhor momento para você contar para o cara que você ama sem ser correspondida que você o ama sem ser correspondida? *Depois* que você já aceitou um pedido de casamento de outro cara?

— O que é? — pergunta Cooper, com ar desconfiado... como se achasse que eu ia começar a cantar e a dançar para falar sobre como é importante, pelo bem do meu emprego, que eu fosse investigar pessoalmente o assassinato do meu chefe.

— Eu... — começo, nervosa, sentindo o coração de repente subir para a garganta. Ele não reparou, certo? Entre o meu pulso que bate maluco e as lágrimas nos meus olhos, ele tem que saber que está rolando alguma coisa, certo? — O negócio é que, eu...

— Heather!

Viro a cabeça em um movimento de surpresa quando uma silhueta conhecida vem correndo saltitante na nossa direção, vinda da West Fourth Street. É Tad, com o rabo de cavalo comprido balançando atrás dele e um saco de papel branco em cada mão.

Ai, meu Deus. Agora, não. *Agora, não.*

— Heather — ele diz quando nos alcança. Os olhos dele, atrás dos óculos de aros dourados, estão preocupados; sua expressão é de ansiedade. — Acabei de saber. Ai, meu Deus, sinto muitíssimo. Você não estava presente quando aconteceu, estava? Ah, oi, Cooper.

— Oi — responde Cooper.

E então, como se Cooper de repente percebesse que ainda estava com as mãos nos meus ombros, ele me larga e recua um passo. Ele quase parece... bem. Culpado.

E isso é um absurdo, porque até parece que nós estávamos fazendo alguma coisa para ele se sentir culpado. Bom, eu estava prestes a confessar meu amor eterno por ele.

Mas ele não sabe disso.

— Eu vim para cá assim que soube — diz Tad. — Sobre o seu chefe, quero dizer. — Ele olha na direção dos furgões dos canais de TV. — Parece que eles estão aí em peso, hein? Os urubus. — Ele finge um calafrio, então me entrega um dos sacos de papel. — É para você. Trouxe um almoço para nós.

Pego o saco que ele me oferece, comovida com o gesto. Acho.

— Ah, trouxe? Tad, quanta gentileza...

— É, eu dei uma passada no centro estudantil e peguei duas saladas de três grãos — diz Tad e coloca o braço ao redor dos meus ombros. — E uns shakes de proteína. Achei que você ia precisar de alguma coisa com alto teor nutritivo depois do choque que sofreu... E nós tomamos aquele café da manhã terrível. .

— Ah. — Salada de três grãos? Ele está de piada? Por acaso eu tenho cara de ser uma mulher que precisa de uma salada de três grãos nesse momento? Uma tigela de três grãos com chili e meio quilo de queijo cheddar por cima teria mais a ver.

E o nosso café da manhã não tinha sido terrível, de jeito nenhum. A menos que ele queira dizer terrivelmente delicioso.

Mesmo assim, tentando ser gentil, eu digo:

— Muito obrigada, Tad.

— Desculpe por não ter trazido nada para você, Cooper — Tad diz, com um sorriso desolado. — Eu não sabia que você estaria por aqui.

— Ah — responde Cooper com simpatia. — Tudo bem. Eu já me empanturrei de salada de três grãos antes.

Tad dá um sorriso, ciente de que o Cooper está brincando, e então completa:

— Ah, e... parabéns. Por ser tio. Bem, futuro tio.

Cooper parece confuso.

— Como assim?

Dá para ver que Jordan deve ter informado aos fãs que sua família logo cresceria, mas ele não se deu ao trabalho de ligar para o próprio irmão. Legal. É a cara do Jordan.

— Jordan e Tania estão esperando um filho — explico ao Cooper.

Cooper parece horrorizado... e essa é a reação apropriada, nessas circunstâncias.

— Você está de brincadeira — ele diz. Ele não completa com: *O que aconteceu? A camisinha furou ou algo assim?* Mas só porque ele tem classe demais. Dá para ver que ele está pensando nisso, com certeza. Porque qualquer pessoa que conhece Jordan pensaria nisso.

— É — respondo. — Parece que a assessoria de imprensa colocou a notícia hoje de manhã no site deles.

— Bem — Cooper diz. — Que ótimo. Bom para eles. Eu vou ter que sair para comprar um... chocalho. Ou qualquer coisa assim.

— É — respondo. Então, ao ver que o Tad está lá parado com o saco com salada de três grãos e shake de proteína apertado na mão, olhando para mim com as sobrancelhas erguidas, cheio de expectativa, digo:

— Bem. Acho melhor nós irmos comer. Antes que mais alguém leve um tiro.

Ninguém ri da minha piadinha. Também, acho que no final das contas, não foi assim tão engraçada. Mas, sabe como é. Como Sarah diz: nós com frequência recorremos ao humor mórbido para tentar romper a conexão entre um estímulo de medo e uma reação emocional indesejada.

— É — continuo e seguro no braço de Tad. — Certo. Então, vamos comer. A gente se fala, Coop.

E arrasto o meu namorado para dentro.

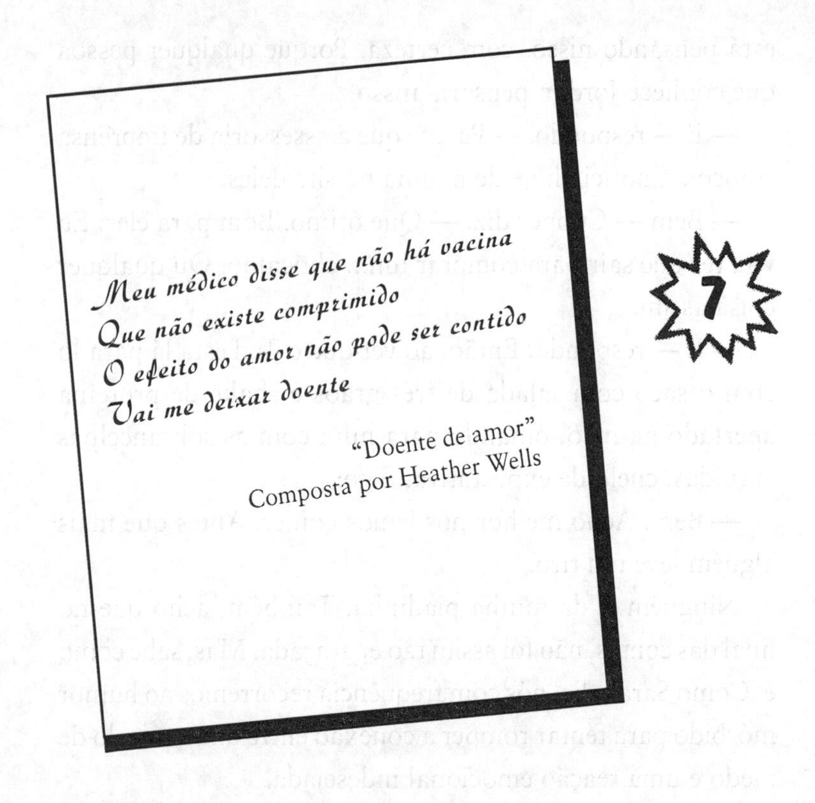

Tad está preocupado comigo. É o que ele fica repetindo: que está preocupado.

— É só por que... poderia ter sido com você — ele diz.

Eu largo o garfo. Estamos no refeitório do Conjunto Residencial Fischer, em um canto escuro e isolado onde, Tad, se quisesse, poderia fazer a pergunta que evitou hoje de manhã, já que não era o momento certo.

Mas, para dizer a verdade, se o momento em que nós dois estávamos pelados no chuveiro não era o certo, provavelmente também não será quando estamos comendo salada de três grãos algumas horas depois de eu ter encontrado o meu chefe com um buraco de bala na cabeça.

— Não — respondo. — Não podia ter sido comigo, Tad. Em primeiro lugar, na minha sala nem tem janela. Está lembrado? É para isso que serve a grade. Para deixar entrar um pouco de luz natural. E, em segundo lugar, a pessoa que atirou no Owen obviamente tinha alguma coisa contra ele. Ninguém tem nada contra mim. Eu não sou assim.

— Ah, é? E por acaso o Dr. Broucho era? — Tad ri, mas não como se ele realmente achasse que o que eu disse é muito engraçado. Principalmente a parte da grade. Isso acontece muito comigo (de as pessoas não me acharem tão engraçada quanto eu acredito ser). — Afinal, ele é um funcionário administrativo de faculdade, careca e de meia-idade.

— Vai saber. — Dou de ombros. — Afinal, até parece que eu alguma vez o vi fora do trabalho. Vai ver que ele vendia bebês no mercado negro ou qualquer coisa assim.

— Heather!

— Bem, você sabe do que eu estou falando. — Fico remexendo a minha salada de três grãos com o garfo, na esperança de que, por algum milagre, eu encontre algum pedaço perdido de presunto, macarrão ou algo do tipo. Mas não tenho tanta sorte. Onde a porcaria do rigatoni se esconde quando você precisa dele?

— Só estou dizendo que tem um assassino à solta, Heather — Tad diz, todo preocupado. — Ele atacou seu chefe, um homem que, pelo que nós sabemos, é tão nocivo quanto... quanto esta salada de três grãos. É só isso que eu estou dizendo. E eu... bem, estou muito feliz por não ter sido com você.

Eu ergo os olhos do recipiente plástico com uma risada, achando que Tad está brincando... Quero dizer, é óbvio que ele está feliz por não ter sido eu a levar um tiro na cachola, certo? Não há necessidade de realmente dizer isso em voz alta, não é mesmo?

Mas parece que, para Tad, há. Porque ele também está esticando o braço por cima da mesa para pegar a minha mão. Agora ele está olhando com ternura no fundo dos meus olhos.

Ai, meu Deus. Ele está falando sério. O que eu digo? O que eu *posso* dizer?

— Hum. Obrigada. Eu... hum. Também fico feliz por não ter sido comigo

Estamos ali sentados desse jeito, de mãos dadas por cima das nossas saladas de três grãos, quando Sarah se aproxima de nós com uma expressão de aborrecimento no rosto.

— Olá — diz, mas não com entonação de quem faz um cumprimento. Mais com uma entonação de "por onde você andou?". — Finalmente encontrei você. Todo mundo está à sua procura. Tem uma reunião de emergência dos funcionários administrativos do departamento de acomodação na biblioteca do segundo andar aqui do prédio. Tipo, *agora*. A única pessoa que não está lá é você.

Eu me levanto de um pulo e limpo a boca com um guardanapo.

— Ai, meu Deus, é mesmo? Eu não fazia ideia. Desculpe, Tad, é melhor eu ir andando...

Tad parece incomodado.

— Mas você nem terminou o seu shake de proteína...

— Não faz mal — eu garanto a ele. Não quero ofender, mas aquele shake de proteína tinha gosto de dejeto químico. — Eu ligo para você mais tarde, ok?

Eu me isento de dar um beijo de despedida nele (estamos no meio do refeitório, cheio de alunos no intervalo do almoço, e a nossa relação continua sendo supostamente de aluna/ professor e mais nada, afinal de contas) e me contento em dar um pequeno apertão na mão dele antes de seguir Sarah, ainda com expressão aborrecida. Passamos pela caixa da Magda e pelo saguão de entrada, subimos a escada até a biblioteca do segundo andar, que ainda contém as estantes de mogno do século XIX que no passado abrigavam a extensa coleção de literatura clássica encadernada em couro da família Fischer, e nas quais nós tentamos guardar livros, inúmeras vezes; mas eles todos sempre eram roubados, por mais que estivessem velhos e a capa fosse cafona, e eram vendidos em sebos de St. Mark's Place.

Mas a sala continua fazendo muito sucesso entre os residentes que têm de estudar para alguma prova e precisam ficar longe dos colegas de quarto bagunceiros. Fui eu quem fiz todos os cartazes de *Shhhh! Favor usar apenas para estudos silenciosos!* e *Para estudo em grupo, use a sala 211 deste andar* e afixei embaixo dos querubins em gesso que adornam as paredes e que, cem anos atrás, observavam festas regadas a conhaque e não uma garotada digitando em MacBooks. Mas enfim.

— O que está acontecendo? — Pergunto à Sarah enquanto subimos a escada. — Para que é esta reunião?

— Não sei dizer — Sarah responde e dá uma fungada — Os funcionários estudantis não foram convidados. A *nossa* reunião é hoje à noite, às nove. Mais uma vez, parece que não somos considerados bons o suficiente para nos misturar aos importantes funcionários profissionais.

— Tenho certeza de que só foi porque eles acharam que a maior parte de vocês estaria em aula neste exato momento — digo, estupefata, principalmente por causa do amargor do tom dela. Sarah detesta não fazer parte de nada que os funcionários profissionais estejam fazendo... e por isso eu não a culpo, exatamente. Ela certamente trabalha com o mesmo afinco (se não ainda com mais dedicação) do que qualquer um de nós, e só em troca de um quarto e alimentação. Além disso, ainda tem que fazer um curso em tempo integral. Realmente é uma sacanagem a faculdade estar querendo tirar o seguro-saúde e tudo mais dela. Ela tem todo o direito de reclamar... e até de fazer greve.

Mas eu bem que gostaria que houvesse outra maneira para o CAPG fazer o gabinete do reitor escutar o que eles têm a dizer em vez de recorrer a um ato tão extremo. Será que eles não podiam simplesmente sentar e *conversar*?

Mas, bom, acho que já tentaram fazer isso. O trabalho do Owen não era exatamente esse?

E veja só no que deu...

— Como estão as coisas? — pergunto a ela, quando chegamos ao segundo andar, que está silencioso neste horário do dia, já que a maior parte dos residentes ou está em aula ou no andar de baixo, comendo. — Quero dizer, com a coisa do CAPG, agora que o Dr. Broucho... sabe como é. Fora de cena? Eu sei que só faz algumas horas, mas houve algum... progresso?

— Como você *acha* que estão as coisas? — Sarah quer saber, toda esquentada.

— Ah, Sarah — digo. — Sinto muito...

— Tanto faz — diz Sarah com um amargor fora do comum (mesmo para ela). — Aposto que eu consigo adivinhar exatamente o que vai acontecer nessa reunião em que você vai entrar agora. O reitor Allington vai indicar alguém... Dr. Jessup, provavelmente... como ombudsman interino... até conseguirem encontrar um substituto para o Dr. Broucho. E isso é uma ironia, porque o Dr. Broucho estava de interino até encontrarem um substituto para o Tom. Sebastian tinha certeza de que não seria assim, que quando Broucho estivesse fora de cena, o Dr. Allington teria que se reunir conosco, cara a cara. Eu tentei dizer a ele. Eu tentei dizer a ele que isso nunca ia acontecer. Quer dizer, por que Phillip Allington iria sujar as próprias mãos com uma porcaria como nós, se ele pode contratar alguém... *alguma outra pessoa*... para fazer isso?

Para a minha surpresa, Sarah começa a chorar... bem ali no meio do corredor do segundo andar, na frente do quadro de avisos do boletim de sexo seguro. Preocupada (por mais de um motivo), eu a envolvo em um abraço e aninho a cabeça dela no meu ombro enquanto o cabelo enlouquecidamente frisado dela faz coceguinhas no meu nariz.

— Sarah — digo, dando tapinhas nas costas dela. — Vamos lá. Falando sério. Não é tão mau assim. Quero dizer, é ruim um homem estar morto e tudo mais. Mas os seus pais já disseram que vão pagar o seu seguro-saúde. Quero dizer, eles acabaram de comprar uma casa de inverno em Taos. Até parece que mais 600 dólares por semestre vai levá-los à falência. E não é verdade que os pais do Sebastian são donos de todos os cinemas de Grosse Pointe, ou algo do tipo? Ele também não vai ficar exatamente na miséria...

— Não é isso — Sarah soluça no meu pescoço. — É o princípio da coisa. É o princípio da coisa! E as pessoas que não têm pais que ganham mais de um milhão por ano? Por acaso elas não merecem ser atendidas pelo Serviço de Saúde? Elas não merecem ter seguro-saúde?

— Claro que merecem — respondo. — Mas, sabe, nem tudo depende do Dr. Allington. Uma grande parte das decisões relativas a negociar ou não um novo contrato com vocês está nas mãos do conselho da diretoria...

— Eu *disse* isso para Sebastian — Sarah diz e se afasta do meu pescoço em um gesto abrupto, enxugando os olhos com as costas das mãos. — Meu Deus. Ele é tão contestador.

Fico com vontade de avisá-la em relação à escolha de palavras (principalmente com a probabilidade de a polícia investigar o CAPG em busca de possíveis suspeitos para o assassinato do Owen), mas não tenho oportunidade, porque a porta da biblioteca se abre de repente e Tom, que tinha sido o meu chefe aqui no Conjunto Residencial Fischer alguns meses antes, até ser promovido, olha para fora, me vê e sibila por entre os dentes:

— Ah, você *apareceu*! Entre aqui! Você vai perder toda a parte boa!

Eu sei que, quando ele diz *parte boa*, quer dizer que vamos dar muita risada com a maneira como os administradores seniores vão se fazer de idiotas, algo que nós dois realmente adoramos observar. Nós costumamos nos sentar juntos no fundo da sala durante as reuniões administrativas para assistir ao espetáculo.

— Já vou — aviso. Para Sarah eu digo, ao mesmo tempo em que tento tirar um pouco do cabelo excessivamente armado do rosto dela: — Preciso ir. Você vai ficar bem? Estou preocupada com você.

— O quê? — Sarah ergue a cabeça e as lágrimas desapareceram, como que por um milagre. Bom, quase. Algumas ainda ficaram penduradas nos cílios dela, sem cair. Mas poderiam ser confundidas com reação alérgica ao pólen da primavera. — Está tudo bem. Tanto faz. Pode ir. É melhor você andar logo. Não vai querer se atrasar para a sua *reunião importantíssima*.

Olho para ela meio incerta.

— O inspetor Canavan ainda está na minha sala? Porque, se não estiver...

— Eu sei — ela responde, revirando os olhos cheios de lágrimas com sarcasmo. — Alguém precisa ficar lá para que os residentes possam ter com quem conversar a respeito da recente tragédia. Não se preocupe. Eu cuido disso.

— Que bom — digo. — Quando eu terminar aqui, você e eu vamos ter uma conversinha.

— Vai ser ótimo — Sarah diz, com desdém. — Mal posso esperar.

Lanço um olhar de preocupação final para ela e então me esgueiro pela porta que Tom segura aberta.

— Estou vendo que a Senhorita Calça Molhada — Tom diz, referindo-se à Sarah — não mudou nem um pouco desde que eu fui embora.

— A semana dela foi difícil — digo em defesa de Sarah. — Ela se apaixonou pelo chefe do CAPG, e ele nem sabe que ela existe.

Tom não parece se comover nem um pouco com isso.

— Mas por que ela foi querer que uma coisa dessas acontecesse? Aquele sujeito mal *toma banho*. E usa uma bolsa a tiracolo. E essa observação foi desnecessária.

Eu assinto, então me viro para ver que o Departamento de Acomodação inteiro (bem, todos os nove diretores de conjuntos residenciais estudantis; os diretores assistentes de todos eles; os três coordenadores de área; o psicólogo de plantão, o Dr. Flynn; o chefe do departamento, o Dr. Jessup; a Dra. Gillian Kilgore, assistente social; um homem que eu nunca vi antes; o reitor Allington; e, por algum motivo, a Muffy Fowler) está reunido na biblioteca do Conjunto Residencial Fischer, todos empoleirados nos sofás de design institucional de vinil azul (ou, para ser mais exata, sofazinhos, já que sofás grandes incentivariam os alunos a dormir ali, e nós queremos que os alunos durmam no quarto deles, não nas áreas comuns).

— Bem — Dr. Jessup diz quando me vê, e fica claro que Sarah não estava exagerando. Todo mundo realmente estava me esperando para a reunião começar. Ele faz uma pausa enquanto Tom e eu encontramos um lugar para sentar (no fundo). E, como todos os sofazinhos estão ocupados, somos forçados a nos acomodar em cima do carpete bege (tem esta cor porque assim os refrigerantes derramados não aparecem tanto) com as costas na parede, bem embaixo de uma fileira de janelas que dão vista para Washington Square Park. O Tom imediatamente tira a tampa da caneta Montblanc que os pais dele lhe deram de presente de formatura e rabisca: *Bem-vinda ao INFERNO!* no alto de uma página em branco da agenda dele.

Obrigada, eu digo em resposta, sem emitir nenhum som. Sinto saudades de Tom. A vida era tão melhor quando ele era meu chefe... Para começo de conversa, tinha o fato de nós dois nos revezarmos o dia inteiro para sair e comprar sapatos na Eighth Street, isso quando não estávamos fofocando sobre os residentes e escutando Kelly Clarkson no iTunes.

E, em segundo lugar, Tom nunca se importou com o lugar onde eu arrumava o papel para a nossa máquina de fotocópia. Só ligava para o fato de ter papel ou não.

E havia também o pequeno fato de que Tom nunca foi tão idiota a ponto de levar um tiro na cabeça.

— Agora que estamos todos aqui — Dr. Jessup prossegue —, permitam-me dizer *por que* vocês estão aqui. Tenho certeza de que todos sabem que hoje de manhã vivemos um acontecimento trágico aqui no Conjunto Residencial Fischer que terá repercussões não apenas no nosso departamento, mas em toda a faculdade. Owen Broucho, o diretor interino do Conjunto Residencial Fischer e ombudsman do gabinete do reitor, foi morto em sua sala por um tiro que entrou pela parte de trás da cabeça dele. Ao mesmo tempo que tenho certeza de que nenhum de nós realmente chegou a conhecer Owen Broucho tão bem quanto gostaria nesse semestre, o que sabemos nos leva a acreditar que ele era um homem bom, que não merecia morrer do modo terrível e trágico como morreu.

Tom se inclina para perto de mim e sussurra:

— São dois.

Eu olho para ele.

— Dois o quê? — sussurro de volta.

— Dois *trágicos* — diz ele entredentes. — Um *acontecimento trágico* e o *modo trágico.*

Com muita solenidade, Tom escreve a palavra *Trágico* no alto da página em branco da agenda dele e faz duas marquinhas embaixo dela.

— E lá vamos nós — sussurra, todo alegre.

— Quem é aquele sujeito? — sussurro e aponto para a única pessoa presente que eu nunca tinha visto.

— Você não sabe quem é? — Tom parece escandalizado. — Aquele é o reverendo Mark Halstead. Ele é o novo pastor ecumênico da juventude do campus.

Fico olhando para o reverendo Mark. Ele tem aquela beleza neutra de um apresentador de programa esportivo. Usa jeans cuidadosamente desbotado com paletó esporte e gravata. Está sentado no braço do sofazinho que Muffy Fowler divide com Gillian Kilgore. Muffy está inclinada para a frente no assento com os cotovelos apoiados nos joelhos olhando fixo para o Dr. Jessup com os lábios levemente separados.

Não posso deixar de notar que ela acabou de retocar o brilho labial.

E que o reverendo Mark tem visão privilegiada da parte da frente da blusa branca de babadinhos de Muffy.

— Nós reunimos todos vocês aqui nesta tarde — Dr. Jessup continua — para assegurar que a polícia está fazendo todo o possível para desvendar esse crime trágico...

Com um gesto solene, Tom faz mais uma marquinha na agenda dele.

— ...e parece, de acordo com todos os indícios, que esse foi um incidente isolado. Os outros integrantes desta equipe não estão ameaçados, de maneira nenhuma. Pois não, Simon?

Simon Hague, diretor do Conjunto Residencial Wasser, e maior rival do Conjunto Residencial Fischer (na minha cabeça), devido ao fato de ter uma piscina no porão (e também por não carregar o apelido infeliz de Alojamento da Morte), abaixa a mão e diz, com o jeito insuportável (na minha opinião) que ele tem de falar, sempre se lamentando:

— Hum, tudo bem, certo. Você está *dizendo* isso. Que nenhum outro integrante desta equipe está ameaçado. Mas o que está sendo feito para *garantir* isso? Quero dizer, como é que nós podemos saber que nenhum de nós é o próximo? Como é que nós vamos *saber* que nenhum outro funcionário é o próximo alvo?

Vários outros diretores de conjunto residencial assentem com a cabeça. Tom faz um rabisco de um homem que se parece muito com Simon. Daí, desenha a cabeça dele explodindo.

— Então — ele sussurra, como quem não quer nada. — Como vai o nosso rapaz?

Fico olhando para ele sem entender nada. — Você está falando do Tad?

Ele revira os olhos.

— Não. Estou falando daquele de quem você gosta *de verdade*. Cooper. Como ele anda? Faz um tempão que não o vejo.

— Ele vai bem — respondo... de um jeito meio tristonho, admito.

E, tudo bem, eu sei que nós estamos em uma reunião para falar do meu chefe, que eu encontrei morto algumas horas antes, e que aquilo era trágico (todos nós sabemos muito bem disso), ver um homem morto sem motivo, e ainda no melhor momento da vida, e tudo o mais.

Mas eu estou precisando de conselhos de relacionamento. E quem melhor para isso do que um gay?

— Tad me perguntou hoje de manhã se eu podia tirar uma folga no verão, e daí me disse que tem uma coisa para me perguntar, quando chegar a hora certa. — Eu sussurro. — E acho que ele não está falando de uma casa para alugar no litoral de Nova Jersey.

Tom faz uma expressão apropriadamente apavorada.

— O *quê?* Está falando sério? Vocês só estão namorando faz o quê? Um mês?

— Experimente três — sussurro em resposta. — E olha só quem fala. Ou você não está basicamente morando junto com o técnico de basquete da Faculdade de Nova York?

— Isso é diferente. — Agora Tom está indignado. — Nós *não* podemos nos casar. Os pais dele não sabem que ele é gay.

— Então, o inspetor Canavan, da Sexta Delegacia, garantiu — Dr. Jessup diz, com um pouco de suor aparecendo na testa sob as lâmpadas fluorescentes (os lustres originais da biblioteca foram removidos, junto com o encanamento contendo amianto, e substituídos por teto rebaixado na década de 1970) — que ele e seu pessoal estão fazendo todo o possível para encontrar uma rápida solução para essa tragédia — Tom reflete a respeito de adicionar uma marquinha ou não, mas no final acaba adicionando —, mas ele parece ter bastante certeza de que ninguém tem como alvo integrantes da...

— Por que alguém simplesmente não vai e fala logo? — O diretor de conjunto residencial de um prédio em Wall Street, que a faculdade teve que comprar porque não tinha mais lugar no campus, levanta e fica olhando para todas as outras pessoas com um ar de acusação. — Todos nós sabemos quem fez isto. E por quê! Foi o CAPG! Sebastian Blumenthal tem que estar por trás disso! Não vamos nos deixar enganar!

A isso se segue o caos. A maior parte das pessoas parece achar mesmo que Sebastian tinha que ser o responsável. Essa opinião parece se basear unicamente no fato de que Sebastian tem cabelo comprido e parece não tomar muito banho.

Isso faz com que o reverendo Mark observe que um certo salvador também poderia ser descrito assim, mas que ele nunca matou ninguém.

Essa observação deixa Tom tão deliciado que ele olha para o teto rebaixado e diz, sem emitir som: *Obrigado, Senhor.* E daí ele grita, para ninguém especificamente:

— Mas e a *bolsa a tiracolo* dele?

Dr. Jessup circula pela sala tentando fazer com que todo mundo se acalme, tentando afirmar que, neste país, todos os cidadãos (mesmo que sejam alunos de cabelo comprido e que não tomam banho) são inocentes até que se prove o contrário, mas não adianta nada. Vários dos diretores assistentes homens se oferecem para procurar Sebastian e dar uma surra nele (eles, assim como eu, estão estudando para obter grau de bacharel em justiça criminal, administração em hotelaria e treinamento físico, respectivamente). Finalmente, os doutores Kilgore e Flynn tentam estabelecer a ordem, levantando-se do sofazinho, batendo palmas e gritando:

— Pessoal, pessoal, pessoal! Por favor! Pessoal! Somos profissionais de educação superior, não brutamontes de rua!

Claro que isso não surte absolutamente efeito nenhum.

Mas Tom pega um extintor da parede e solta um jato de CO_2 no meio da sala, e isso com toda a certeza funciona. Como esse é o método que ele costuma usar para acabar com as festas no prédio das fraternidades, onde mora e trabalha, ele faz isso com uma expressão de tédio no rosto que é quase cômica.

— Todo mundo aí — ele diz, impassível. — Vamos sentar.

É surpreendente ver como todo mundo se apressa para obedecer. Tom pode saber mais músicas de Judy Garland de cor do que qualquer outra pessoa presente, mas ele também é um ex-jogador de futebol americano de 1,92m de altura e 90 quilos da universidade Texas A&M. Ninguém mexe com ele.

— Pessoal, por favor — Dr. Jessup diz, agora que Tom restabeleceu a ordem. — Vamos tentar nos lembrar de onde nós estamos... e de *quem* nós somos. Quando a polícia tiver as evidências de que precisa para efetuar alguma prisão, ela o fará. Nesse ínterim, por favor. Não vamos piorar as coisas por meio de conclusões precipitadas e acusações sem provas conclusivas.

Fala sério.

Mas eu fico me perguntando se, no final das contas, não devo alertar Sarah para que ela fale com Sebastian. Esse garoto simplesmente devia se acalmar, levando em conta o que acabamos de presenciar. Pelo menos se ele souber o que é melhor para ele.

— Mark — Dra. Kilgore diz, agitando os dedos (uma clara indicação, como Sarah logo observaria, de que ela se acha superior a todos nós). — Estou aqui pensando... vocês não acham que este é um bom momento para nós todos fazermos um minuto de silêncio pela memória do Owen?

— Sem dúvida — o reverendo Mark diz e se levanta de um salto do braço do sofazinho no qual ele tinha voltado a se afundar e abaixa a cabeça coberta de cabelos escuros. Todos os presentes, inclusive eu, se juntam a ele.

— Pai Nosso que estais no céu — o reverendo entoa, com sua voz profunda e agradável. — Santificado seja o vosso nome...

O Tom, que voltou a se sentar no carpete ao meu lado, me dá um cutucão. Dou uma olhada nele por de baixo do meu cabelo.

— O que é? Isto aqui é um minuto de silêncio, sabia?

— Eu sei. Desculpe. Mas eu esqueci. O que ele era mesmo? — sussurra ele. — O seu terceiro chefe neste ano?

— É — sussurro em resposta. — Shhhh. — A língua ferina recém-descoberta é a prova de que Tom está se sentindo muito à vontade no emprego novo (e no relacionamento romântico também).

E eu fico feliz por ele. De verdade.

Mas essa atitude às vezes também me cansa um pouco.

Tom fica em silêncio por mais dois segundos. E então diz:

— Você devia pedir demissão — Tom sussurra.

— Eu não posso pedir demissão — respondo. — Preciso da isenção das mensalidades. Isso sem falar no dinheiro. Shhh.

Silêncio por mais três segundos. E, então:

— Não peça demissão ainda — Tom sussurra. — Espera até você ter passado por oito chefes. Aí sim você deve pedir demissão. E deve falar algo do tipo: "*Oito é o limite!*"

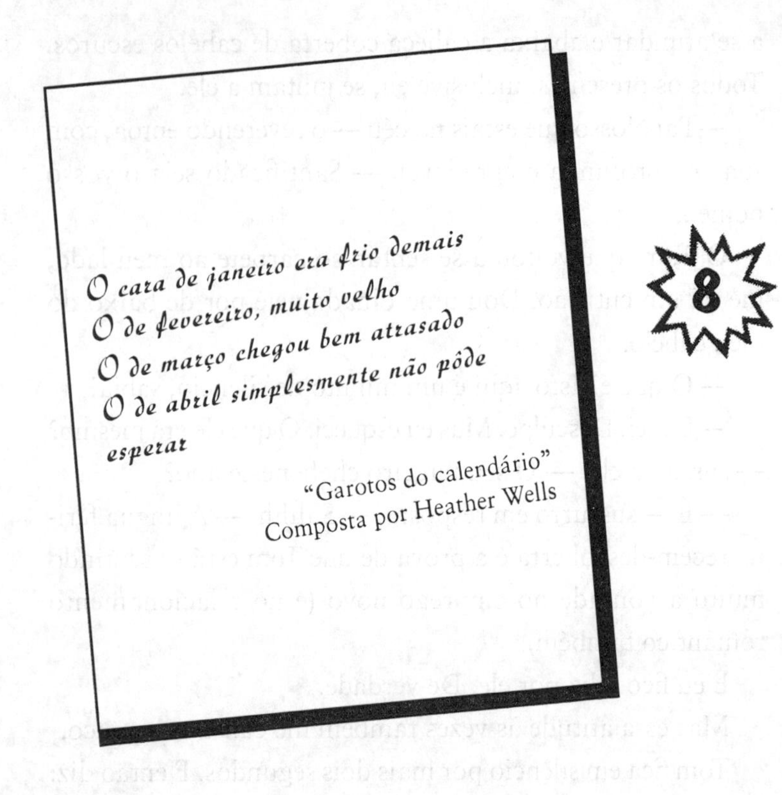

O verdadeiro pavor só começa depois dos comunicados de rotina que se seguem ao momento de silêncio. Tom vai ficar com o cargo de diretor interino-interino do Conjunto Residencial Fischer até que um diretor interino substituto seja encontrado. (Fico com vontade de fazer um "toca aqui" com ele quando escuto isso, mas como sinto que todos os olhares se voltaram na minha direção quando este anúncio foi feito, contento-me em ficar olhando para os sapatos, tristonha. Afinal, fui em quem achei o cadáver do meu chefe hoje de manhã. Ninguém aqui sabe que eu meio que odiava o sujeito.)

Recebemos a garantia de que o responsável pelos assuntos estudantis vai enviar um e-mail geral para comunicar o falecimento de um integrante da equipe, mas sem se referir à natureza trágica (marquinha) da morte, e pedindo a toda a comunidade da faculdade que participe dos workshops de luto do serviço de aconselhamento.

Uma cerimônia de homenagem (com data e local a serem anunciados) está sendo organizada pelo reverendo Mark. A futura ex-mulher e a família do Dr. Broucho (Owen tinha família? Tinha gente que de fato *gostava* dele?) estão a caminho. Tendo em vista a tragédia (marquinha), eles serão acomodados sem custos no Conjunto Residencial Wasser, nas suítes VIP (que filhos da mãe. E eu estou falando do Conjunto Residencial Wasser, é claro, não da família do Dr. Broucho, Mas, falando sério, eles são os maiores puxa-sacos lá. Como se já não bastasse eles terem uma piscina... e nenhum assassinato. Eles ainda precisam esfregar na cara que também têm suítes VIP para convidados?) normalmente reservadas para dignitários e pessoas a quem a faculdade concede diplomas honorários (no ano passado: Neil Diamond. No ano anterior: Tippi Hedren).

É aí que os Drs. Jessup, Kilgore e Flynn fazem o último comunicado, que também encerra a reunião... aquele que me faz gelar e me enche de pavor (e a mesma coisa acontece com Tom, como a reação dele ilustra bem): como estamos obviamente nos sentindo destruídos com essa tragédia (marquinha), e também com os recentes conflitos envolvendo o CAPG, um exercício de fortalecimento de espírito de equipe será obrigatório para todos.

Tom e eu trocamos olhares de pânico. Exercício de fortalecimento de espírito de equipe?

— Pelo amor de Deus — Tom diz segurando o fôlego. — Não. Tudo menos isso.

Infelizmente, a Dra. Kilgore, com quem tanto Tom quanto eu tivemos a infelicidade de já ter trabalhado, escuta o que nós dizemos. Ela nos manda olhares tão afiados que chega a doer.

— A participação — diz ela em seu tom rígido — é *obrigatória.*

Mas parece que isso não vale para o reitor da faculdade, porque o reitor Allington pede licença de maneira abrupta, dizendo que tem um compromisso importante (com uma garrafa de uísque, se ele tiver qualquer noção das coisas) e se retira. Fico esperando que Muffy Fowler vá atrás dele — ela não faz parte da equipe de acomodação, afinal de contas. Mas aí eu reparo que ela conseguiu enganchar o anel de diamante de 3 quilates na parte da frente do paletó esporte do reverendo Mark e ela resolve que então, que se dane, é melhor ficar ali mesmo, porque pode ser que seja legal.

Falando sério. Foram exatamente essas palavras que ela usou.

O exercício de fortalecimento do espírito de equipe acaba se revelando ainda mais pavoroso do que Tom ou eu jamais poderíamos imaginar. Dr. Flynn traz uma pilha de jornais velhos que ele pegou de trás do balcão da recepção lá embaixo. Daí nós somos instruídos a nos dividir em grupos de cinco pessoas, e cada grupo recebe uma pilha de jornais. Tom e eu instantaneamente nos agarramos, para podermos ficar no mesmo grupo. "Ela já passou por tanta coisa hoje, ela precisa mesmo de mim", Tom garante à Dra. Kilgore quando ela ergue a sobrancelha ao ver isso, em um gesto de ceticismo, já que o objetivo do exercício é conhecer integrantes da equipe com quem nós talvez nunca falamos muito. Não sei como, mas os nossos colegas de grupo acabam sendo o reverendo Mark, Muffy Fowler e (como ela própria se enfia no nosso grupo, sem dúvida para ficar de olho no Tom e em mim) a Dra. Kilgore.

— Agora — Dr. Flynn começa, depois que cada equipe já se instalou em seu sofazinho designado... e como nenhum deles tem tamanho suficiente para acomodar um grupo inteiro, Tom e eu mais uma vez temos que nos sentar no chão. — Tenho certeza de que vocês estão se perguntando para que servem estes jornais. Bem, pessoal, eu quero que vocês trabalhem junto com o seu grupo e usem os jornais para criar uma estrutura que pare em pé e seja grande o suficiente para a equipe toda caber embaixo.

Simon, diretor do Conjunto Residencial Wasser, fica furioso.

— Como é que nós vamos fazer isso? A gente não tem tesoura. Nem durex!

— Eu sei muito bem disso, Simon — Dr. Flynn diz com toda a calma. — Mas, no entanto, você tem mestrado em sociologia e quatro colegas de equipe com tanto estudo quanto você, e todos ótimos no trato com o público. Imagino que, trabalhando juntos, vocês sejam capazes de construir algum tipo de estrutura sob a qual os cinco possam se abrigar, pelo menos durante o curto período que levará para que o seu trabalho seja avaliado...

— Nós vamos receber NOTA por isso? — alguma outra pessoa grita, obviamente ultrajada.

— Eu realmente não acho que uma atividade com a intenção de fortalecer o espírito de equipe deva receber pontuação — alguém mais se junta ao coro.

— Ora, ora — diz Dr. Jessup. — Isso aqui é apenas diversão. O Dr. Broucho ficaria feliz em ver isto.

Acho que, na verdade, ninguém nessa sala faz ideia alguma do que o Dr. Broucho gostaria de ver, porque ninguém aqui (incluindo eu mesma) realmente o conhecia. Talvez ele achasse mesmo que construir casas de jornal fosse divertido.

Mas ele, com toda a certeza, seria a favor da avaliação das casas, se você quer saber a minha opinião.

— Mas não é uma festa? — Muffy pergunta quando a nossa equipe começa a trabalhar na casa.

— Ah, se é — Tom responde. — Prefiro estar aqui a estar na minha sala.

Tom está mentindo, total. No computador dele, tem um monte de jogos do Madden NFL, que é o videogame preferido dele. Ele joga o dia inteiro... quando não está ocupado acabando com festas regadas a chope e tentativas de sexo forçado depois de um simples encontro. Ele também passaria a noite toda jogando se o namorado dele, Steve, permitisse.

— Eu também — diz o reverendo Mark, todo animado. Daí ele olha para mim e para de sorrir. — Mas é claro que eu estou triste pela razão por que estamos aqui.

Muffy também para de sorrir.

— Está certo — ela diz, olhando para mim com aqueles olhões escuros de Bambi dela, praticamente cheios de lágrimas. Como é que ela faz isso? E, ainda mais, bem na hora certa? — Vocês dois trabalharam juntos. Você deve estar destruída. Simplesmente destruída.

— Você era a secretária do Dr. Broucho? — o reverendo Mark pergunta, olhando para mim cheio de preocupação... combinada com o fascínio que todo mundo sente por alguém que acabou de se deparar com um cadáver.

— Assistente administrativa. — Tom e a Dra. Kilgore o corrigem juntos, ao mesmo tempo.

— Por que não começamos a trabalhar na nossa estrutura? — Dra. Kilgore completa, segurando a nossa pilha de jornais entre o polegar e o indicador, obviamente evitando que a tinta suje a roupa dela. O *New York Times* é conhecido por soltar tinta. — Como vocês propõem que façamos isto?

— Bem, tem que ficar em pé, certo? — Tom pega os jornais da Dra. Kilgore, claramente perdendo a paciência com a frescura dela. — Por que não fazemos quatro suportes, assim — ele enrola algumas folhas e faz um objeto grosso e comprido — e usamos como base, e então simplesmente colocamos uma folha por cima, como telhado?

— Bingo — respondo, contente. — Prontinho, é isso aí.

— Hum — o reverendo Mark diz. — Não quero ofender, mas eu trabalhei um pouco como missionário no Japão, e estava aqui pensando que nós deveríamos *dobrar* cada pedaço, assim... Dê aqui para eu mostrar...

O reverendo Mark tira os jornais da mão de Tom e começa a cortar e dobrar com algum tipo de técnica toda refinada. Muffy e a Dra. Kilgore ficam só olhando para ele, obviamente impressionadas com a maneira como os dedos dele voam sob as notícias impressas.

— Minha nossa, Mark... posso chamar você de Mark? — pergunta Muffy.

— Claro que sim — responde Mark.

— Bem, minha nossa, Mark, mas você faz isso muito *bem*!

— Em muitas culturas, a dobradura de papel é considerada arte — explica o reverendo Mark, em tom simpático. — Mas, na verdade, está mais associada à matemática. Alguns problemas clássicos de construção em geometria, por exemplo, não podem ser resolvidos com um compasso e uma régua, mas podem *sim* ser resolvidos com apenas algumas dobras de papel. Intrigante, não?

Os olhos de Muffy se arregalam de admiração.

— Totalmente. Os japoneses são mesmo ótimos. Eu simplesmente amo sushi.

Tom e eu trocamos olhares. Tom revira os olhos.

— Muito bem — Dr. Flynn vai passando de grupo em grupo e dizendo. — Muito bem. Estou vendo que vocês todos estão unindo forças, trabalhando juntos. É isso que eu e a Gillian queríamos ver. A equipe toda lutando contra as adversidades, enfrentando a tragédia...

— Onde está a minha agenda? — balbucia Tom.

— ...e agora, como estou vendo que isto está fácil demais para vocês todos, vou dificultar um pouco as coisas e... vou colocar vendas nos olhos de todos vocês!

De uma caixa de papelão que os Drs. Flynn e Kilgore tinham trazido consigo, o Dr. Flynn tira umas duas dúzias de lenços de seda barata, que ele começa a distribuir com a instrução de que é para amarrarmos em cima dos olhos e continuar com a construção da nossa casa de jornal sem olhar.

— Mas se a gente não puder enxergar — Simon do Conjunto Residencial Wasser choraminga —, a nossa casa vai ficar uma merda e nós vamos receber nota ruim!

— Bobagem — Dr. Flynn declara. — Um integrante do grupo vai ficar sem a venda. É tarefa de vocês escolher quem vai ser. E essa pessoa vai guiar todas as outras.

— Eu escolho Mark — Muffy se apressa em dizer.

— Ah — Mark diz, e ergue os olhos da parede de trama toda complicada com expressão acanhada no rosto. — De verdade, eu...

— Eu apoio a decisão — Gillian diz, toda meiga. Ela se vira para olhar para mim e para Tom. — Vocês dois concordam?

— Hum — eu respondo. Vamos ficar aqui o dia inteiro se o Mark for o nosso líder. Não faço ideia de como ele vai nos ensinar a fazer paredes de casa de origami. Principalmente se estivermos todos vendados. Mas tanto faz. — Claro.

— Não sei... — Tom diz bem devagar. Ele está com uma expressão estranha e sonhadora no rosto, que eu não reconheço. — Quero dizer, Heather ficou tão traumatizada hoje, depois de entrar na sala dela e encontrar seu adorado chefe... que nem era exatamente um chefe, estava mais para mentor dela... Não foi isso que você me disse que Owen era para você, Heather? O seu mentor?

Fico olhando fixo para ele.

— O quê?

— Não seja modesta — diz Tom. — Somos todos amigos aqui. Sabemos como você ficou totalmente apavorada de ter visto Owen daquele jeito. Pode confessar, Heather. Este é um lugar de confiança. Ver o corpo dele todo espalhado por cima da minha antiga mesa...

— Ah, Tom, pelo amor de Deus — Gillian diz, com cara de nojo.

— Só estou falando. Eu realmente acho que a Heather devia ser a capitã da equipe — Tom diz, todo piedoso. — Depois de tudo por que ela passou hoje, seria uma crueldade obrigá-la a vendar os olhos. Antes ela me disse que, toda vez que fecha os olhos, vê os pedaços do cérebro do Owen cobrindo o calendário do Dilbert dele...

— Do Garfield — corrijo.

— Será que vocês dois podem fazer o favor... — Gillian começa a dizer, mas o reverendo Mark a interrompe.

— Eu concordo com... Tom, é isso? — Mark fecha os olhos e balança a cabeça. — Depois de tudo por que ela passou, a Heather realmente deve ser a capitã do time.

— Eu também acho — Muffy se apressa em dizer. Ela olha para Gillian com lágrimas nos olhos. — No mínimo, é o certo a se fazer.

Dra. Kilgore está com jeito de quem vai sofrer um aneurisma a qualquer momento.

— Tudo bem — diz ela, entredentes e distribui os lenços que recebeu do Dr. Flynn. — Todo mundo deve usar um destes. Todo mundo menos Heather.

— Você também, certo, Dra. Kilgore? — Tom pergunta, com um sorriso.

— Eu também — Gillian responde, mal-humorada, e amarra a venda.

— Mark — diz Muffy. — Não estou conseguindo prender a minha. Pode me ajudar?

— Ah — diz o reverendo Mark. — Bem, eu já coloquei a minha... mas posso tentar..

O reverendo Mark estica os braços à procura da Muffy e consegue pegar em uma boa porção do peito que ela enfiou bem na palma da mão dele.

— Ai, meu Deus! — ele exclama e fica pálido.

— Ah! — Muffy fica toda coradinha por baixo da venda, apesar de eu saber muito bem que ela está felicíssima. — Não faz mal.

— Mil desculpas! — O reverendo Mark está com cara de quem quer se matar. O rosto bonito dele passou de branco como a neve para roxo-beterraba em três segundos contados no relógio. Até o pescoço dele, até o colarinho da camisa, está vermelho.

— A culpa não é sua! Você não está enxergando! — Muffy lembra a ele. Ela consegue terminar de amarrar a venda sozinha, como poderia ter feito desde o início. — Ah, veja só. Não se incomode, eu consegui.

— T-tem certeza? — gagueja o reverendo Mark. — Talvez a Dra. Kilgore... ou a Heather...

— Está tudo bem — Muffy ronrona.

— Bem, agora que Heather é a líder do nosso grupo — Gillian diz, seca —, quem sabe ela não começa a liderar?

— Claro — respondo. — Mark, por que você não mostra como fazer essa coisa da parede que você estava fazendo?

— Bem, não vai ser fácil — reverendo Mark responde — Principalmente vendado. Mas, acho que, no espírito de trabalhar em equipe, posso tentar. Primeiro, peguem uma folha de jornal, e cortem, de maneira a..

Tanto Gillian quanto Muffy começam a rasgar tiras de jornal. Tom estica mãos agitadas, tentando pegar um jornal da pilha, e se inclina na direção da minha orelha (ou do que ele imagina que seja perto da minha orelha, apesar de estar mais para o alto da minha cabeça).

— Isto aqui — ele sussurra — é a coisa mais gay que eu já fiz. E acho que nem preciso lembrar a você que eu sou, de fato, gay.

— Será que você pode continuar a fazer aquelas hastes que estava fazendo antes de o Mestre do Origami se apresentar? — sussurro em resposta. — Porque nós nunca vamos vencer o Conjunto Residencial Wasser nessa velocidade.

— Heather — Tom diz, olhando para mim com um falso ar de desaprovação. — Isso aqui não tem a ver com vencer. Tem a ver com se unir para trabalhar em equipe.

— Cala a boca — digo. — Nós vamos esmagar o Conjunto Residencial Wasser, nem que essa seja a última coisa que eu faça.

No final, é claro, é exatamente o que acontece. A nossa "casa" fica pronta bem antes da de todos os outros grupos. Eu conduzo os integrantes da minha equipe para dentro dela, então levanto a mão e chamo:

— Dr. Flynn! Ô, Dr. Flynn! Acho que nós terminamos.

Dr. Flynn, com um ar de satisfação, aproxima-se para examinar o trabalho executado pelo meu grupo.

— Ah, sim — diz ele. — Ótimo trabalho. Está maravilhoso. Realmente, foi um trabalho em equipe excelente, pessoal.

— Podemos tirar as vendas agora? — Muffy quer saber.

— Ah, sim, claro que podem — Dr. Flynn responde.

Muffy, o reverendo Mark, Gillian e Tom tiram as vendas e olham ao redor de si, para a casa de jornal dentro da qual eles estão sentados.

— Não é impressionante, pessoal? — Dr. Flynn pergunta. — Dá para acreditar que vocês trabalharam juntos para construir uma coisa com as próprias mãos... enquanto estavam vendados? Podem relaxar e descansar enquanto o resto do pessoal termina a deles. E podem se parabenizar, porque vocês mereceram...

Gillian fica olhando atordoada para os quatro mastros de jornal capengas que seguram a cobertura de jornal igualmente capenga... como se fosse o altar de casamento mais vagabundo do mundo, cobrindo dois casais extremamente confusos.

— Mas... onde estão as paredes que nós preparamos? — Muffy quer saber.

— Ah — digo. — Aquilo ia demorar uma eternidade. Então eu tomei a decisão executiva de não aproveitá-las e ficar com a ideia do Tom.

— Bem — Gillian diz, abaixando os olhos para os dedos cobertos de tinta preta (e para as manchas consequentes por todo o tailleur cor de creme dela). — Você podia ter dito alguma coisa.

— Vocês estavam tão entusiasmados... — respondo. — Eu não quis desmanchar o espírito de pioneirismo de vocês.

— Bem — o reverendo Mark diz ao sair de baixo da estrutura de papel. — Foi divertido. Não foi? Ah, pronto, deixa que eu ajudo você a levantar...

— Ah, muitíssimo obrigada. — Muffy de fato parece estar tendo dificuldade para ficar em pé, principalmente levando em conta que a saia-lápis dela é bem justa e os saltos dela são bem altos. Ela coloca as mãos cheias de tinta nas do reverendo Mark, olha bem nos olhos dele e permite que ele a puxe para cima.

— "My love..." — Tom cantarola baixinho no meu ouvido. — "There's only you, in my life... the only thing that's right..."

— Nós precisamos mesmo continuar com essa brincadeirinha sem objetivo? — Simon, do Conjunto Residencial Wasser, arranca a venda e pergunta. Ele pronuncia *brincadeirinha* com um sotaque afetado. — Eles venceram. Então, por que a gente precisa continuar...

— Não tem nada a ver com vencer ou perder, Simon — Dr. Flynn fala em um tom amigável. Apesar de que, é claro, quando o negócio é entre mim e o Conjunto Residencial Wasser, com toda a certeza tem tudo a ver com eu vencer e eles perderem. — Por favor, coloque sua venda e continue a ajudar o seu grupo.

— Mas não é justo. Heather e Tom já trabalharam juntos antes — Simon choraminga. — Eles obviamente são compatíveis. Eu mal conheço as pessoas que estão no meu grupo... sem ofensa, pessoal...

— Simon! — diz o Dr. Jessup, que usa um lenço todo colorido em cima dos olhos e está sentado no meio do que parece ser uma barraca cônica de jornal ainda inacabada. — Coloque a venda nos olhos de novo!

É neste momento que a porta da biblioteca se abre e um aluno entra.

— Desculpe — Dr. Flynn diz para o aluno. — A biblioteca está fechada nesta tarde para uma reunião administrativa muito importante.

O aluno olha ao redor para os homens e as mulheres crescidas (teoricamente, todos representantes da faculdade, com vestimenta adequada à função) com lenços tapando os olhos e sentados em casas construídas com jornal velho. A expressão dele é de confusão, o que é compreensível.

Só então eu percebo que o aluno é Gavin McGoren.

— Hum — ele diz. — Me disseram lá embaixo que eu poderia encontrar a Heather Wells aqui.

Eu rapidamente me separo do grupo e me apresso na direção dele.

— Tudo bem — garanto à Dra. Kilgore. — Só vai demorar um minuto.

— Bem, vê se volta logo — diz Gillian, com as sobrancelhas unidas em sinal de desaprovação. — Ainda precisamos processar o que aprendemos a respeito de nós mesmos aqui hoje.

É. Tipo o quanto eu odeio você? Não preciso processar isso, eu já sei.

Eu inclino a cabeça na direção da porta, indicando para Gavin que ele deve falar comigo lá fora, no corredor. Ele me obedece, mal conseguindo esconder a surpresa.

— Que *diabos* está acontecendo lá dentro, mulher? — ele quer saber, assim que estamos em segurança, do lado de fora. — Um cara leva uma bala na cabeça e vocês todos enlouquecem total?

— Gavin. — Eu fecho a porta da biblioteca bem rápido. — Nós estamos tentando ajudar um ao outro a processar a sensação de perda. O que você quer comigo?

— E fazem isso brincando de caubói e índio? E quem é aquela gostosa com aqueles peitões?

— O nome dela é Muffy. Falando sério, você vai me arrumar problemas. O que você quer?

— *Muffy?* — Gavin balança a cabeça, descrente, como se agora não faltasse mais nada para ele escutar. — Certo. Bom, o negócio é o seguinte. Eu achei que você ia querer saber. Tem uma mina no meu andar, a Jamie?

Eu balanço a cabeça.

— O que tem ela?

— Bem, eu acho que ela tinha uma reunião ou algo do tipo com o Broucho hoje de manhã, não tinha?

Tenho um lapso de compreensão.

— Ah, certo. Price. Jamie Price. Gavin, falando sério, não tenho tempo...

— Tanto faz! — Gavin ergue as duas mãos em um gesto de "eu me rendo". — Sabe, ela me disse que ninguém ia se importar. Mas eu disse para ela, eu falei, tipo, escuta, Heather é diferente. A Heather se importa. Mas se você prefere voltar lá para dentro e brincar de caubói e índio...

Fico olhando com raiva para ele.

— Gavin, o que foi? Fala logo, anda.

O Gavin dá de ombros.

— Nada. É só que... Bom, eu ouvi essa tal de Jamie... ela estava no quarto dela chorando, está bem? E a colega de quarto dela saiu e disse que não tinha como ela parar, certo? E eu falei: "Deixa que o Gavinator vai dar um jeito", sabe como é?

— Gavin. — Sinceramente, não dá para acreditar no dia que eu estou tendo. Não dá mesmo. E começou tão cedo... Às seis da manhã! Só para ser seguido por dor (a minha dor) e, tudo bem, depois teve sexo. Mas, depois, teve derramamento de sangue. E agora isso. — Você quer morrer agora mesmo? Porque eu vou...

Ele desiste de representar o maloqueiro.

— Certo, vou falar sério. Então, eu entrei lá e perguntei a ela qual era o problema, e ela me disse para ir embora, e eu disse que não, que era sério, que eu podia ajudar porque... — e aqui o Gavin faz a gentileza de parecer acanhado. — Bem, essa parte não interessa. Mas, enfim, ela disse...

— Não, Gavin — digo. — Essa parte interessa, sim. O que você disse?

— Não, não interessa. Não é uma parte essencial desta narrativa. Certo? Então, ela disse...

— Gavin. Eu vou dar meia-volta e entrar bem ali se você não me disser...

— Eudisseparaelaqueaminhamãeéginecologista, está certo? — Agora Gavin está vermelho. — Olha, eu sei que é estupidez, mas... as minas contam qualquer coisa para você se ficarem achando que a sua mãe é ginecologista. Não sei por quê.

Fico só olhando para ele. Realmente, é uma pena que Gavin esteja estudando cinema, porque ele teria mesmo muito valor para a nossa nação, de verdade, se fosse trabalhar em qualquer uma das nossas agências de segurança.

Não consigo pensar em nada a dizer, a não ser:

— Prossiga.

— Bem, então, achei que ela ia me contar... sabe como é, que ela tem alguma doença sexualmente transmissível ou algo assim. Era o que eu estava torcendo para ser, em todo caso, porque isso significa, sabe como é, que ela gosta de sacanagem...

Dou um suspiro.

— Ah, Gavin — digo erguendo os olhos para o teto. — E eu achando que o seu amor por mim era puro como neve que acabou de cair...

— Tanto faz. — O tom corado de Gavin retorna, mas desta vez ele se balança um pouco em cima dos tênis Nike. — Todo homem tem necessidades. E, sabe, ela é meio... bom, Jamie, é meio gostosa. Sabe como é. De um... bom... meio que nem você. Mais ou menos.

— Certo — digo. — Agora eu vou vomitar. Gavin, juro, se você me arrastou para fora da reunião só para dar em cima de mim...

— Não é nada disso! — Gavin parece indignado demais para estar mentindo. — Heather! Fala sério!

— *Então, o que você está querendo me dizer, Gavin?* — eu exijo saber.

— O que ela me disse! — responde e empina o queixo com cavanhaque.

— E então? — Cruzo os braços em cima do peito. — O que foi?

— Que ela sabe por que ele levou um tiro — Gavin responde. — O seu chefe, quer dizer. E ela estava preocupada mesmo por causa disso.

Levo um susto e deixo os braços caírem.

— O quê? *Por quê?*

— Não sei por que — responde Gavin. — Só estou dizendo para você o que ela disse. Ela falou que a culpa era toda dela. Que, se não fosse por causa dela, o Dr. Sei Lá Qual É o Nome Dele ainda estaria vivo.

9

Junho apresentou os garotos com
camisa de linho
Igual a julho e agosto, isso que é
cafajeste
O homem de setembro tinha as mãos
mais macias
O de outubro me levou a terras
estrangeiras

"Garotos do calendário"
Composta por Heather Wells

Estou parada no meio do corredor do segundo andar, olhando para Gavin McGoren com a boca aberta. À nossa direita, as portas do elevador se abrem e duas meninas do primeiro ano saem cambaleando e dando risadinhas, na direção da porta da biblioteca do Conjunto Residencial Fischer, entretidas demais com sua histeria e seus sucos enormes do Jamba Juice para ver o cartaz de *Fechada para reunião — Não perturbe* que está pendurado ali.

— Minas — Gavin diz para elas.

Elas param de dar risadinhas um segundo e se viram para olhar para ele.

— Não entrem aí — diz ele, e aponta para o cartaz. — Está fechada. Estão vendo?

As meninas olham para o cartaz. Depois olham para Gavin. Daí olham uma para a outra, explodem em mais risadinhas e disparam na direção da escada de emergência, rindo como loucas.

Gavin se vira para olhar para mim. Acho que, pela minha expressão, ele é capaz de ver que eu não estou exatamente acreditando nele, já que fala assim:

— Juro por Deus, Heather, não estou brincando. Foi o que ela disse. E pode acreditar plenamente em mim.

— Ela disse que a culpa era dela por Owen estar morto? — Balanço a cabeça. — Gavin, isso não faz o menor sentido.

— Eu sei — responde Gavin e dá de ombros. — Mas foi o que ela disse. E foi por isso que eu logo vi que precisava vir falar com você. Porque eu achei que era tipo... sabe como é. Uma pista. Certo?

Eu continuo balançando a cabeça.

— Não sei o que é. Ela falou mais alguma coisa?

— Que nada. Depois disso, ela começou a chorar tanto que eu não consegui arrancar mais nada dela. Ela disse que queria ir para casa. Ela é de Westchester, sabe, então, até parece que ela não pode dar o fora se quiser. Ela disse que ia ligar para a mãe dela ir buscá-la na estação de trem. Então achei que era melhor vir chamar você. Sabe como é, para você fazer com que ela fique aqui antes que tente fugir da, hum, cena do crime. Isso foi tipo há cinco minutos, então, se você correr, acho que consegue alcançá-la.

Surpresa pela demonstração de sensatez da parte do Gavin, eu assinto com a cabeça.

— Certo. Muito bem. Bom, obrigada, Gavin. Eu vou lá falar com ela agora. Talvez eu consiga acalmá-la o suficiente para falar com a polícia antes que ela...

Sou interrompida, no entanto, por um berro de gelar o sangue. Parece que veio do andar de baixo.

Não espero por nenhum dos meus superiores que estão na biblioteca antes de abrir a porta da escada de emergência e sair correndo feito louca atrás das duas meninas do primeiro ano, três degraus de cada vez, com Gavin nos meus calcanhares.

Encontro as duas meninas paradas no lobby de entrada, aparentemente ilesas. Elas estão apertadas com vários outros residentes boquiabertos, todos olhando estupefatos para vários policiais que acompanham Sebastian Blumenthal, algemado, para fora do prédio, passando pelo balcão da recepção e da segurança, com o inspetor Canavan com uma expressão sombria no rosto logo atrás, com as mãos estendidas com as palmas para cima, dizendo:

— Certo, garotada, o show acabou. Voltem para os quartos. Vamos andando, agora.

Mas ninguém vai andando. Como é que eles vão fazer isso, se o show está bem longe do fim?

— Deem uma boa olhada! — Sebastian vai gritando enquanto é arrastado à nossa frente. Ele não está acompanhando os policiais exatamente de boa vontade mas, magrelo como é, parece não representar muito problema para os oficiais corpulentos. — Isso aqui é o dinheiro dos seus impostos em ação! Bem, tudo bem, talvez não seja o dinheiro dos seus impostos, porque vocês são todos estudantes, e são de outros estados. Mas é isso que o dinheiro dos seus impostos vai pagar um dia: a perseguição de indivíduos que só tinham a esperança de fazer diferença na vida dos pobres e dos oprimidos. Acho que não importa o fato de eu ser completamente inocente das acusações que estão sendo feitas contra mim. Acho que não importa o fato de que a única coisa que eu estou fazendo é tentar melhorar as condições de trabalho dos seus instrutores de ensino, que são tratados praticamente como escravos...

— O que... — Dr. Jessup, agora com o lenço de seda ao redor do pescoço, de um jeito que o deixa parecido com um piloto de avião da Real Força Aérea Britânica, sai do elevador, seguido pelos Drs. Flynn e Kilgore e o número de funcionários do departamento de acomodação que coube no elevador com capacidade para 1.000 quilos — ...está acontecendo aqui?

A fonte do berro que tínhamos ouvido antes logo se torna aparente quando Sarah, que espia por trás do inspetor Canavan, me vê no meio da multidão.

— HEATHER! — berra, vindo aos tropeços na minha direção e se jogando nos meus braços, com o rosto coberto por uma máscara pegajosa de lágrimas, o cabelo ainda mais desgrenhado do que o normal. — Eles prenderam Sebastian! Por as-assassinato! Você t-tem que impedir! Ele n-não fez isso! Ele não pode ter feito! Ele não acredita em assassinato! Ele é v-vegetariano!

Permita-me dizer uma coisa. Sarah é um pé no saco durante uma boa parte do tempo, mas ela trabalha duro e tem bom coração. Para falar a verdade, ela é uma boa menina

Mas leve é uma coisa que a Sarah não é. E ela jogou todo o peso do corpo em cima de mim. E eu estou quase caindo com a carga.

Agradeço a Deus por Pete, que sai correndo de trás do balcão da segurança e fala:

— Certo, Sarah, por que você não se senta aqui no saguão de entrada e nós vamos pegar uma água para você? Quer uma água? Que tal um belo copo de água gelada? Não seria bom?

— Não quero água! — Sarah exclama, com o rosto enterrado no meu peito.

Não consigo ver o que está acontecendo no resto do saguão por causa de todo o cabelo da Sarah que voou no meu rosto e bloqueou a minha visão.

— Eu quero justiça! — ela uiva.

— Vamos conseguir um pouco disso para você também. — Magda apareceu do nada. — Quem sabe tem um pouco no freezer.

Juntos, ela e Pete vão tirando a Sarah de cima de mim. De repente, consigo ver que a polícia de fato conseguiu tirar Sebastian do prédio. O inspetor Canavan ainda está no saguão, conversando em voz baixa com os Drs. Jessup, Flynn e Kilgore. Muffy Fowler também está ali, mas ela só tem olhos para o reverendo Mark, que parece ter encontrado alguns de seus estudantes fiéis (seu rebanho? Sei lá como se chama) e está fazendo piada com eles, de bom humor, enquanto Muffy finge saber do que eles estão falando e ri junto.

Enquanto isso acontecia, Gavin veio atrás de mim do segundo andar e está me olhando fixamente. *A Jamie*, ele diz sem proferir som, e aponta com a cabeça para os elevadores.

Espera, eu respondo, também sem emitir som, e aponto com a cabeça para Sarah. Obviamente, ele percebe que eu só consigo lidar com uma crise de cada vez. Afinal de contas, eu não sou uma Super-Diretora-Assistente de Alojamento. Quero dizer, de Conjunto Residencial.

Pete e Magda levam Sarah para o refeitório e a acomodam em uma das cadeiras de vinil azul com um copo de água que ela só bebe depois de eles implorarem muito. O refeitório está fechado para limpeza entre os turnos de almoço e jantar, de modo que não precisamos nos preocupar se alguém vai nos ver... o que é bom para Sarah, porque ela não está exatamente em sua melhor forma. A pele dela está avermelhada e úmida. Mechas do cabelo preto cacheado dela estão coladas na testa e nas têmporas.

— Foi tão horrível — ela murmura. — Nós estávamos no depósito. Simplesmente estávamos lá sem fazer nada, cuidando da nossa vida, porque ainda estavam fazendo toda aquela investigação na nossa sala, Heather. Então, de repente, o inspetor Canavan entra e diz que quer falar com Sebastian. E Sebastian ficou, tipo, tudo bem. Porque ele não tem nada a esconder. Por que ele não teria dito que sim? E, logo em seguida, já estavam levando Sebastian embora, algemado. Heather... eles prenderam Sebastian! O que nós vamos fazer? Eu preciso ligar para os pais dele. Alguém precisa ligar para os pais dele...

— A gente liga para os pais dele — digo, em um tom de voz que, espero, seja acolhedor. Tento tirar um pouco do cabelo da testa dela, mas não adianta; ela está tão suada que está tudo grudado ali, como se fosse cola. — Mas eu tenho certeza de que ele mesmo vai ligar.

— Certo — Magda diz. — Os prisioneiros não têm direito a fazer um telefonema?

A pergunta dá início a mais uma onda de choro. Eu olho feio para Magda, por cima da cabeça da Sarah.

— O que é? — pergunta Magda, na defensiva. — Eles têm *sim*. Quando o meu primo Tito...

— Ninguém quer saber do seu primo Tito neste momento, Magda — diz Pete. Pelo tom dele, eu tenho a impressão de que a Magda pode ter razão: Pete *não* gosta dela... não daquele jeito. Por outro lado, talvez ele esteja com outras coisas na cabeça. Ele está com os olhos na Sarah, obviamente preocupado com ela. — A questão é: por que prenderam o Sebastian? Que tipo de prova eles têm?

— Não têm prova nenhuma — Sarah choraminga com a cabeça afundada nos braços, que estão dobrados em cima do tampo da mesa. — Eles não têm nenhuma prova, porque ele não fez isso! Sebastian é um pacifista! Ele não machucaria uma mosca! Ele está fazendo mestrado em estudos religiosos... ele é kosher, pelo amor de Cristo!

Pete e eu nos entreolhamos por cima dos ombros trêmulos dela.

— Eles devem ter alguma coisa — ele diz baixinho. — E tem que ser alguma coisa boa, também. Se não, ele não teria sido preso. Em um caso como este, com tanta divulgação... Eles nunca teriam tomado uma atitude dessas se não tivessem alguma coisa sólida. Não iam se arriscar a cometer um erro, a ganhar propaganda negativa.

Eu puxo a cadeira do lado da Sarah e me acomodo nela.

— Sarah — digo a ela. Estou tentando ignorar as lágrimas. Esse não é o momento de chorar. Não se ela quiser evitar que o amigo passe o resto da vida na prisão. Ou que aconteça coisa pior. O estado de Nova York tem pena de morte. — Pense. Que informação eles podem ter sobre Sebastian para ficarem pensando que ele foi o responsável? Ele tem alguma arma?

— Meu Deus, não — responde Sarah e seu corpo todo treme. — Eu já disse, ele é pacifista.

Ela também tinha me dito que ele era muito contestador. Mas vamos deixar essa informação passar. Além do mais, qualquer pessoa é capaz de arrumar uma arma. Estamos em Nova York, afinal.

— Bem, onde ele estava hoje de manhã, quando o Dr. Broucho morreu? Você sabe? Ele tem algum álibi?

A Sarah ergue a cabeça. O rosto dela brilha por causa das lágrimas.

— C-como é que eu vou saber? — pergunta. — Eu não sou exatamente namorada dele. Como é que eu vou saber onde ele estava às oito da manhã?

É óbvio que reconhecer isso é mais doloroso para ela do que ela deseja que nós percebamos.

Pete passa a língua nos lábios. Daí, diz:

— Isto é ruim.

Sarah choraminga:

— Mas ele não fez isso! Eu sei que ele não fez!

— É — Pete diz. — É engraçado como os júris e os juízes geralmente querem algo chamado prova, e, sabe, o fato de você dizer que sabe que ele não fez isso não é considerado prova. Preciso voltar para a minha mesa. Vocês, garotas, vão ficar bem?

Nós assentimos e Pete sai... sacudindo a cabeça enquanto se afasta. Sarah fica olhando para ele até as portas do refeitório se fecharem, então olha para Magda e para mim com os olhos esbugalhados e cheios de lágrimas.

— Certo. Então, o que a gente vai fazer?

Magda dá uma olhada em seu relógio incrustado de zircônio genuíno.

— Não sei você, mas eu tenho horário para uma depilação de sobrancelha muito importante depois do trabalho.

Sarah suspira.

— Não foi isso que eu quis dizer. Estou falando de Sebastian.

— Não sei o que nós *podemos* fazer, Sarah — eu digo. — Quer dizer, a polícia...

— ...prendeu o homem errado — Sarah parou de chorar, mas os olhos dela não perderam aquele brilho febril que parece ter tomado conta deles no momento em que os policias colocaram as algemas nos pulsos de Sebastian... e o berro dela irrompeu pelos corredores do Conjunto Residencial Fischer. Estou surpresa por nenhuma veia ter estourado, de tão alto que foi aquele grito. — Obviamente, eles cometeram um erro terrível.

— Sarah. — Eu hesito. Mesmo assim, alguém precisa dizer. — Eu sei que você, hum, gosta mesmo desse sujeito. Mas como é que você pode ter tanta certeza de que não foi ele?

Sarah só fica olhando para mim.

— Quer dizer, o CAPG realmente sai ganhando agora que o Dr. Broucho não está mais no caminho...

Sarah continua a olhar para mim.

— Olha, eu sei — prossigo. — Eu estava lá hoje de manhã. E, sim, ele pareceu ficar tão surpreso quanto qualquer um quando soube que Owen estava morto. Mas nós duas sabemos que os sociopatas são bons atores. Quem sabe...

Sarah fica piscando. Eu suspiro.

— Certo — digo. — Tudo bem. Não foi ele.

— Finalmente — resmunga. — Sabe, às vezes você parece ter dificuldade para processar informação. Seria bom se fizesse um exame para ver se não tem nenhum problema no lobo temporal. Talvez tenha algum probleminha. Você sofreu alguma concussão quando era criança? Porque isso pode servir para explicar. Mas, bom. Acho que o que nós precisamos fazer é nos concentrar em achar a pessoa que de fato atirou no Dr. Broucho.

Eu engulo em seco.

— Hum, Sarah? O Cooper e eu já tivemos esta conversa antes. E ele pareceu achar que seria uma péssima ideia.

— Ah, é? — Sarah parece totalmente desinteressada. — Bom, as coisas de fato parecem um pouquinho diferentes agora, não é mesmo? Um homem inocente foi preso injustamente por um crime que ele não cometeu. Agora, em quem mais você consegue pensar que teria um motivo para fazer isso? Alguém? Magda? Alguma ideia?

A Magda olha para o relógio de novo.

— Preciso ir andando.

O rosto da Sarah se enruga todo.

— Falando sério, Magda. Será muito pedir que pelo menos desta vez você pense em alguma coisa que não seja a sua aparência? Como por exemplo na vida de um jovem que tem ideias tão avançadas e faz tantos sacrifícios pessoais que não é impossível um dia vir a ser presidente dos Estados Unidos?

Magda parece duvidosa.

— Não sei — ela diz. — Tem umas coisas bem esquisitas começando a crescer onde não devia ter pelo nenhum...

As portas do refeitório se abrem e Gavin entra pisando firme.

— EI! — Magda dá uma bronca nele. — O refeitório está fechado até as cinco...

— Dã — Gavin responde. — Heather, nós demoramos demais. Eu acabei de ligar para o quarto da Jamie, e a colega dela disse que ela acabou de sair para ir para casa...

Eu xingo por dentro e Sarah lança um olhar ferino para mim.

— Jamie quem? — ela quer saber.

— Jamie Price — respondo. — Ela ia numa reunião...

— Com Owen hoje de manhã — Sarah termina para mim. — Eu me lembro, fui eu quem marcou para ela. Ela não quis me dizer qual era o assunto. Mas por que *Gavin* está sabendo disso? E que diferença faz ela ter ido para casa? Que papo é esse?

— Não é nada — digo. Não quero dar falsas esperanças a ela. — Foi só uma coisa que ela disse...

Gavin já se aproximou da nossa mesa.

— A gente devia ir atrás dela. Vamos alugar um carro ou qualquer coisa assim. Vamos até a casa dela para descobrir o que está acontecendo.

— Espera um minuto — digo e coloco as mãos em cima da mesa um pouquinho pegajosa. — *O quê?* Não.

— Acho que a gente pode pegar o trem — Gavin prossegue. — Mas, tipo, como é que a gente vai da estação de trem para a casa dela? É mais rápido alugar um carro.

— Não, na hora do rush, não é — diz Sarah. — E são quase quatro horas. Por quê, exatamente, você quer fazer isso?

— Porque ela sabe por que apagaram o Dr. Broucho — Gavin explica, com um dar de ombros.

A atitude de Sarah muda completamente. A coluna dela se endireita, seus ombros roliços vão para trás. Ela volta o olhar de repente afiado como laser para mim.

— Por que você não me contou isso? — ela exige saber.

— Sarah — digo, já vendo bem onde tudo isso vai dar... e não gostando nem um pouco. — É só que... nós nem sabemos do que a Jamie está falando. Talvez não seja nada.

— Mas pode ser alguma coisa — Sarah diz, sem fôlego. — Você falou para o inspetor Canavan?

— Sarah... não. Acabou de acontecer. Nós...

Mas Sarah já se levantou e se dirige para a porta do refeitório. Lanço um olhar cansado para o Gavin.

— Obrigada.

Ele vira a palma das duas mãos para mim, em um gesto de "O que foi que eu fiz?".

— Vamos — digo a ele. Para Magda, eu falo: — A gente se vê mais tarde. Boa sorte com a depilação.

Ela fica olhando com raiva para mim quando eu saio correndo atrás de Sarah, com o Gavin bem no meu encalço.

— Nem todo mundo é loura natural igual a você, Heather, sabia? — Magda diz para nós, esquentada. — Algumas de nós precisamos de uma ajudinha extra!

No saguão de entrada, vemos que Sarah já se jogou no meio do círculo apertado de funcionários administrativos da faculdade que se formou ao redor do inspetor Canavan, e insiste:

— ...então, você só precisa entrar em contato com ela na casa dos pais o mais rápido possível. Claro que podemos lhe dar esta informação, se for ajudar em qualquer coisa com a investigação...

O inspetor Canavan, ao ver que eu me aproximo, lança um olhar para mim pedindo ajuda por cima da cabeça de Sarah.

— Certo — ele diz para Sarah. — Vamos cuidar logo disso.

— Sarah — digo gentilmente.

— Pronto, por que você não vai cuidar disso agora mesmo? — Sarah dá meia-volta e se dirige para a sala do diretor do conjunto residencial. — Imagino que agora nós já possamos entrar na nossa sala, certo?

— Hum — responde o inspetor Canavan. — Podem. A cena do crime já foi examinada.

— A cena do crime. — Sarah ri. Mas o som não tem absolutamente nenhum humor. — Certo. Vou lá pegar o endereço da casa da Jamie e já volto. Não saia daqui.

Ela se afasta apressada, com o cabelo comprido esvoaçando atrás dela. O Dr. Jessup, que ainda está parado na frente do inspetor Canavan, lança um olhar para mim.

— Que história é essa de que uma residente sabe alguma coisa sobre o assassinato do Dr. Broucho, Heather? — ele quer saber.

— Não sei — digo. — É só uma coisa que um outro residente ouviu por aí. Pode ser que não seja nada... é só um boato.

— Ei — diz Gavin, indignado. Eu dou uma cotovelada nele, e ele fica aquieto.

— Vou pedir para alguém entrar em contato com essa tal de Price — diz o inspetor Canavan. — Mas as evidências contra o Blumenthal são bastante convincentes.

— E posso perguntar que evidências são essas? — quero saber.

— Pode sim — o inspetor Canavan responde, com um sorriso. — Mas isso não quer dizer que eu vou responder.

Dr. Jessup, ao escutar a conversa, dá uma risada com gosto, porém, sem humor.

— Acho que Heather já trabalha aqui há tanto tempo que ela está começando a se considerar especialista em homicídio — ele diz bem alto... mas não alto o suficiente para que qualquer um dos alunos que esteja passando por ali escute.

— É, bem — diz o inspetor Canavan. — Este prédio de fato parece ter passado da dose de assassinatos.

Dr. Jessup ergue os olhos, levemente enjoado ao ouvir isso, como se tivesse se arrependido de tocar no assunto, para começo de conversa.

— Pronto. — Sarah volta correndo, sem fôlego, com um pedaço de papel na mão. — Aqui está, inspetor. O endereço e o telefone da casa da Jamie Price. É aqui que ela está. Ou onde vai estar em breve. Então, você vai lá interrogá-la?

— Com certeza — o inspetor Canavan responde, pega o pedaço de papel, dobra no meio e coloca no bolso. — Agora, se vocês não se importam, eu preciso ir a alguns lugares, fazer algumas coisas...

— Claro, claro — Dr. Jessup diz e coloca a mão nas costas do investigador. — Só mais uma coisa...

Os dois homens saem do saguão, seguidos pelo restante dos funcionários administrativos do departamento de acomodação, assim como pelo reverendo Mark e, é claro, Muffy Fowler.

Sarah olha para mim. Ela ainda está arfando.

— Ele não vai perguntar à Jamie se ela sabe de alguma coisa, vai? — pergunta.

— Não sei, Sarah — respondo. — Talvez. Provavelmente não agora. Ele disse que as evidências que ele tem contra o Sebastian, sejam lá quais forem, são bem convincentes.

Os olhos de Sarah ficam úmidos de novo.

— Então Gavin está certo — diz. — Nós simplesmente temos que ir lá e perguntar por conta própria.

— Sarah — digo. — Realmente não acho que seja uma ideia muito boa.

— A *vida* de um homem está em jogo — Sarah insiste.

— Eu estou com a Sarah — Gavin diz. — Além do mais, acho que a Jamie precisa de nós.

— *Sebastian* precisa de nós. — Sarah o corrige.

Eu olho para o teto.

— Isto aqui não está acontecendo.

— E — Sarah prossegue — não há necessidade de alugar um carro. Eu conheço uma pessoa que tem carro... alguém que, tenho certeza, vai ficar feliz de nos ajudar.

Olho para ela com curiosidade.

— Conhece? Quem?

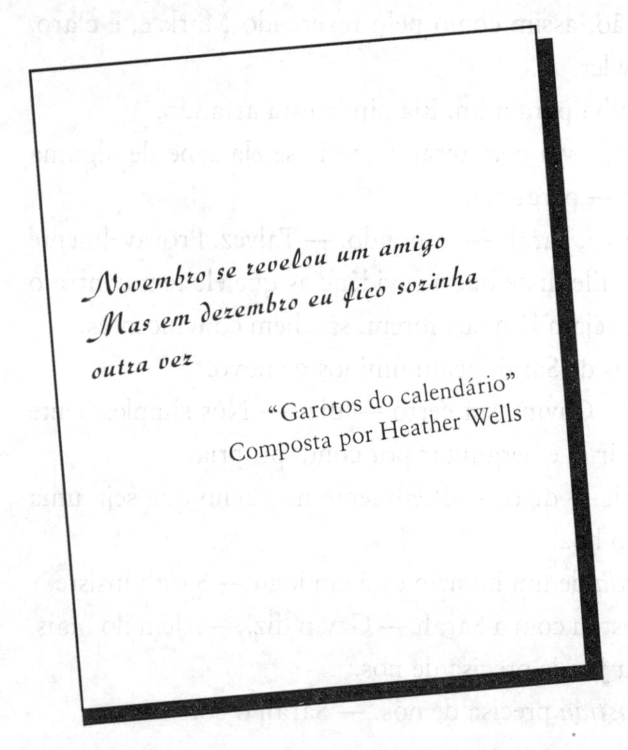

— Não — diz Cooper.

Eu não me surpreendo. Eles armaram uma emboscada para ele, foram atrás de mim até em casa (apesar de eu garantir que iria ser assim), insistindo que ele deixasse os dois pegarem emprestado a BMW 2002 '74 preciosa dele, reformada com tanto amor.

Sei. Isso é tão provável de acontecer quanto eu acordar todo dia de manhã para correr 5 quilômetros. Só por diversão.

Mas não adiantou nada. Eles estão lá no escritório dele do segundo andar, onde ele deixou a janela totalmente aberta para entrar a brisa do fim de tarde, danem-se as balas perdidas da praça.

— Cooper — Sarah diz. — Você não entende. Isto é uma emergência. A vida de um rapaz pode estar em jogo.

— Peguem o trem — diz Cooper. Ele está sentado com os pés em cima da mesa estupidamente bagunçada, examinando a correspondência com o maior tédio. Cooper costuma ser muito organizado na vida pessoal... ele mantém as áreas comuns da casa e até o quarto dele arrumados de maneira obsessiva durante a maior parte do tempo.

Mas o escritório e o carro dele são outra história. Eu não consigo entender. Geralmente parece que um furacão passou nos dois: tem papel, embalagem de hambúrguer suja de queijo, guardanapos embolados, copos de café vazios, recados crípticos anotados em post-its, pilhas deles, por todos os lados. Periodicamente, ele dá uma limpada em ambos (o escritório e o carro) e limpa tanto que nem dá para reconhecer, fica tudo brilhando, com organização espartana. Daí ele começa a deixar as coisas se acumularem de novo. Ele afirma que é sua maneira de se organizar.

Realmente é bom ele ter a mim para fazer a contabilidade dele, na verdade, se não, ele não teria nenhuma entrada de dinheiro, tendo em vista a maneira como ele nunca consegue encontrar a nota dos clientes, quanto menos enviar para eles a tempo.

— Claro — Gavin diz. Ele está olhando para uma mosca que acabou de pousar em um embrulho de hambúrguer do Johnny Rockets especialmente sujo de queijo que está em cima de uma das caixas de som do escritório. — Nós poderíamos pegar o trem. Mas como é que nós vamos da estação de trem até a casa da Jamie? Hein?

— Fácil — diz Cooper, jogando no chão, sem prestar atenção, um anúncio da Publishers Clearing House avisando que ele pode ter ganhado um sorteio de um milhão de dólares. — Chama-se táxi.

— Eu nem sei se TEM táxi em Rock Ridge! — grita Sarah. — Aliás, eu duvido muito que isso se encaixe com o plano diretor deles.

— Sinto muito, garota — Cooper diz. — Acho que vocês vão ter que alugar um carro.

— É preciso ter mais de 25 anos para alugar carro em Nova York — observa Gavin.

Cooper ergue os olhos do catálogo da Victoria's Secret que ele encontrou embaixo do resto da correspondência.

— Ah, jura? — ele diz. — Heather, por acaso você não tem mais de 25 anos? Ah, mas, espere... acredito que você e eu já tivemos uma conversinha a respeito de não se envolver nesta investigação de assassinato específica, não foi?

Eu examino a parte de cima dos meus sapatos. Eu sei do que ele está falando. Sei mesmo. Mas ele não precisa ser tão insuportavelmente pedante em relação ao assunto.

— Pessoal — eu digo para Sarah e Gavin. — Cooper tem razão. A polícia não precisa da nossa ajuda. Nós provavelmente deveríamos ficar fora disso.

— Mas Sebastian não fez aquilo! — Sarah solta um grito esganiçado.

— Então ele não tem nada com que se preocupar — Cooper diz com toda a calma e entrega o catálogo da Victoria's

Secret para a minha cachorra, Lucy. Como ela passou esse tempo todo sentada ao lado dele, esperando exatamente por este momento com toda a paciência, ela solta um barulhinho feliz de cachorro, então se deita de barriga e começa a trabalhar, despedaçando o catálogo de maneira metódica, fazendo aumentar ainda mais a pilha de detritos que cobre o chão do Cooper.

Sarah não parece particularmente tranquilizada pela garantia do Cooper. Aliás, parece que a afirmação dele tem exatamente o efeito oposto. Ela se joga no sofá coberto de papel que fica na frente da mesa dele (felizmente, Cooper tem uma outra sala onde recebe os clientes, que ele mantém sempre muito bem arrumada. Se eles vissem isso, o lugar onde ele fica mesmo, não tenho dúvidas de oue a lista de clientes dele iria encolher de maneira significativa por conta da falta de confiança nas capacidades investigativas dele... começando pela incapacidade de encontrar qualquer coisa no próprio escritório, incluindo os clientes em si), aperta os braços em volta de si e começa a balançar para a frente e para trás, com o olhar fixo no chão. Parece que ela está soltando uma espécie de barulhinho de lamento.

Cooper olha para ela com a mesma cautela como se ela fosse um cheesebúrguer que ele pediu bem passado e veio malpassado.

Gavin aproveita a oportunidade para anunciar:

— Isso aqui... isso aqui é besteira. — Daí ele dá meia-volta e sai do prédio, batendo a porta com muito barulho atrás de si. Eu corro até a janela aberta do escritório e me inclino para fora, bem a tempo de vê-lo sair correndo pelos degraus de entrada e se dirigindo para a Sexta Avenida, com os ombros encolhidos e os punhos fechados enterrados nos bolsos do jeans.

— Gavin — eu chamo. — Espera! Aonde você vai?

Os ombros de Gavin se retesam, mas ele não responde. Ele nem vira a cabeça, apesar de eu saber que ele me ouviu. Todos os traficantes de drogas que estão na esquina se viram e dizem:

— Ah, oi, Heather! — dizem de um jeito simpático.

Moleques.

Eu aceno para os traficantes e então volto para dentro da sala do Cooper.

— Eu não entendo — digo, para a sala toda. — Aonde ele acha que vai?

— Aonde você *acha*? — diz Sarah, amarga, do sofá. — Ele vai falar com *ela*.

Fico olhando atordoada para ela.

— Vai? *Por quê?*

— Por que você *acha*? — Sarah pergunta, muito enfática, enlouquecida, tirando uma mecha de cabelo do rosto para olhar para mim com ódio. — Meu Deus, quando foi que você ficou tão burra? Você é cega: Jamie Price é igualzinha a *você*. Tirando o fato de que, você sabe, ela é *mais nova*.

Chocada demais para saber como responder a isso, eu opto por não dizer nada. Durante um ou dois segundos, a sala fica em silêncio, rompido apenas pelo som das lambidas satisfeitas de Lucy e do papel rasgado e mastigado. Daí Cooper diz:

— Ooook. Então, quando foi mesmo que nós todos entramos no trem que vai para a cidade dos malucos?

Sarah solta um suspiro que faz o corpo todo dela tremer, então diz bem baixinho, com o cuidado de não cruzar o olhar com o nosso:

— Gente eu preciso falar com o Sebastian.

Nós dois olhamos para ela. Lentamente ela ergue os olhos do chão.

— Eles deixam a gente visitar? — ela pergunta e de repente parece muito mais nova do que os 22 anos que ela tem. — Na cadeia? Certo?

— Se eles deixam pessoas suspeitas de serem coconspiradoras visitar, para que combinem o que vão dizer? — Cooper coloca. — Hum, acho que não.

Eu dou meia-volta para ficar olhando chocada para Cooper, bem quando Sarah respira bem fundo... e prontamente explode em lágrimas mais uma vez.

— Como... como é q-que você pode...? — ela chora. — Eu nunca... você precisa saber que eu n-nunca... — Ela começa a soltar soluços ruidosos, que fazem o corpo todo dela tremer, e enterra o rosto no braço do sofá.

Eu lanço um olhar azedo para Cooper. Ele fica olhando estupefato para Sarah, depois ergue os olhos para mim.

— O que foi que eu disse? — ele quer saber.

— Não me venha com essa — eu rosno para ele. — Você sabe exatamente o que disse. Pessoas suspeitas de serem coconspiradoras meu cu! Sarah. — Eu vou até o outro lado da sala e me afundo ao lado dela no sofá e tento tirar um pouco do cabelo volumosíssimo dela de cima dos olhos. — Sarah, ele não falou por mal. Não quis dizer que considera você uma coconspiradora. Ele quis dizer que, do ponto de vista do promotor, é assim que ele pode ver as coisas se você for pedir para falar com Sebastian neste momento...

— Ah, Heather, você está em casa.

Com seu timing perfeito de sempre, o meu pai aparece à porta. Ele traz nas mãos uma caixa de papelão grande com seus pertences. Meu pai está se mudando, de maneira lenta mas consistente, já faz uma semana.

Quando ele repara em Sarah e nos soluços teatrais dela, o sorriso feliz dele por eu ter chegado em casa do trabalho desaparece e ele diz:

— Ah, nossa. Estou vendo que este não é um bom momento. Eu soube o que aconteceu, viu? Com o seu chefe. É uma pena mesmo. Parece que tem gente morrendo em ritmo assustador no seu local de trabalho, Heather. Eu não acredito nesse tipo de coisa, é claro, mas, se eu fosse um homem supersticioso, poderia quase começar a desconfiar que o Conjunto Residencial Fischer é, de fato, amaldiçoado.

Lucy, ao ver o meu pai, se levanta da revista quase totalmente despedaçada e, com o rabo abanando, vai até ele para lamber sua mão.

— Ah, olá, Lucy — diz ele. — Agora não, querida. Nós vamos dar o nosso passeio daqui a pouquinho. Preciso levar esta caixa para a zona norte. E isso me lembra que preciso conversar sobre uma coisa com você, Heather, quando tiver um tempinho. É uma pequena proposta de trabalho que Larry e eu queremos discutir com você. Talvez seja muito vantajosa para nós três. É uma coisa a qual, eu acho, você vai gostar bastante. Mas, hum, estou vendo que agora não é exatamente um bom momento...

Na medida em que o volume dos soluços de Sarah vai crescendo, o meu pai lança um olhar questionador na direção de Cooper, já que eu obviamente estou ocupada demais tentando estancar o jorro de lágrimas dela para responder.

— A culpa é minha — Cooper diz, apontando para Sarah. — Eu sou um homem grosseiro e desalmado. E também insensível.

— Ah — diz meu pai e assente com a cabeça. — Sim, é claro. Eu sempre gostei disso em você. Hum, Heather?

Eu ergo os olhos das costas da Sarah, que eu estou esfregando.

— Sim, pai?

— Tad ligou. Parece que ele está tentando ligar para o seu celular. Ele pediu para você ligar para ele. Só quer saber se está tudo bem com você, levando em conta... bem, o que aconteceu.

— Obrigada, pai.

— Bem. — Ele dá uma última olhada na mulher abalada ao meu lado no sofá e então dá de ombros. — Acho que esta vai ser a minha última noite aqui no prédio. Se não houver nenhuma objeção, eu gostaria de fazer costeletas grelhadas para vocês todos. Elas já estão marinando. Acredito que os dois vão jantar em casa, não?

Cooper e eu assentimos. Meu pai parece contente.

— Excelente — diz ele. — A gente se vê por volta das oito, então. Você também, Lucy. — Para Sarah, ele diz: — Você está convidada para ficar para o jantar também, mocinha. Espero que você, hum, esteja se sentindo melhor até lá. Tem bastante para todo mundo. Bem. Então, tchau.

E ele sai. Lucy, decepcionada por ele não a ter levado com ela, retorna tristonha à revista e começa a rasgar o rosto da Gisele Bündchen. O olhar de Cooper se desvia para a janela, para o céu que vai ficando cor-de-rosa, visível acima dos predinhos do outro lado da rua. Nesse ínterim, os soluços de Sarah se acalmaram. Parece que ela está se sentindo um pouco melhor, se é que a maneira como ela limpa o nariz na manga serve de indicação. Olho ao redor, à procura de uma caixa de lenços de papel... e daí me lembro de onde eu estou.

Consigo encontrar uma pilha de guardanapos do Dunkin' Donuts que não parecem muito usados. Entrego-os para ela. Sarah ergue a cabeça, pega a pilha de guardanapos e assoa o nariz. Daí ela olha para Cooper e, com olhos brilhando de ódio (é difícil confundir o sentimento), diz:

— Eu não tive nada a ver com o assassinato do Owen.

— Eu não disse que você teve — Cooper responde. Ele tirou os pés de cima da mesa e está digitando no teclado, aparentemente procurando alguma coisa no Google. Como eu conheço Cooper, provavelmente deve ser a Gisele Bündchen.

— Você me chamou de coconspiradora! — Sarah exclama.

— Foi o que Heather disse — Cooper responde, ainda sem tirar os olhos da tela do computador.

— É verdade, Sarah — digo. — Não vão deixar você falar com Sebastian. Duvido muito que ele tenha permissão para receber visita, tirando o advogado dele. Além do mais, ele nem deve mais estar em Manhattan. Já deve ter sido mandado para Rikers a esta altura.

— Rikers! — Sarah repete e engole em seco, horrorizada.

— Para a Catacumba — Cooper me corrige, ainda sem se virar. — Ele já deve ter sido transferido da Sexta Delegacia de Polícia para o Centro de Detenção de Manhattan a esta altura. — Ele dá uma olhada no horário que o computador marca. — Ou talvez não. Mas é certeza que ele vai para Rikers de manhã.

— Ele não pode ir — Sarah diz e se levanta de um pulo. Os olhos dela estão arregalados, em pânico. — Ele não pode ir para Rikers. Vocês não entendem. Ele tem asma! Ele tem alergia!

Cooper finalmente se vira sobre a cadeira do computador. Quando ele olha para Sarah, a expressão no rosto dele é de fúria. Ele parece... Ele parece assustador. Do mesmo jeito que estava hoje de manhã, quando me avisou para não interferir na investigação da morte de Owen Broucho.

— Certo — diz ele, bravo. — Agora deu. Eu já estou por aqui com essa bobagem, Sarah. Ou você me diz que porra está acontecendo ou pode sair da minha casa agora mesmo. Não olha para a Heather — ele diz quando ela tenta se voltar para mim em busca de ajuda. — Olha para mim. Pode falar, ou pode sair. Vou contar até três. Um.

— Não foi ele! — grita Sarah.

— Eu sei que não foi ele. Você tem que me dizer como provar isso. Dois.

— Simplesmente porque eu sei! Eu conheço o Sebastian!

— Isso não é o suficiente para o promotor retirar a acusação, Sarah. Três. Pode cair fora, porra.

— Ele não pode ter feito isso porque o tiro que matou Owen Broucho veio de fora do prédio — Sarah grita. — E eu posso provar que Sebastian estava *dentro* do Conjunto Residencial Fischer na hora em que Owen foi assassinado!

— Como é que você pode fazer isso? — Cooper quer saber.

— Porque — Sarah diz, com as bochechas de repente ficando vermelho-carmim. — Eu... eu dei autorização para ele entrar ontem à noite.

— Você o quê?

Sinto o meu sangue gelar. Mas de um jeito positivo.

— Ela deu autorização para ele entrar — digo, levanto do sofá e atravesso a sala para ficar em pé do lado da Sarah, com pedaços do catálogo da Victoria's Secret sob os meus pés. — Tem uma lista de autorização no balcão da segurança. Todas as pessoas que visitam o prédio precisam de autorização para entrar e precisam deixar um documento de identidade com o guarda. A que horas você deu autorização para o Sebastian sair hoje de manhã, Sarah?

Ela balança a cabeça.

— Tarde. Depois do café da manhã. Eram tipo 8h45.

Lanço um olhar de triunfo para Cooper.

— *Depois* que o assassinato ocorreu. Não está vendo? Isso prova que ele não pode ter sido o responsável. O guarda não permitiria que ele saísse do prédio sem assinar a lista de autorização. Ele não pode ter matado Owen.

Mas Cooper, no entanto, está com o rosto franzido.

— Eu não entendo — diz. — Se tudo isso for verdade, por que ele não disse para a polícia quando perguntaram onde ele estava na hora do assassinato? Por que ele não mostrou para eles o registro de entrada e saída?

— Porque — diz Sarah, com ar infeliz. — Ele... ele estava protegendo alguém.

— *Quem?* — eu exijo saber. — Quem é que ele poderia...

— Eu, está bom? — Sarah parece incapaz de erguer os olhos do chão. — Ele... ele estava me protegendo.

Cooper, com um suspiro de alegria, volta a se recostar na cadeira de escritório, que range.

— E eu aqui pensando que o cavalheirismo estava morto.

— Não é nada disso — Sarah se apressa em dizer, erguendo os olhos, com as bochechas ardendo mais uma vez. — Nós não... Nós nunca...

Lanço um olhar curioso para ela.

— Mas, Sarah... então, do que ele estava protegendo você?

— Eu... eu prefiro não dizer — Sarah responde. — Será que a gente não pode simplesmente apresentar a lista de autorização de entrada e saída? Para o inspetor Canavan?

— O que vocês passaram a noite inteira fazendo — Cooper quer saber — se não estavam trocando conhecimentos carnais um sobre o outro? Quero dizer, perdoe a minha curiosidade, sim? Porque, eu posso garantir, Canavan vai perguntar.

— Não, a gente não pode simplesmente apresentar a lista de autorização de entrada e saída — digo, irritada, em resposta à pergunta da Sarah. — Eu quero saber. Do que Sebastian está protegendo você? O quê...

— E você estava mesmo com ele às oito horas? — Cooper pergunta. — Você disse que assinou a autorização de saída às 8h45. Mas você ficou com ele o tempo todo desde que assinou a autorização de entrada na noite anterior até assinar a autorização de saída hoje de manhã?

— Será que vocês dois podem parar de falar ao mesmo tempo? — Sarah grita, com jeito de que vai começar a chorar de novo. — Estou me sentindo muito frustrada. Vocês parecem os meus PAIS!

Isso faz com que o Cooper e eu paremos no mesmo instante. Nós fechamos a boca e trocamos olhares estupefatos. *Pais?*

— Não, eu não fiquei com ele o tempo todo — Sarah diz. — E não é da conta de ninguém o que nós estávamos fazendo...

— Mas, Sarah — eu interrompo, depois de superar a coisa de parecer uma mãe. Afinal, sei lá. É a opinião dela. E por acaso eu mencionei o cabelo frisado dela? — Você sabe que, quando dá autorização para alguém entrar, é sua responsabilidade ficar com a pessoa o tempo todo que...

— Você acha que vai entrar como quem não quer nada na Sexta Delegacia e dizer que tem uma coisa que não é da conta deles quando perguntarem? — diz Cooper, deliciado. — Porque eu juro que quero estar junto quando você fizer isso.

Daí, como um golpe de marreta a resposta, me bate.

— A cafeteira! — exclamo e aponto para Sarah em um gesto de acusação.

Tanto o Cooper quanto Sarah ficam olhando para mim como se eu tivesse começado a falar em uma língua desconhecida. Mas só Sarah parece levemente nervosa.

— Não sei do que você está falando — ela diz.

— Ah, sabe sim — eu respondo, sem parar de apontar para ela. — O depósito. Onde nós ficamos esperando enquanto a equipe da perícia examinava a nossa sala. Eu achei que era o pessoal da faxina que o estava usando como sala de descanso. Tinha um saco de dormir lá. E uma cafeteira. Alguém obviamente anda dormindo ali. Mas não é nenhum funcionário do prédio. É Sebastian, não é? Você anda dando autorização para o Sebastian entrar e está deixando que ele more ilegalmente ali, não está? *Não está?*

Sarah se treme toda e enfia o rosto nas mãos. Ela não responde.

Mas nem precisa. A linguagem corporal dela já diz tudo.

— Não é para menos que Sebastian não tenha dito para a polícia onde ele estava quando Owen bateu as botas — eu prossigo. — Ele não podia dizer! Porque ele sabia que ia meter você em encrenca, e você ia perder o emprego por deixar um aluno morar no prédio ilegalmente. Sarah! Onde você estava com a cabeça?

Sarah abaixa as mãos e olha com raiva para mim.

— Não é culpa do Sebastian! — ela exclama. — A ideia foi minha! E, para começo de conversa, a culpa é do imbecil do Departamento de Acomodação! Ele pediu um colega de quarto que fosse kosher! E o que ele recebeu? Um surfista da Califórnia que marcou na ficha que era kosher porque esse era o plano de refeição mais caro e ele achou que, por isso, a comida seria melhor! Ele nem sabia o que era kosher. E daí, quando Sebastian foi falar com o diretor do conjunto residencial dele para trocar de quarto, foi informado que não tinha nada disponível. O que ele devia fazer? Comprometer seus valores religiosos?

— Não — responde Cooper. — Parece que, em vez disso, ele resolveu comprometer o seu emprego.

Sarah inspira tão fundo que chega a chiar. Um segundo depois, ela está sem ar.

Felizmente, encontro um saquinho largado da Starbucks jogado ali perto e, depois de fazê-la se sentar no sofá mais uma vez, forço Sarah a respirar ali dentro durante alguns minutos. Logo ela já voltou a respirar normalmente.

Sentada entre mim e o Cooper, olhando toda tristonha para a última página do catálogo da Victoria's Secret enquanto Lucy a devora, Sarah diz:

— Acho que eu sou a maior idiota do mundo, não sou?

— Não é a maior — Cooper diz.

— Não precisamos dizer a eles quanto tempo você deixou que ele ficasse lá — digo. — Podemos dizer que foi só aquela noite.

— Não. — Sarah balança a cabeça com tanta violência que o cabelo comprido e volumoso quase chicoteia nós dois. — Fui eu que fiquei cega pelo amor. E nem é amor de verdade, porque até parece que ele gosta de mim como qualquer coisa além de amiga. Até parece que um homem *algum dia* vai gostar de uma mulher como eu.

— Coisas mais estranhas já aconteceram — Cooper diz, seco. — Principalmente depois de uma ou duas noites nas Catacumbas. Talvez ele saia de lá com gosto renovado pelo sexo frágil de maneira geral.

Eu fico com vontade de dar uma cotovelada nele, mas Sarah está no meio.

Mas eu nem precisava me preocupar. Ela não está ouvindo mesmo.

— Eu abusei do meu poder como assistente de pós-graduação residente no conjunto residencial — diz Sarah. — Eu menti, e aproveitei meus privilégios de dar autorização para as pessoas entrarem e de ter chaves. Eu vou me entregar.

— Você tem motivos para isso — Cooper diz. — Mas para quem? O seu chefe está morto.

— É — digo. — E eu acho que dá para dizer que foi insanidade temporária e deixar para lá. Febre da primavera, algo assim.

— Eu nunca mais vou falar com ele — Sarah diz. — Depois que a gente entregar a lista de autorização e eu der o meu depoimento. E o CAPG conseguir fazer com que o gabinete do reitor aceite todas as nossas exigências. E eu encontre um lugar para ele morar que seja seguro e que ele possa pagar. E me assegure de que ele recebeu aconselhamento psiquiátrico adequado por qualquer estresse pós-traumático que ele possa sofrer depois de tudo isso.

— É assim que se fala — Cooper diz, em tom de incentivo.

— Claro — Sarah diz enquanto nós três caminhamos de volta para o Conjunto Residencial Fischer para pegar as listas de autorização e levar para o inspetor Canavan ver, assim acelerando a soltura do homem por quem Sarah afirma com muita ênfase não estar mais apaixonada. — Seria muito melhor se nós pudéssemos simplesmente descobrir quem matou mesmo Owen. Não só pelo Sebastian — ela se apressa em completar. — Mas também para que tudo possa voltar ao normal.

Cooper e eu trocamos olhares.

— É — digo. — Voltaria, sim.

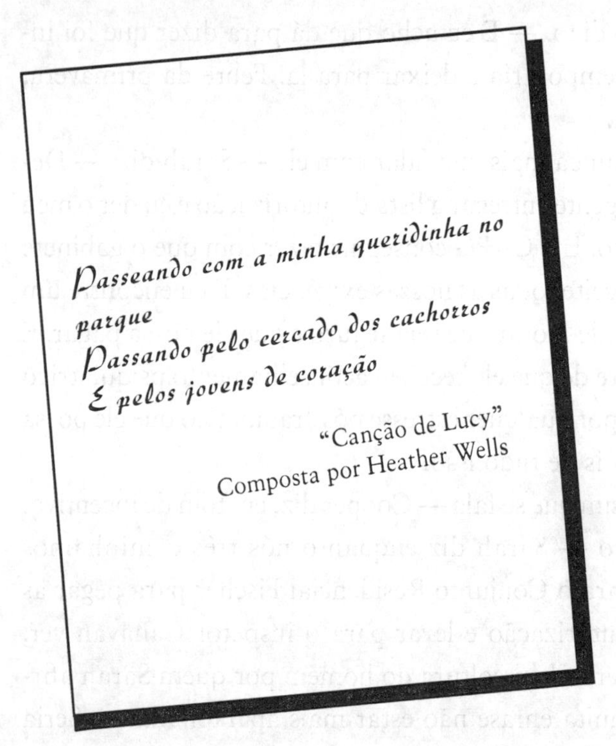

O inspetor Canavan fica bem menos do que impressionado com as listas de autorização que apresentamos para ele 45 minutos mais tarde... possivelmente porque ele está cansado depois de um dia longo de trabalho e só quer voltar para casa (bem-vindo ao clube).

Mas também porque, como ele observa, elas não representam um álibi tão forte assim, já que qualquer pessoa é capaz de passar por um guarda de segurança de faculdade sem se fazer notar, atirar na cabeça de um diretor de conjunto residencial e voltar.

Eu informo a ele que a falta de confiança na força de segurança infalível da Faculdade de Nova York é uma ofensa, e ele nem responde à minha observação... apenas menciona o pequeno fato de que eles encontraram um revólver na bolsa a tiracolo do Sebastian.

— Um revólver? — Sarah desdenha. — Não seja ridículo. Sebastian não tem arma nenhuma. Ele é um pacifista. Ele acredita que a violência nunca é a resposta. Que não resolve nada.

Com isso, o inspetor Canavan solta uma gargalhada de desdém.

— Um pacifista que anda por aí com um 38 sem licença.

Como esse por acaso é o mesmo calibre da bala que atravessou o crânio do Owen Broucho e como o Sebastian não tem nenhum álibi confiável para a hora que aconteceu, ele é o primeiro (e único) suspeito do assassinato. Um teste de balística vai dizer à polícia se a arma é, de fato, a mesma que foi usada para despachar meu chefe. As listas de autorização, se é que ajudam em alguma coisa, servem para solidificar o caso contra o Sebastian, já que dá à força policial de Nova York a primeira prova sólida de que o Sebastian estava de fato nas redondezas na hora do crime.

Hum. Opa?

Quando saímos da delegacia para a West Tenth Street, fica claro que a Sarah ficou visivelmente pálida por causa de tudo isso.

— Olha — digo, com medo de que ela fique com falta de ar de novo, enquanto examino a calçada disfarçadamente, em busca de sacos de papel que eu possa usar para forçá-la a respirar com calma. — Vai dar tudo certo. Tenho certeza de que ele já entrou em contato com os pais a esta altura. Vão arrumar um bom advogado para ele. Ele vai ter a primeira audiência, eles vão pagar a fiança e amanhã de manhã ele já vai estar livre.

Cooper solta um barulho quando eu digo isso, mas eu lanço um olhar de alerta para ele, e ele fecha a boca.

— Eu sei — diz Sarah baixinho.

— E ele vai ficar bem só durante essa noite no centro de detenção — insisto. — O inspetor Canavan vai providenciar para que ele receba o inalador dele. E o Allegra-D.

— Eu sei — responde Sarah. Mais uma vez, baixinho. Baixinho demais.

Eu dou uma olhada para Cooper por cima da cabeça de Sarah. Ele ergue as sobrancelhas. Nós dois sentimos: há alguma coisa de errado. Sarah deveria estar histérica. Por que está tão calma?

Ficamos esperando na esquina até aparecer um táxi vazio para nos levar de volta a Washington Square. É uma noite linda de primavera e tem muita gente circulando, casais (tanto da variedade homo quanto hétero, alguns empurrando carrinhos de bebê, outros não) e gente sozinha passeando com o cachorro, ou não, vestida com muito estilo (estamos no West Village, afinal de contas), aproveitando o clima ameno e o céu estrelado, passeando pelos cafés antiquados com mesinhas na calçada e seus toldos de cores fortes, as lojas de decoração caras, as padarias que oferecem cupcakes cheirosos, as lojas de camisinhas especiais...

Sarah parece não reparar em nada disso. Ela olha fixo para a frente, com um ar distante nos olhos. Quando Cooper consegue chamar um táxi e ele para à nossa frente, ela continua imóvel, de modo que eu estico o braço e dou um beliscão nela, ao estilo Muffy Fowler.

Não foi com força nem nada. Só o suficiente para obter uma reação.

— Ai! — Sarah exclama, dá um pulo e esfrega o braço. Ela volta um olhar de acusação para mim. — Por que você fez isso?

— O que tem de errado com você? — Exijo saber. — Você acabou de descobrir que o amor da sua vida é o maior falso da paróquia. Por que não está com falta de ar? Ou pelo menos chorando?

— Do que você está falando? — As sobrancelhas de Sarah, que estão precisando urgentemente de uma depilação, estão arqueadas. — Sebastian não é o amor da minha vida. E ele NÃO é falso.

— Um pacifista que carrega um 38? — Cooper, que segura a porta de trás do táxi aberta, parece cético. — Você não acha que é um pouco de hipocrisia?

— Meu Deus, vocês não percebem?

Sarah solta uma risada amarga ao entrar no carro.

— É óbvio demais. Alguém plantou aquele revólver.

Eu olho para Cooper enquanto deslizo pelo assento para me acomodar ao lado dela, mas ele dá de ombros, tão sem saber do que ela está falando quanto eu.

— Sarah, do que você está falando?

— Obviamente, é uma conspiração — Sarah explica, como se nós dois fôssemos malucos por não ter percebido — Foi armação do gabinete do reitor. Não sei como eles fizeram, mas pode ter certeza de que são eles que estão por trás disso. Sebastian jamais carregaria uma arma. Alguém deve ter colocado dentro da bolsa dele.

— Washington Square West com a Waverly — Cooper diz para o taxista ao se juntar a mim no banco de trás. Para a Sarah, ele diz: — Preciso te dar os parabéns, garota. Esta é nova. Uma conspiração do gabinete do reitor da Faculdade de Nova York. Muito criativa.

— Pode rir à vontade — diz Sarah. Ela vira o rosto para a janela, em um gesto de decisão. — Mas eles vão se arrepender amanhã de manhã. Vão se arrepender *muito*.

Fico olhando para o perfil dela. Está escurecendo e ficando mais difícil de enxergar. Não dá para ver se ela está brincando ou não.

Mas, bom, ela é a Sarah. Sarah nunca foi muito de brincadeira.

— Como assim, eles vão se arrepender? — eu pergunto a ela. — Do que você está falando?

— Nada — responde Sarah, toda inocente. — Não se preocupe com isso.

Eu dou uma olhada para Cooper. Ele está tentando segurar um sorrisinho. Mas eu não vejo nada especialmente engraçado nessa situação.

Sarah recusa o meu convite para jantar quando nós paramos na frente do Conjunto Residencial Fischer. Ela diz que tem muito trabalho a fazer... seja lá o que isso signifique. Quando ela sai, Cooper observa que está tudo bem... ele já aguentou o máximo de drama de mulheres de vinte e poucos anos que ele é capaz de suportar em um dia.

— Mas o que será que ela quis dizer quando falou que eles vão se arrepender? — Fico imaginando enquanto subimos a escadinha de entrada do prédio dele. — O que será que ela está aprontando?

— Não sei. — Cooper remexe as chaves para achar a certa. — Mas me parece que, se ela sair do controle, você tem uma ótima ferramenta para barganhar com ela, com o fato de que ela estava deixando aquele rapaz morar ilegalmente no seu prédio. É só falar que você vai dedurar.

— Ah, Coop — digo. — Não posso fazer isso.

— Por que não? — Ele quer saber. — Você é muito mole com eles, Heather. Que história foi aquela antes com o meu carro? Você achou mesmo que havia alguma chance de eu emprestá-lo a eles?

— Não — respondo. — Mas olha só quem fala. O que foi aquela *outra* história hoje lá no seu escritório, quando você ficou xingando a Sarah e falando palavrão e mandando que ela fosse embora? Até parece que você realmente ia expulsar a menina de lá. Você não expulsaria uma barata de lá. *Obviamente.*

— Heather, talvez você não tenha notado, mas ela estava mentindo totalmente para nós. — Cooper consegue destrancar a porta de entrada e então a empurra para abrir. — Você acha que a gente ia conseguir arrancar a verdade dela se você ficasse passando a mão na cabeça dela, como sempre faz?

Meu celular toca. Eu pego o aparelho, vejo que é Tad e imediatamente mando a ligação para a caixa de mensagens.

Infelizmente, Cooper está a distância suficiente para ver quem era. E para onde eu mandei a ligação.

— Problemas no paraíso? — pergunta com uma sobrancelha arqueada.

— Não — eu respondo, sem jeito. — Só não estou a fim de falar com ele nesse momento. — Eu vou atrás dele para dentro de casa e jogo a bolsa e as chaves na mesma mesinha do corredor onde ele jogou a carteira e as chaves dele. — O negócio é que você não precisava ser assim *tão* maldoso com ela...

Cooper se vira para olhar para mim.

— Não, Heather, para falar a verdade, eu precisava, sim. Às vezes, se você quiser arrancar a verdade, tem que forçar as pessoas. Pode não ser bonito, mas funciona.

— Bem, nós simplesmente vamos ter que concordar em discordar — eu digo. — Porque eu acho que você pode ser legal com as pessoas e obter os mesmos resultados.

— Ah, é — diz Cooper, com uma gargalhada de desdém. — Depois de quatro anos.

— A consciência da Sarah teria falado mais alto, cedo ou tarde — eu digo. — Muito antes de quatro anos. Experimente quatro minutos. E foi exatamente o que aconteceu. Meu Deus, o que é este cheiro?

Cooper inspira.

— Isso — ele diz, em tom de quem está bastante satisfeito com uma descoberta — é o perfume suculento das costeletas grelhadas do seu pai.

— Meu Deus. — Estou chocada. — Que cheiro delicioso.

— É melhor aproveitar enquanto pode, porque esta é a última vez que isso vai acontecer por aqui.

— Cala a boca — digo. — Ele só vai se mudar para a zona norte. Ele não morreu.

— Você é a única que não aguentava tê-lo por perto — Cooper observa e se apressa na direção dos fundos da casa, que é de onde o cheiro enlouquecedor de tão bom sai. — Eu ficaria perfeitamente contente se ele ficasse morando aqui para sempre.

— Fala sério. — Não dá para acreditar no que estou ouvindo enquanto vou caminhando atrás dele. — *Para sempre?* Toda aquela ioga e aquelas velas de aromaterapia não incomodavam você? E aquela flautinha que ele ficava tocando?

— Quando eu chegava em casa e encontrava jantares assim? Perfeitamente perdoável.

— Ah, vocês chegaram — diz meu pai da cozinha. Ele é capaz de nos escutar quando nos aproximamos pelo corredor... mas eu sei, por experiência própria, que ele não consegue ouvir a nossa conversa. A audição dele já não é o que era, e as paredes do prédio do Cooper são grossas. Não existe nada melhor do que uma construção do século XIX. — Parem de discutir, vocês dois, e andem logo. O jantar está pronto. Vocês estão atrasados!

Nós entramos apressados na cozinha absurdamente grande (para Manhattan, pelo menos) e com claraboia e encontramos a mesa que fica no centro já posta, as velas já acesas e o vinho já servido. O meu pai está em pé perto da pia, temperando uma salada, usando um avental azul e branco por cima de uma camisa social, calça de veludo cotelê verde oliva e Crocs nos pés. Ele se anima ao nos ver, e o mesmo acontece com Lucy, que bate o rabo no chão, à maneira alegre de um cachorro que já deu seu passeio noturno.

— Oi, que bom que vocês chegaram.

— Desculpe pelo atraso — eu começo. — Nós tivemos que levar Sarah até a delegacia. É que ela...

Minha voz vai sumindo. Porque acontece que nós não estamos sozinhos com o meu pai e Lucy na cozinha. Há uma pessoa sentada à mesa com um prato de comida já pronto à frente, apesar de estar esperando com toda a educação para mandar ver. O mesmo não pode ser dito, no entanto, sobre taça de vinho.

— Heather! — diz o irmão de Cooper, Jordan, com a língua arrastada e, embriagado, ergue uma taça de vinho na nossa direção. — Cooper! Está sabendo da novidade? Eu vou ser papai!

— Eu realmente não tinha escolha além de deixá-lo entrar — o meu pai explica, muito depois do jantar, quando Cooper saiu para levar o irmão de volta à cobertura dele no Upper East Side. — Ele estava insistindo muito para falar com você. E, como você deve ter percebido, ele estava em clima de comemoração.

O humor do Jordan, se quer saber a minha opinião, estava mais para suicida. Mas, bem, é isso que acontece quando você descobre que a sua mulher está grávida e você não tem cem por cento de certeza que está pronto para ser pai.

Mas isso foi algo que Jordan pediu para ficar entre nós, quando ele me encurralou no corredor quando eu estava voltando do banheiro, durante o jantar.

— Eu nunca devia ter deixado você ir embora — Jordan me informou, todo tristonho, enquanto me ensanduichava contra a parede com o corpo.

Como nós temos esta conversa mais ou menos a cada três ou quatro meses, eu já conhecia o roteiro e já sabia muito bem qual era o meu papel. Eu só precisava dizer o seguinte:

— Jordan. Nós já passamos por isso. Você e eu nunca demos certo juntos. Você está bem melhor com Tania. Você sabe que ela ama você.

Dessa vez, no entanto, ele se desviou da conversa e disse:

— O negócio é exatamente este. Eu acho que ela não ama. Eu sei que vai parecer loucura, Heather, mas eu acho... eu acho que ela só se casou comigo por causa do que eu sou. Ou por causa de quem o meu pai é... dono da Cartwright Records. Esse negócio de bebê... eu não sei mesmo... e se for só para ela conseguir uma pensão melhor mais tarde?

Confesso que fiquei chocada.

Por outro lado, era Jordan. E ele estava bêbado. E álcool e Jordan não se misturam.

— Claro que não é por isso que ela quer o bebê — eu disse, em tom tranquilizador. — Tania ama você.

A verdade, é claro, é que eu não tenho como saber isso. Mas eu é que não ia ficar lá e dizer o contrário para ele.

— Mas um *bebê* — disse Jordan. — Como *eu* posso ser pai? Eu não sei nada sobre bebês. Eu não sei nada de nada...

Essa foi uma chocante afirmação de consciência de si mesmo... principalmente para o Jordan. Foi uma exibição de enorme crescimento e maturidade da parte dele. Pelo menos eu achei.

— Só o fato de você se dar conta disso, Jordan — eu disse a ele —, mostra que você está mais pronto para ser pai agora do que jamais esteve. E, falando sério... enquanto você se lembrar disso, de que não sabe nada de nada, acho que vai ser um pai maravilhoso.

— É mesmo? — Jordan se animou, como se a minha opinião a respeito do assunto realmente fizesse diferença para ele. — Você está falando sério, Heather?

— Estou sim — respondi e dei um apertão na mão dele. — Agora, que tal nós voltarmos para o jantar?

Foi pouco depois disso que Cooper convenceu o irmão de que ele já tinna comemorado demais para uma noite so, e que devia deixar que ele o levasse para casa. Jordan finalmente concordou (com a condição de que Cooper o deixasse tocar sua demo nova no carro a caminho da casa dele, condição esta que Cooper aceitou, sentindo um calafrio visível de desgosto) e eu convenci o meu pai a se sentar e saborear uma das infusões de ervas dele enquanto eu lavava a louça do jantar.

— Foi um dia e tanto para você — observa o meu pai enquanto eu esfrego a meleca endurecida que cobre a panela que ele usou para preparar as costeletas. — Você deve estar exausta. Você não saiu para correr hoje de manhã?

— Se puder chamar o que eu fiz de correr... — resmungo. Falando sério, as costeletas estavam deliciosas, mas será que ele precisava mesmo usar todas as panelas da casa para prepará-las?

— Tad deve estar muito orgulhoso. É uma façanha e tanto para você... correr. Ele ligou aqui para casa de novo, sabe, um pouco antes de você voltar. Eu o teria convidado para jantar, mas eu sei que ele não come carne, e eu não tinha nenhuma outra proteína pronta...

— Tudo bem — respondo. — Eu ligo para ele mais tarde.

— As coisas estão ficando bem sérias com ele, hein?

Fico pensando sobre o comportamento estranho do Tad hoje de manhã. Foi só hoje de manhã mesmo? Parece que faz um tempao.

— É — eu respondo. — Acho que sim. Quero dizer... — Ele vai me pedir em casamento. — Não sei.

— É legal você estar com alguém — diz meu pai, de um jeito meio vago. — Eu ainda me preocupo com você de vez em quando, Heather. Você nunca foi como as outras meninas, sabe?

— Hã? — Encontrei um pedaço de meleca especialmente teimosa, e estou tentando tirar com a unha do polegar. Fico imaginando se bombril vai estragar a panela esmaltada do Cooper, comprada para ele por uma namorada que era chef profissional cujo nome há muito tempo já se perdeu na história.

— Só estou falando — prossegue o meu pai. — Você sempre foi mais parecida comigo do que com a sua mãe. Nunca seguiu modelos. Nunca foi de trabalhar em horário comercial. É por isso que eu fico surpreso de ver como você se dedica ao seu emprego.

— Eu não diria que me dedico a ele. — Eu desisto e pego o bombril. Quem sabe, se eu tomar cuidado, o esmalte não vai ficar arranhado. — Quer dizer, eu gosto dele...

— Mas a sua verdadeira paixão é cantar — diz meu pai. — E compor, não é verdade?

— Não sei. — O bombril também não está funcionando. — Também gosto de fazer isso.

— O que você diria se eu mencionasse que estou sabendo de uma oportunidade em que você vai poder voltar a fazer as duas coisas? Compor e interpretar as suas próprias músicas? E ganhando. Ganhando bem, além do mais. O que você acharia disso?

Sucesso! A meleca saiu. Mas ainda tem muita meleca para tirar.

— Não sei — eu digo. — Do que você está falando? Sabe, o marido da Patty, Frank, sempre tenta me levar para a estrada com a banda dele, e vou dizer, isso já não é mais exatamente a minha praia...

— Não, não — diz o meu pai e se inclina para a frente em cima da cadeira. Atrás dele, dá para ver as luzes do Conjunto Residencial Fischer brilhando através da janela da cozinha. A garotada voltou do jantar, está estudando ou se preparando para sair. Para eles, não faz diferença se é dia de semana... nem se o diretor interino do conjunto residencial foi assassinado hoje de manhã. Não se houver cerveja jorrando em algum lugar. — Essa é uma oportunidade de verdade que Larry e eu gostaríamos de oferecer para você. Nós sabemos o que você pensa a respeito da indústria fonográfica... você é gata escaldada e tudo o mais. Mas isso aqui não tem nada a ver com aquilo. É uma coisa totalmente diferente. Você já ouviu falar do Wiggles, certo?

Eu faço uma pausa no meu ataque contra a meleca.

— Aquele programa infantil britânico? Já sim, os filhos da Patty adoram.

— Na verdade, é uma banda australiana infantil — o meu pai me corrige. — Mas seria uma coisa parecida com isso, sim. Larry e eu estamos planejando produzir e comercializar uma linha de vídeos e DVDs de música infantil. A diferença entre os custos de produção em comparação com a quantidade de dinheiro que é possível ganhar é literalmente fenomenal. E é aí que você entra. Nós gostaríamos que você fosse a estrela... a apresentadora e cantora/compositora... desses vídeos. Você sempre teve forte apelo junto às crianças, mesmo quando era adolescente... tem alguma coisa na sua voz, no seu jeito... talvez seja todo esse seu cabelo louro... não sei. Você seria a principal em um elenco de personagens, todos animados... você seria o único ser humano, na verdade. Em cada episódio, você trataria de uma questão diferente... como largar a fralda, ter que ir para a creche, ter medo que o bebê caia pelo ralo da banheira, esse tipo de coisa. Nós fizemos as contas, e achamos que podemos fazer a concorrência... *Dora a Exploradora*, o Wiggles, *Blue's Clues... tremer.* Estamos pensando em chamar de *O mundo de Heather.* O que você acha?

Eu parei de esfregar. Agora estou parada na frente da pia, só olhando para ele. Parece que o meu cérebro é um gravador de vídeo digital que alguém colocou no Pause.

— O quê? — digo, com muita inteligência.

— Eu sei que você está decidida a voltar a estudar, querida — diz meu pai e se inclina para a frente na cadeira. — E você ainda vai poder fazer isso. Essa é a magia do negócio. Não tem turnê nem promoção... pelo menos, não por enquanto. Nós só queremos ter as músicas compostas, gravar os vídeos, então colocar no mercado e ver qual é o resultado. Eu tenho a sensação... e o Larry concorda... que vai fazer muito sucesso de cara. E daí a gente vai poder trabalhar com a sua agenda para providenciar qualquer tipo de divulgação que nós desejemos fazer. Repare que eu disse *nós.* Fica totalmente a seu critério o quanto você vai querer trabalhar. Eu não sou a sua mãe, Heather. Sob nenhuma circunstância eu iria querer que você fizesse algo com que não se sinta à vontade...

Não consigo processar muito bem o que ele está dizendo.

— Está falando... para eu desistir do trabalho no Conjunto Residencial Fischer?

— Bem — diz o meu pai, bem devagar. — Acredito que isso seria necessário, sim. Mas, Heather, você receberia uma recompensa generosa pelo seu trabalho neste projeto, com um adiantamento bem volumoso que seria... bem, cem vezes o que você recebe por ano no Conjunto Residencial Fischer... além dos direitos autorais. E eu acredito que Larry não seria contrário à ideia de dar uma parte dos lucros para você também...

— É, mas... — eu fico olhando estupefata para ele. — Não sei. Quer dizer... largar o meu emprego? É um bom emprego. Com benefícios. Eu não preciso pagar mensalidade da faculdade e tudo o mais. E tenho um pacote de seguro-saúde excelente.

— Heather. — Meu pai está começando a parecer um pouco impaciente. — Os Wiggles têm lucros brutos estimados em 50 milhões de dólares por ano. Acho que, com 50 milhões de dólares por ano, você teria dinheiro para pagar pelo pacote de seguro-saúde da sua escolha.

— É — respondo. — Mas você nem sabe se essas coisas em vídeo vão decolar. Pode ser que as crianças detestem. Pode acabar ficando supercafona ou algo do tipo. Pode acabar parando na cesta de desconto do supermercado.

— Esse é um risco que todos nós vamos correr — meu pai diz.

— Mas... — fico olhando para ele. — Eu não componho música para criança. Eu componho música para gente adulta... como eu.

— Certo — meu pai diz. — Mas escrever música para criança não pode ser tão diferente de escrever música para moças reclamonas como você.

Fico olhando para ele de novo.

— Reclamona?

— Em vez de se lamentar sobre o tamanho do seu jeans — meu pai prossegue —, reclame perguntando por que você tem que usar mamadeira. Ou por que não pode usar calcinha de menina grande. Por que você não tenta? Acho que vai ser natural para você. A verdade, Heather, é que eu estou me arriscando por você. Larry quer fazer a proposta para a Mandy Moore. Eu pedi a ele para esperar um pouco. Eu disse a ele que tinha certeza de que você criaria alguma coisa que ia nos deixar arrepiados.

— Pai. — Balanço a cabeça. — Não quero compor... nem cantar... sobre mamadeiras.

— Heather — diz meu pai. — Acho que você não está entendendo. Esta é uma oportunidade extraordinária para todos nós. Mas principalmente para você. É uma chance de você se livrar daquele buraco em que você trabalha... o lugar em que hoje mesmo, Heather, o seu chefe levou um tiro na cabeça, só a uma sala de distância do lugar onde você passa o dia inteiro sentada. E também é uma oportunidade para você... vamos ser sinceros um com o outro, Heather... poder ir morar sozinha, para não ter que ficar aqui na casa do Cooper... afinal, essa não parece ser a opção mais saudável pra você.

Eu me viro rapidamente de volta para a louça.

— Não sei do que você está falando.

— Não sabe? — pergunta meu pai com gentileza. — Por que você ainda não retornou os telefonemas do Tad, Heather? Será mesmo porque você está ocupada demais? Ou será que é porque, lá no fundo, você sabe que está apaixonada por outra pessoa?

Eu quase derrubo a taça de vinho que estou lavando.

— Nossa, pai — resmungo. — Bela maneira de magoar uma mulher.

— Bem. — Ele se levanta da mesa, chega perto de mim e coloca a mão no meu ombro. — É exatamente isso. Eu *não* quero que você se magoe. Eu quero ajudar você. Deus sabe que você tem me ajudado nesses últimos meses. Eu quero retribuir o favor. Será que você permite?

Eu não consigo olhar no rosto dele. Eu sei, que se olhar, vou dizer que sim. Eu não quero dizer sim. Acho que não.

Ou talvez parte de mim queira. A mesma parte de mim que também está pronta para dizer sim ao Tad, quando ele decidir que finalmente chegou o momento certo e me fizer a pergunta.

Em vez disso, fico olhando para a água turva da pia.

Então solto um suspiro.

— Deixe-me pensar sobre o assunto, pai, pode ser?

Não vejo o meu pai sorrir, porque, é claro, não estou olhando para ele. Mas sinto o sorriso, de todo modo.

— Claro, querida — ele diz. — Só não passe muito tempo pensando sobre o assunto. Oportunidades como esta não duram para sempre. Bem... você sabe disso, por causa da última vez.

E como sei.

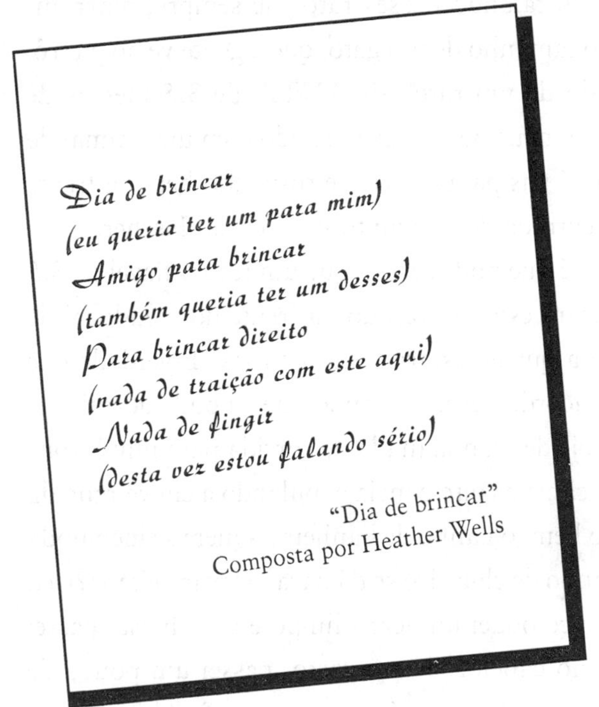

Dia de brincar
(eu queria ter um para mim)
Amigo para brincar
(também queria ter um desses)
Para brincar direito
(nada de traição com este aqui)
Nada de fingir
(desta vez estou falando sério)

"Dia de brincar"
Composta por Heather Wells

Não percebo que nada fora do normal esteja acontecendo na Washington Square West até dobrar a esquina de Waverly Place na manhã seguinte, sonolenta, enquanto saboreio o chantili por cima do meu café moca médio. (E, sobre isso, como Gavin colocaria, tanto faz. Tipo, até parece que eu não saí para correr ontem, total. Eu mereço um pouco de chantili. Além do mais, chantili é laticínio, e toda mulher precisa de laticínio para evitar a osteoporose. Todo mundo sabe disso.)

Estou lambendo o meu bigode de chantili quando vejo... ou pelo menos, acho que vejo: um rato gigante.

E não estou falando desses ratos de sempre, marrom-cinzentos, do tamanho de um gato, que a gente vê no metrô. Estou falando de um rato GIGANTE, de 3,5 metros de altura, inflado, mais ou menos parecido com um animal de verdade, em pé nas patas de trás e rosnando bem na frente da porta de entrada do Conjunto Residencial Fischer.

Mas como é que pode ser? O que um rato inflável de 3,5 metros de altura estaria fazendo na frente do meu local de trabalho? Será que eu estaria vendo coisas? É verdade que eu acabei de acordar. Aproveitando que eu pude dormir até mais tarde hoje de manhã (nada de corrida para mim), rolei para fora da cama às oito e meia e, pulando a chuveirada da manhã (tudo bem, o banho de banheira. Quem se incomoda em tomar banho de chuveiro se dá para se lavar deitada?), eu simplesmente coloquei um jeans limpo e uma blusa, passei uma escova no cabelo, lavei o rosto, passei um pouco de hidratante e maquiagem, e já estava na rua às 9h05. Tinha tempo suficiente para pegar aquele café moca médio. Não vi Cooper nem meu pai. Como os dois acordam cedo, já deviam ter levantado e saído... meu pai até tinha levado Lucy para o passeio da manhã dela. Eu com toda certeza iria sentir falta disso quando o meu pai fosse embora, sem dúvidas.

Mas não importa quantas vezes eu fico lá fechando os olhos bem apertados e abrindo de novo. O rato não desaparece. Eu estou completamente acordada.

Pior, marchando de um lado para o outro na frente do rato, carregando cartazes de piquete que dizem coisas como *A Faculdade de Nova York não se importa com os funcionários estudantis* e *Seguro-saúde agora!*, havia dúzias (talvez centenas) de manifestantes. Muitos deles eram alunos de pós-graduação com roupas desleixadas, com calças largas e cabelos com dreadlocks.

Mas muitos deles estavam uniformizados. Pior ainda, estavam usando uniformes dos funcionários de segurança, faxina e manutenção do campus da Faculdade de Nova York.

E foi aí que me bateu um pavor frio e duro que envolveu meu coração como se fossem tentaculos gelados.

Sarah tinha feito aquilo. Ela havia convencido o CAPG a fazer greve.

E ela havia convencido os outros grandes sindicatos do campus a fazer greve junto com eles.

Se a minha vida fosse um filme, eu teria jogado o meu café moca médio na calçada bem naquele momento e caído de joelhos lentamente, agarrando a cabeça e berrando: "Nãããããããão! POR QUÊ???? POR QUÊÊÊÊÊÊ????????"

Mas como a minha vida não é um filme, eu me contentei em jogar a bebida no cesto de lixo Big Apple mais próximo (de repente, me senti enjoada demais para terminar), então atravessei a rua (depois de olhar para os dois lados, apesar de a rua ser de mão única, é claro; nunca dá para ter certeza total, em um campus de faculdade, se um patinador ou um entregador de comida chinesa está vindo de bicicleta na contramão), abri caminho entre os vários furgões de canais de televisão que estavam estacionados ao longo da calçada e finalmente alcancei um círculo fechado de repórteres apertados ao redor de Sarah, que está dando aos jornais matutinos todas as melhores sonoras que eles poderiam desejar.

— O que eu gostaria de saber — Sarah vai dizendo, em voz alta e clara — é por que o reitor Phillip Allington, depois de garantir à comunidade estudantil que as mensalidades não seriam reajustadas e que nem ele nem os membros do conselho da diretoria receberiam aumento de salário este ano, elevou a mensalidade em 6,9%, depois recebeu aumento em seu salário de seis dígitos... fazendo dele o reitor de faculdade de pesquisa mais bem pago da nação... enquanto aos alunos de pós-graduação que trabalham para a faculdade não se oferecem estipêndios compatíveis a um salário com o qual é possível se viver, nem benefícios médicos que permitam a eles pelo menos usar o centro de saúde estudantil!

Uma repórter do Channel 7, com o cabelo quase tão volumoso quanto o de Sarah ficou pela falta de sono (e de alisador Frizz-Ease... mas eu acho que o volume do cabelo da repórter é de propósito), dá uma meia-volta e aponta o microfone para Muffy Fowler, com expressão de surpresa no rosto. Muffy acabou de entrar em cena com um tropeço, literalmente um tropeço, com o salto dez dela, já que acaba de chegar de táxi, trazendo agarrado junto ao peito um livro em brochura com a capa vermelha, por cima da capa de gabardine da Coach, bem apertada, e tentando tirar mechas de cabelo ondulado que grudaram no brilho labial pesado que ela usa.

— Srta. Fowler, como porta-voz da faculdade, como responderia a essas alegações? — pergunta a repórter enquanto Muffy fica lá piscando seus olhões arregalados de Bambi.

— Bem, eu preciso checar as m-minhas anotações — gagueja Muffy. — M-mas, pelo que eu sei, o reitor doou a diferença do salário dele entre este ano e o ano passado de v-volta para a faculdade...

— Para fazer o quê? — Sarah fala bem alto, torcendo o nariz. — Para ajudar os Maricas?

Todo mundo ri. O apoio que o reitor Allington dá para os Maricas, o time de basquete da terceira divisão menos do que estrelado da Faculdade de Nova York, é lendário, mesmo entre os repórteres.

— Vou ter que dar uma checada — diz Muffy, rígida. — Mas posso garantir a vocês que o reitor Allington está muito preocupado com...

— Parece que não está preocupado o suficiente — Sarah prossegue, falando alto o suficiente para abafar Muffy e fazer com que todos os microfones das redondezas retornem a ela. — Parece que ele está disposto a permitir que os alunos de sua própria faculdade fiquem sem assistentes de professores, seguranças e retirada de lixo...

— Não é verdade! — Muffy solta um gritinho agudo. — O reitor Allington está totalmente disposto a negociar! Mas ele não vai virar refém de um grupo de socialistas de esquerda!

Mesmo antes de Sarah tomar fôlego, eu já me dou conta de que Muffy disse exatamente a coisa errada. Os repórteres já perderam o interesse (os canais de TV já começaram a passar a programação do meio da manhã mesmo, então todos começaram a guardar o equipamento). Eles vão voltar, talvez, para uma atualização ao meio-dia.

Mas Sarah já está convocando suas tropas.

— Vocês ouviram isso? — ela urra para os companheiros do piquete. — A porta-voz do reitor acabou de nos chamar de um bando de socialistas radicais de esquerda! Só porque nós queremos salário justo e pacote de seguro-saúde! O que vocês têm a dizer quanto a isso?

Ouvem-se alguns murmúrios confusos, principalmente porque parece ser cedo demais e ninguém parece saber muito bem o que está fazendo. Ou possivelmente porque ninguém escutou Sarah direito, por causa de todo o barulho dos repórteres guardando o equipamento. Sarah, que parece ter se dado conta do fato, pula para fora da plataforma de madeira sobre a qual estava e leva um megafone aos lábios.

— Pessoal! — ela grita, com a voz estalando tão alta que, lá na roda do xadrez, os senhores que estão aproveitando sua primeira partida da manhã encolhem os ombros e olham para nós, cheios de ressentimento. — O que nós queremos?

Os piqueteiros, que marcham obedientes ao redor do rato, respondem:

— Salário justo.

— O QUÊ? — berra Sarah.

— SALÁRIO JUSTO — respondem os piqueteiros.

— Agora sim — diz Sarah. — E quando é que nós queremos isso?

— AGORA — respondem os piqueteiros.

— Jesus Cristo — Muffy diz, olhando para os piqueteiros com um certo ar de derrota.

Não posso deixar de sentir pena dela. O rato (que tem pintada uma baba escorrendo dos dentes amarelos à mostra, em sinal de raiva) realmente parece intimidador, ali balançando de leve com a brisa suave da primavera.

— Aguente firme — eu digo, e dou uns tapinhas de leve no ombro dela.

— Isso é porque prenderam aquele garoto — ela diz, ainda sem tirar os olhos do rato. — Certo?

— Acho que sim — respondo.

— Mas ele tinha um revólver — ela diz. — Quero dizer... é claro que foi ele. Ele tinha um revólver.

— Acho que eles não pensam assim — digo.

— Eu vou ser demitida — Muffy diz. — Fui contratada para impedir que isto acontecesse. E, agora, eu vou ser demitida. E só estou neste emprego há três semanas. E também paguei 20 mil de comissão para o meu corretor pelo meu apartamento. Vendi a porcelana do meu casamento para poder fazer isto. Nunca mais vou ver aquele dinheiro.

Eu solto um assobio, grave e comprido.

— Vinte mil. Devia ser uma porcelana e tanto.

— Limoges — responde Muffy. — Com borda. Conjunto de oito peças, para vinte pessoas. Incluindo tigelinhas para lavar os dedos.

— Caramba — eu digo, em tom de apreciação. Tigelinhas para lavar os dedos. Acho que eu nunca vi uma tigelinha para lavar os dedos. E o que significa com borda? Penso, lá no fundinho, que esse é o tipo de coisa que eu preciso começar a aprender se Tad e eu formos... sabe como é.

Essa ideia me deixa um pouco enjoada. Mas talvez seja todo aquele chantili que eu comi de estômago vazio. Ou a visão daquele rato enorme.

E é aí que eu reparo em uma coisa que me faz esquecer do meu estômago virado.

E essa coisa é Magda, saindo apressada do Conjunto Residencial Fischer com o avental cor-de-rosa dela, tentando atravessar a rua no meio dos táxis, na direção da fileira de piquete, equilibrando nas mãos, com cuidado, uma caneca de café fumegante...

...que ela apresenta para um piqueteiro usando o uniforme cinza dos seguranças da Faculdade de Nova York. Ele para de marchar, abaixa o cartaz de *O futuro da academia está EM JOGO*, e olha para ela com ternura e agradecimento...

E eu percebo que ele é ninguém menos que Pete.

Que não está em seu posto, como deveria.

Em vez disso, ele está parado lá no meio da praça. EM UMA FILEIRA DE PIQUETE.

— Ai, meu Deus. — Esqueço completamente Muffy e corro até ele, para dar uma bronca. — Você ficou louco? O que está fazendo aqui? Por que não está lá dentro? Quem está cuidando do balcão da segurança?

Pete olha para mim com toda a calma, de cima da caneca de louça fina do Conjunto Residencial Fischer que ele está soprando.

— Bom-dia para você também, Heather — ele diz. — E como estão as coisas hoje?

— Eu estou ótima — grito. — Mas é sério. Quem está na sua mesa?

— Ninguém. — Magda está olhando para mim com sobrancelhas arqueadas de um jeito estranho. Daí eu percebo que as sobrancelhas dela não estão arqueadas de propósito. Simplesmente acabaram de ser depiladas. — Eu estou de olho nela. Tem uma pessoa do gabinete do reitor dando uma olhada no que acontece, disseram que iam mandar gente de uma empresa de segurança privada. Mas não sei se é a melhor ideia, Heather. Quer dizer, uma pessoa de uma empresa de segurança privada não vai saber dos atendimentos para os alunos com necessidades especiais nos quartos com acesso para deficientes, sabe? E como é que alguém de uma empresa de segurança privada vai saber que não pode deixar entrar os garotos do restaurante Charlie Mom, se não eles enfiam cardápios embaixo de todas as portas do prédio inteiro?

Eu solto um gemido ao me lembrar da minha conversa com Cooper no dia anterior. Ele tinha toda a razão. Nós receberíamos funcionários substitutos de segurança e de faxina da máfia. Eu sabia que sim.

Daí eu fico olhando para Magda, estupefata.

— Espera um minuto... como é que você não está fazendo greve?

— Nós somos de um outro sindicato — explica Magda. — Serviços de alimentação, não de hotelaria e automobilísticos.

— Automobilísticos? — Balanço a cabeça. — Isso não faz absolutamente nenhum sentido. O que um sindicato automobilístico tem a ver com a academia..

— Você!

Todos nós nos sobressaltamos quando a voz de Sarah (dez vezes mais alta por causa do megafone que ela está usando para falar) interrompe a nossa conversa.

— Você veio aqui para *fazer social* ou para fomentar *mudanças sociais*? — Sarah quer saber do Pete.

— Jesus Cristo — Pete resmunga. — Só estou tomando uma xícara de café com as minhas amigas...

— Volte para a fileira! — Sarah berra.

Pete devolve a caneca de café para Magda com um suspiro

— Preciso ir — diz ele. Então pega o cartaz de piquete dele e volta para seu lugar fazendo círculos ao redor do rato gigante.

— Isso aqui não é nada bom — Magda diz enquanto observa os manifestantes passarem arrastando os pés, tão animados quanto os mortos-vivos em um filme de zumbis.

— Nem me diga — eu respondo. — É melhor eu ir vigiar a recepção. Você leva um bagel para mim?

— Com todos os acompanhamentos? — pergunta Magda, sendo que acompanhamentos é código para cream cheese com gordura e, sinto informar, três tiras de bacon.

— Claro.

Eu me acomodei na mesa de Pete (depois de remover o que eu só posso concluir que é uma rosquinha muito velha e muito rançosa e não, de fato, um calço para a gaveta do meio... ...as não posso deixar de notar que o cesto de lixo em que eu a deposito não é esvaziado há algum tempo, e percebo que Julio e sua equipe eficiente de faxina não estão à vista... e perceber isso, mais do que qualquer outra coisa, me deixa deprimida), e instituo aquilo que eu considero o início da Nova Ordem Mundial da Heather: *Todos os residentes vão parar para me mostrar a carteirinha durante tempo suficiente para que eu possa examinar a foto de perto*, já que, diferentemente de Pete, eu não conheço cada um dos residentes de vista, fato que parece aborrecê-los profundamente... mas não tanto quanto eles vão se aborrecer quando eu lançar o movimento *Jogue o seu próprio lixo na lata da calçada*. É bem aí que o sujeito do gabinete do reitor (aquele que Magda mencionou) reaparece. Trata-se de um aspone que eu nunca tinha visto, usando um terno caro, acompanhado por um fulano vestindo um terno bem menos caro, mas muito mais lustroso.

— Você é Heather? — O sujeito do gabinete do reitor quer saber. Quando eu digo que sou, ele então me informa que o Sr. Rosetti (o fulano com o terno lustroso, que aliás combina de maneira muito elegante com uma camisa de seda cor de lavanda e várias correntes de ouro que se aninham confortavelmente entre pelos peitorais grisalhos, sendo que uma delas tem a grossura dos dedos do homem, que se parecem com linguiças) vai fornecer "segurança" para o prédio, e pergunta se eu posso, por favor, informá-lo a respeito de qualquer preocupação com a segurança de que eu tenha ciência e que sejam únicas ao Conjunto Residencial Fischer.

A essa altura, eu informo ao homem do gabinete do reitor, com toda a gentileza, que as necessidades de segurança do Conjunto Residencial Fischer estão satisfeitas a curto prazo. Mas agradeço pela preocupação.

O homem (cujo nome, como ele me informa, é Brian) fica todo confuso.

— Como pode ser possível? — pergunta Brian. — A equipe de segurança da faculdade não está trabalhando, está em greve. Sou eu o responsável por designar substitutos a todos os prédios...

— Ah, eu já cuidei disso aqui no Conjunto Residencial Fischer — explico — bem quando um garoto magrelo e coberto de espinhas entra correndo no prédio, digo... arrastando a mochila, sem fôlego, mas só um minuto atrasado.

— Desculpe, Heather — ele arfa. — Acabei de receber a sua mensagem de texto. Eu estava na aula de biologia. Fico com o turno das dez às duas. Você vai mesmo pagar 10 paus por hora? Posso ficar com o turno das seis às dez hoje à noite também? E o das dez às duas amanhã?

Eu assinto e me levanto, com toda a graça, da cadeira do Pete.

— O turno das seis às dez já está ocupado — respondo. — Mas o de amanhã, das dez às duas, é todo seu. Isso, é claro — eu completo — se esta coisa toda não se resolver até lá.

— Beleza. — Jeremy desliza para a cadeira que eu acabei de vagar, então dá uma bronca em um aluno que acabou de entrar no prédio, mostrou a carteirinha e entrou sem esperar até receber licença.

— Pode parar! Volta aqui! Eu quero ver a sua foto!

O aluno revira os olhos e faz o que lhe pedem.

Brian, por outro lado, parece mais confuso do que nunca.

— Espera — diz ele quando eu vou até a recepção para colocar o nome de Jeremy na lista que eu fiz. — Você vai colocar *alunos* para cuidar do balcão da recepção?

— Alunos com programa de estudo e trabalho, sim — eu explico. — Só custa para a faculdade alguns centavos em relação a cada dólar que pagamos para eles por hora. Imagino que seja uma fração do que você está pagando para a, hum, empresa do Sr. Rosetti, e os meus funcionários estudantis conhecem o prédio e os residentes. E eu tenho uns 10 mil dólares sobrando no meu orçamento para os funcionários estudantis no ano. Isso mais do que dá para custear o período da greve. Este ano, nós economizamos muito.

Não comento que isso se deve em parte à minha tendência a roubar papel de outros departamentos.

— Hum, não sei, não — Brian diz, tira um celular Treo do bolso do paletó e começa a batucar nele. — Preciso checar com o meu supervisor. Nenhum dos outros prédios vai fazer isso. Realmente, não é necessário. O gabinete do reitor já colocou no orçamento os gastos com a empresa do Sr. Rosetti para substituir a segurança no decorrer da greve.

O Sr. Rosetti abre os dedos cobertos de joias (e de pelos) e diz, todo filosófico:

— Se a mocinha não precisa dos nossos serviços, a mocinha não precisa dos nossos serviços. Talvez possamos ser úteis em outro lugar.

— Eu sei onde eu aposto que você pode ser útil — digo ao Sr. Rosetti. — No Conjunto Residencial Wasser.

— Com licença. — Uma senhora de meia-idade com corte de cabelo de mãe se aproxima do balcão. Está vestida com um blusão de moletom verde-escuro com uma imagem aplicada em patchwork de duas bonecas de pano, uma negra, outra branca, de mãos dadas, na frente. — Será que podem me dizer...

— Se a senhora quiser falar com algum residente — Felicia, a funcionária estudantil que está atrás do balcão, nem ergue os olhos do exemplar da *Cosmopolitan* que ela surrupiou da caixa de correspondência de alguém — pode usar o telefone ali na parede. Disque zero para obter informações a respeito de como conseguir o número.

— Conjunto Residencial Wasser — diz o Sr. Rosetti. — Isso me parece bom. Ei, rapaz. — Ele cutuca Brian, que está ligando para alguém no celular. — Sei lá qual é o seu nome. Vamos para este tal de Conjunto Residencial Wasser.

— Só um minuto, por favor — diz Brian, todo agitado. — Eu preciso falar com alguém a respeito deste assunto. Porque eu realmente não acho que esta seja uma alocação aprovada de fundos destinados a funcionários estudantis. Heather, por acaso o seu chefe aprovou esta alocação de fundos destinados a funcionários estudantis?

— Não — respondo.

— Achei mesmo que não — Brian responde, com um ar todo presunçoso no rosto. Como é evidente que ele não conseguiu entrar em contato com ninguém pelo telefone, ele fecha o aparelho. — O seu chefe está aí? Porque eu acho melhor falar com ele.

— Bem — respondo. — Isso vai ser difícil.

— Por quê, pelo amor de Deus? — Brian quer saber.

— Porque ele levou um tiro na cabeça ontem — respondo.

Brian se estremece com um calafrio. Mas o Sr. Rosetti só assente.

— Acontece — diz e dá de ombros.

— Heather. — Brian ficou visivelmente pálido. — Eu sinto muito, muito mesmo. Eu... eu esqueci. Eu... eu sabia que este era o Conjunto Residencial Fischer, mas com toda a confusão, eu...

— Com licença. — A mulher com corte de cabelo de mãe se debruça por cima do balcão da recepção mais uma vez. — Acho que houve um engano.

— Não, não houve. — Felicia finalmente ergue os olhos da revista para informá-la. — Devido à política de privacidade da faculdade, não temos permissão para divulgar qualquer informação sobre os alunos, mesmo que seja para os pais. Ou para pessoas que dizem ser os pais. Mesmo que mostrem identificação.

— Brian, vamos deixar esta mocinha em paz — diz Sr. Rosetti. — Ela parece estar com tudo sob controle.

Eu lanço um sorriso gentil para ele. Sério, ele não parece assim tão mau. Tirando as centenas de milhares de dólares que eu sei que ele vai cobrar da faculdade por um trabalho que eu posso mandar fazer por meros centavos...

— Não tenho como pedir desculpas suficientes — Brian vai dizendo. — Agora a gente vai embora...

— Eu realmente acho que seria melhor mesmo — respondo, ainda exibindo o meu sorriso doce.

O telefone da recepção toca. Felicia atende e diz, cortês:

— Conjunto Residencial Fischer, aqui é Felicia, como posso ajudar?

— Foi um prazer conhecer você, moça — diz Sr. Rosetti, com um aceno de cabeça educado na minha direção.

— Prazer em conhecer o senhor também — eu respondo a ele. Sério, ele é muito simpático. Com modos tão antiquados. Como Cooper pode ter pensado que a máfia tinha sido responsável pelo assassinato do Owen? Quero dizer, talvez tenha sido. Mas mesmo que tenha, não pode ter sido o Sr. Rosetti que atirou. Para começo de conversa, aquelas joias todas que ele usa fariam com que ele fosse notado. Alguém com certeza se lembraria de o ter visto do lado de fora do prédio.

E, depois, ele simplesmente é *simpático* demais.

Talvez seja errado da minha parte ficar achando que, só porque ele é ítalo-americano, e trabalha no ramo da segurança privada, e usa um terno chamativo e muitas joias, que ele faz mesmo parte da máfia, para começo de conversa. Talvez não faça. Talvez ele só...

— Com licença. — A Corte de Cabelo de Mãe está olhando para mim agora. — Você não é Heather Wells?

Maravilha. Como se eu já não tivesse passado por bastante coisa hoje de manhã.

— Sou sim — eu respondo, tentando manter meu sorriso agradável. — Posso ajudar em alguma coisa?

Por favor, não peça um autógrafo. Já não vale mais nada. Sabe por quanto está saindo um autógrafo meu no eBay hoje em dia, senhora? Um dólar. Se tiver sorte. Eu estou tão acabada que em breve vou começar a cantar sobre mamadeiras. Se tiver sorte.

— Sinto muito por incomodar — a Corte de Cabelo de Mãe prossegue. — Mas acho que você trabalhava com o meu marido. Bom, ex-marido, devo dizer. Owen Broucho?

Fico olhando chocada para ela. Ai, meu Deus. A Moletom com Estampa de Boneca de Pano e Cabelo de Mãe é a ex-senhora Broucho!

— Por favor, aguarde um instante. — Felicia tira o fone da orelha e diz:

— Heather, desculpe interromper, mas Gavin McGoren está no telefone e quer falar com você.

— Diz para o Gavin que eu ligo mais tarde — respondo. Eu estendo a mão direita para cumprimentar a Sra. Broucho. A pele dela parece grossa e áspera ao toque, e eu me lembro de Owen ter comentado uma vez que a ex-mulher dele era ceramista e que gostava de artesanato. — Sra. Broucho.. sinto muitíssimo pelo seu marido. Ex-marido, quero dizer.

— Ah. — Sra. Broucho dá um sorriso triste. — Por favor. Pode me chamar de Pam. Já faz um bom tempinho que eu não sou mais a Sra. Broucho. Aliás, nunca fui. Para mim essa sempre foi a mãe do Owen.

— Pam, então — digo. — Desculpe. Engano meu. Em que posso ajudar, Pam?

— Heather — diz Felicia. — Gavin está dizendo que você não pode ligar para ele, porque ele não está em casa.

— Não seja ridícula — digo. — Claro que eu posso ligar para ele mais tarde. Simplesmente anote o número de onde ele está.

— Não — responde Felicia. — Porque ele disse que está na cadeia de Rock Ridge, e só pode fazer uma ligação.

Quando eu viro a cabeça para olhar para ela, a porta de entrada se abre e Tom entra, com uma aparência de choque tão grande quanto o que eu sinto.

— Você nunca vai acreditar — ele anuncia, para o saguão de entrada em geral. — Mas sabe aquele revólver que acharam na bolsa a tiracolo daquele cara? Combinou com a bala que atravessou o cérebro do Owen.

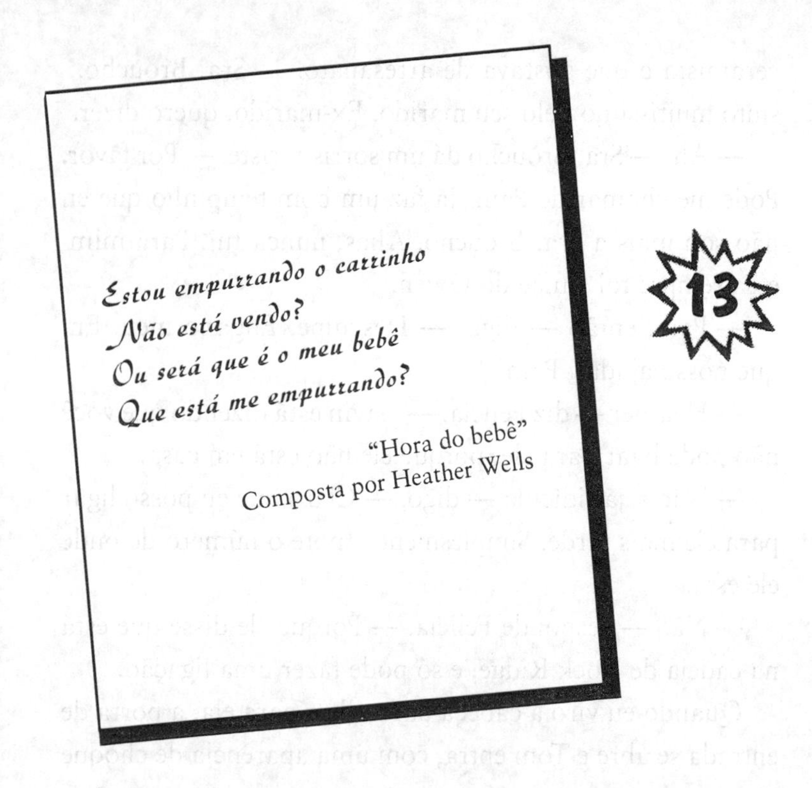

Tom pediu desculpas um milhão de vezes por ter usado linguagem tão vulgar.

— Honestamente — ele fica repetindo. — Se eu soubesse que ela era a ex-mulher dele...

— Tudo bem. — Eu tenho coisas mais importantes com que me preocupar do que a mancada de Tom. Como por exemplo com o fato de que Gavin está na cadeia, ao que parece.

— O que ela veio fazer aqui? — Tom quer saber. — Por que ela não pediu para o táxi deixá-la no Conjunto Residencial

Wasser, como todo mundo da família do Owen fez? O que foi? Será que não falaram para ela?

— Ela precisava cuidar de algum assunto relacionado ao Owen — respondo.

Estamos na minha sala... bem, Tom está na antiga sala dele (que agora é um local de um assassinato horroroso... graças a Deus que o pessoal da faxina só entrou em greve DEPOIS de limpar a cena do crime), e eu acabei de voltar, arfando, para a minha mesa na sala da frente... igualzinho antigamente.

Tirando a coisa toda de que "Tom recebeu uma promoção e só está aqui temporariamente, enquanto o Departamento de Acomodação procura um substituto para o substituto dele, que por acaso levou um tiro na cabeça ontem".

Não conto o resto da história para ele (tipo o quanto a Sra. Broucho, quer dizer, Pam, não sabia a respeito da vida nova que o ex dela estava levando na cidade grande. Nem o quanto eu descobri que *nós* não sabíamos sobre a vida do Dr. Broucho. Porque eu ainda estou um pouco apavorada com tudo).

Em vez disso, eu me sento e começo a digitar no meu teclado, para localizar o Departamento de Polícia de Rock Ridge no Google. Vamos lá, vamos lá... eu sei que a cidade é pequena, mas eles têm polícia, certo?

Bingo.

Pam achou que, só porque Owen trabalhava em um conjunto residencial, ele também naturalmente morava ali mesmo, porque a maior parte dos cargos de diretor de conjunto residencial inclui morar no local.

Eu expliquei a ela que, na verdade, o ex dela era bem mais do que um simples diretor de conjunto residencial e que, como parte do pacote de benefícios do cargo de ombudsman do gabinete do reitor, ele tinha um apartamento bacana, pelo qual não precisava pagar aluguel, em um prédio ali perto, no qual moravam vários funcionários da administração da faculdade, inclusive o próprio reitor.

— Então, fica longe? — Pam quis saber.

Só fiquei olhando para ela. A confusão na recepção, pouco antes, tinha sido grande demais: Brian e o Sr. Rosetti saindo, Tom largando aquela bomba sobre o fato de o revólver do Sebastian ser compatível com a bala que matou Owen, e a Felicia sacudindo na minha cara o telefone com Gavin na outra ponta da linha, para que eu atendesse, e tudo o mais.

— O que fica longe? — perguntei, com muita inteligência.

— O prédio em que Owen morava? — perguntou Pam.

— Hum — foi a minha resposta. A única coisa em que eu conseguia pensar era: *Gavin está na cadeia? Em Rock Ridge? Aquela comunidade-dormitório chique e exclusiva de Nova York, que não pode ter mais de 5 mil habitantes? Será que um lugar desses realmente* tem *cadeia? Será que o mundo todo enlouqueceu?*

— Falando sério. — Tom tinha escolhido aquele momento exato para começar a primeira das desculpas dele, que se desdobrariam em muitas mais no decurso da meia hora seguinte. — Sinto muito, muito mesmo, senhora. Eu não fazia a menor ideia...

— Tudo bem — ela disse, lançando o mais breve dos sorrisos para ele. — Como é que você podia saber? — ela perguntou para mim: — E então? É longe?

— Fica a um quarteirão daqui — eu respondi.

Ela pareceu aliviada.

— Então eu posso ir até lá a pé? Sinto muito por incomodar tanto... mas é que eu já andei tanto hoje...

— Ah. — Ela queria ver o apartamento dele? *Por quê?* — Fica logo ali na outra rua...

— Então, será que você pode me ajudar, Heather? — Foi aí que, pela primeira vez, eu reparei que Pam arrastava uma mala de rodinhas atrás de si, e que estava com uma bolsa de viagem de matelassê com estampa floral vermelha e branca pendurada no ombro. — Você com certeza deve saber. — O rosto largo e simpático dela (não exatamente bonito, e completamente desprovido de maquiagem, mas certamente de aparência agradável) estava todo contorcido de preocupação. — Como você trabalhava com Owen... Alguém está dando remédio para o Garfield?

— Hum... — Tom e eu trocamos olhares de quem não estava entendendo nada. — Quem, senhora?

— O Garfield. — A ex do Dr. Broucho ficou olhando para nós como se fôssemos dois retardados. — O *gato* do Owen.

Owen tinha um gato? Owen era dono... tinha se tornado *responsável* por... outra vida? Claro que era da categoria de quatro patas, mas, mesmo assim... Era verdade, claro, que Owen gostava muito do Garfield de desenho, em um nível que nenhum de nós era capaz de compreender.

Mas o fato de ele manter um *gato* no apartamento dele? *Owen*, a pessoa mais seca e menos calorosa que eu conheci na vida, tinha um BICHO DE ESTIMAÇÃO?

Eu não fazia ideia.

Aquilo mudou a minha percepção em relação ao Owen. Eu confesso. Parece idiotice, mas é verdade: isso fez com que eu gostasse mais dele.

OK, tudo bem: isso fez com que eu começasse a gostar dele.

Acho que a minha surpresa deve ter transparecido no meu rosto, porque Pam, com uma expressão de horror, exclamou:

— Você está dizendo que o coitadinho não tem comida nem água desde ontem? Ele tem um problema na tireoide! Ele precisa tomar remédio todo dia!

Eu a acompanhei pessoalmente até o apartamento do Dr. Broucho enquanto o Tom voltava para a nossa sala para segurar as pontas por lá. Daí eu esperei junto com ela até o síndico do prédio chegar, acompanhei-a até o apartamento, ajudei com a chave (as fechaduras em prédios antigos assim às vezes são difíceis) e fiquei esperando, toda tensa, enquanto ela chamava:

— Garfield! Garfield? Aqui, psst, psst.

Estava tudo bem com o gato, é claro. Era uma coisa cor de laranja, grande e ameaçadora, igualzinho ao xará dele, e só precisou de uma lata (bom, de duas) de comida, um pouco de água e uma pílula branca bem pequenininha (que ficava guardada em um frasco de remédio sob prescrição médica que Pam parece não ter tido dificuldade nenhuma de achar, em um açucareiro azul e branco decorativo que combinava com todo o resto da porcelana na cristaleira que Owen tinha na sala de jantar) para ficar como novo, ronronando e todo feliz no colo dela.

Sem saber o que fazer, eu simplesmente a deixei lá. O gato parecia conhecê-la, e, bom, até parece que o Dr. Broucho ainda ia precisar daquele apartamento. O gabinete do reitor obviamente colocaria outra pessoa para morar ali quando chegasse a hora certa. Mas Pam obviamente adorava aquele gato, e alguém precisava tomar conta dele. Então, pareceu lógico a deixar lá com ele.

E até parece que Simon Hague ia permitir que ela levasse o gato para o Conjunto Residencial Wasser. Eu conhecia Simon e as políticas antibicho de estimação dele (eu mesma já fingi que não vi um gatinho ou uma iguana, desde que todos os ocupantes do quarto estivessem de acordo com o arranjo, e nunca recebi nenhuma ligação de algum pai reclamando depois). Eu não duvido nada que Simon fosse proibir Pam de entrar no prédio dele se ela estivesse carregando Garfield consigo, independentemente de ele ser ou não o bicho de estimação do ex-colega de trabalho dele que tinha sido assassinado recentemente.

Não, Pam e o gato do Owen estavam bem daquele jeito, naquele lugar.

Mas eu achei que não faria mal nenhum dar uma ligada para o inspetor Canavan, só para ter certeza de que os investigadores dele tinham terminado de examinar os pertences pessoais do Owen.

Quando voltei para o Conjunto Residencial Fischer, deixei recado para o inspetor Canavan e me lembrei de Gavin, ele já tinha desligado.

Mas, quando finalmente consegui entrar em contato com o Departamento de Polícia de Rock Ridge, descobri que só tem um prisioneiro na cadeia de lá. E que também nem preciso falar com algum policial qualquer para conseguir conversar com o delegado. Henry T. O'Malley, o próprio delegado, aliás, é quem atende o telefone no primeiro toque.

— Quem está falando é *a* Heather Wells? — ele quer saber. — A mesma que a minha filha me fazia ouvir uma vez atrás da outra há cerca de dez anos, até eu achar que ia enlouquecer e dar um tiro no queixo com a minha própria arma?

Eu ignoro a pergunta e, em vez de responder, digo o que quero saber.

— Posso saber por que Gavin McGoren está preso na cadeia da sua cidade, senhor?

— "Cada vez que eu te vejo, tenho vontade de te comer" — ele canta. E não canta mal para alguém que não é profissional. — "Você parece um chocolate, que me dá vontade de comer."

— Qualquer coisa que ele tenha feito — eu digo —, tenho certeza de que não foi por mal. É que às vezes ele fica um pouco animado demais. Ele só tem 21 anos.

— Invasão de propriedade privada — delegado O'Malley lê em voz alta, de alguma coisa que, eu imagino, deve ser o relatório de prisão do Gavin. — Arrombamento e invasão... mas, cá entre nós, esta parte provavelmente deve ser deixada de fora. Não é arrombamento quando alguém abre a janela para você, e não é invasão quando se é convidado, independentemente daquilo em que o pai da menina queira acreditar. Ah, e urinar em público. Dessa ele vai ter dificuldade de escapar. Abriu o zíper da calça bem na minha frente...

É inacreditável, mas, no fundo, escuto Gavin berrar:

— Eu *disse* para você que precisava ir ao banheiro!

— Você aí no fundo fique bem calminho — o delegado grita em resposta, aparentemente por cima do ombro. Eu preciso afastar o fone da orelha, para não sofrer rompimento de tímpano. — Você teve muita sorte por ter sido eu a atender o chamado, e não a polícia estadual, se não já estaria preso em Westchester. Você acha que alguém lá ia trazer café e waffles para você no café da manhã, hein? Com suco de laranja de verdade, espremido na hora?

No fundo, escuto Gavin admitir, de mau grado:

— Não.

— Então pode se lembrar — o delegado O'Malley o aconselha. — E — ele diz para o telefone. — onde estávamos mesmo? Ah, sim. "Vontade de te comer. Não venha me lembrar do regime. Você só tem que entrar no meu time." A letra ficou marcada na minha memória para sempre. A minha filha passou dois anos cantando isso de manhã, de tarde e de noite.

— Sinto muito por isso — digo. É sério, por que eu sempre pego oficiais da lei sarcásticos e preconceituosos, e nunca os que são doces e entusiasmados? Será que *existe* algum que seja doce e entusiasmado? — Então, quanto é o valor da fiança dele?

— Deixe-me ver — diz o delegado O'Malley e remexe nos papéis de sua mesa. Enquanto isso, ao fundo, escuto Gavin berrar:

— Posso falar com ela, por favor? O senhor disse que eu podia dar um telefonema. Bom, eu não dei telefonema nenhum, porque na verdade eu não consegui falar com ela. Então, será que eu posso, por favor, falar com ela? Será que o senhor pode me deixar sair daqui para eu falar com ela, por favor? Por favor?

— A fiança do Sr. McGoren foi estabelecida no valor de 5 mil dólares — diz o delegado O'Malley finalmente, em resposta à minha pergunta.

— *Cinco mil dólares?* — A minha voz fica tão aguda que vejo a cabeça de Tom aparecer à porta, com as sobrancelhas erguidas com ar questionador. — Por invasão de propriedade? E urinar em público?

— E por arrombamento. — O delegado O'Malley me lembra.

— O senhor disse que essas queixas iam ser retiradas!

— Mas ainda não foram.

— Isso... isso... — não consigo respirar. — Isso é um roubo!

— A nossa cidadezinha é pequena e simples, Srta. Wells — diz o delegado O'Malley. — Não temos muito crime por aqui. Quando aparece algum, nós aproveitamos. Bastante. Precisamos manter certos padrões para garantir que vamos *continuar sendo* uma cidadezinha pequena e simples.

— Onde é que eu vou arrumar 5 mil dólares? — choramingo.

— Eu sugeri ao Sr. McGoren que telefonasse para os pais dele - diz o delegado O'Malley. — Mas, por razões que ele reluta em compartilhar comigo, ele preferiu ligar para você.

— Só me deixe FALAR com ela! — Gavin grita ao fundo.

— Foram os pais de Jamie Price? — pergunto. — Que ligaram para você? Foi na casa dela que ele foi encontrado?

— Não tenho liberdade para discutir os detalhes do caso do Sr. McGoren com você nesse momento — o delegado O'Malley diz. — Mas, sim. E — ele prossegue, em tom um tanto afetado — eu gostaria de observar que ele não estava totalmente vestido no momento em que eu o apreendi, quando ele estava, de fato, descendo da janela do quarto da Srta. Price mais jovem. E também não estou falando do momento em que ele abriu o zíper da calça para se aliviar. Isso foi depois.

— Ei! — ouço Gavin reclamar.

— Ai, meu Deus. — Eu deixo a minha cabeça cair em cima da mesa. Eu não preciso disso. Qualquer dia, menos hoje. Dá para ouvir, a distância, os manifestantes lá fora dando seus gritos de guerra:

— O que nós queremos? Seguro-saúde para todos! Quando queremos? Agora!

— Diga para ele que eu estarei aí assim que puder — eu falo.

— Não precisa se apressar — o delegado O'Malley diz, animado. — Estou gostando da companhia. Não é sempre que eu tenho alguém sóbrio aqui, muito menos com nível superior. Para o almoço, estou pensando em providenciar umas asinhas de frango. — Então ele afasta o telefone da boca por um instante e grita para Gavin: — Ei, garoto. Você não é vegetariano, é?

— Heather! — Ouço Gavin berrar. — Preciso contar uma coisa para você! Não foi Sebastian! Não foi...

A linha fica muda. O delegado O'Malley, que evidentemente perdeu a paciência, desligou.

Quando volto a erguer a cabeça, Tom está parado ao lado da minha mesa, olhando para mim, cheio de preocupação.

— Espera... — diz ele. — Com quem é que você estava falando agorinha mesmo? Gavin? Ou Sebastian Blumenthal?

— Com Gavin — respondo para o meu teclado.

— Ele também está na cadeia? Tipo... literalmente?

— Tipo literalmente, Tom. Eu preciso ir até lá.

— Aonde? — Tom parece confuso. — Até o apartamento do Owen? Você acabou de sair de lá. Quanto tempo você vai ter que ficar segurando a mão daquela mulher? Quer dizer, eles eram divorciados, certo? Quem sabe você não manda a Gillian até lá para dar um pouco de assistência psicológica? Aquelas duas têm mesmo cara de que iam se dar bem...

— Não, quero dizer, eu preciso ir a Westchester — digo. Já estou afastando a cadeira para trás e me levantando da mesa. — Preciso falar com Gavin.

— Nesse momento? — Tom parece chocado. E um pouco assustado. — Você vai me deixar sozinho? Com tudo que está acontecendo lá fora? — Ele lança um olhar nervoso na direção da janela (que agora está bem fechada, com as persianas abaixadas) através da qual o Dr. Broucho levou o tiro. — E com *isso*?

— Vai ficar tudo bem — digo a ele. — Você tem os funcionários estudantis. Tem gente escalada para ficar nos dois balcões. Todos os compromissos do Dr. Broucho foram cancelados. Pelo amor de Deus, Tom, você está cuidando das fraternidades. Elas são muito mais difíceis do que este lugar.

— É — responde Tom, nervoso. — Mas ninguém é *assassinado* por lá.

— Eu volto o mais rápido possível — digo. — Provavelmente só vou demorar algumas horas. Você pode falar comigo pelo celular, se precisar. Se alguém perguntar onde eu estou, diga que eu tive uma emergência de família. Entendeu? Não fale para ninguém sobre o Gavin. Isso é muito importante.

— Certo. — Tom parece infeliz.

— Estou falando sério, Tom.

— *Certo!*

Satisfeita, eu me viro para sair... e quase esbarro na minha melhor amiga (e ex-dançarina de apoio, hoje casada com a lenda do rock Frank Robillard), Patty, que aperta meia dúzia de revistas de noiva contra a barriga um pouco protuberante. Mas ela tem uma desculpa (que não é café moca médio com chantili, mas sim estar grávida e já ser mãe de uma criança de 3 anos).

— Quem disse para você? — Exijo saber ao ver o exemplar reluzente de *Noiva Elegante* que está olhando bem para mim.

Patty lança um olhar de acusação para Tom, que dá de ombros e diz:

— Ah é, eu esqueci de avisar, Heather. Patty ligou enquanto você estava ali do lado com a ex do Owen. Aaah, você pegou a edição de maio! Meu Deus! Pesa tanto quanto um peru de Dia de Ação de Graças.

— Não acredito que você contou primeiro para ele e não para mim. — Patty, que mesmo quando não está grávida tem a mania irritante de estar sempre radiante, se acomoda com graça de dançarina na cadeira de vinil azul ao lado da minha mesa e pega uma das revistas. — Acho que ela devia optar pelo branco puro. Marfim vai deixar a pele dela amarelada. O que você acha, Tom?

— Eu estava pensando exatamente o contrário — Tom diz e se acomoda na minha mesa. — O tom de creme vai ressaltar o rosado da pele dela.

— Você sabe que tem um rato gigante do outro lado da rua, na frente do seu prédio, com um monte de gente desfilando ao redor dele? — Patty pergunta. — E quando é que você ia me contar que o seu chefe levou um tiro na cabeça ontem, Heather? Isso é ridículo. Quanto tempo mais você pretende ficar trabalhando nessa armadilha mortal? Não é possível que você tenha perdido *mais um* chefe.

— Eu estava mesmo dizendo a ela para esperar até serem oito — diz Tom, com uma risada. — Daí, ela pode pedir demissão e dizer...

— *...oito é o limite!* — os dois terminam juntos.

— Não saiam daqui — digo. — Volto já, já.

E saio em disparada da sala, antes que qualquer um dos dois possa dizer qualquer coisa ou erguer os olhos da foto brilhante que estão admirando, de um vestido de noiva estilo Jackie O. que não iria ficar bem em uma mulher como eu nem em um milhão ou um trilhão de anos.

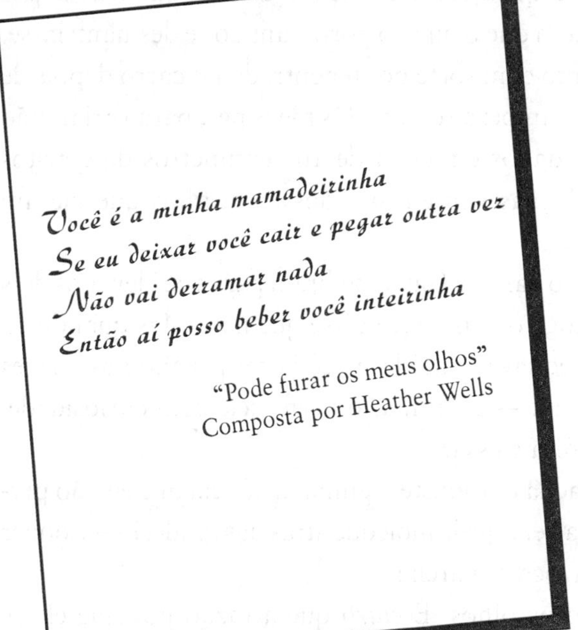

— Eu não entendo — digo enquanto percorremos a rodovia Hutchinson River.

— O quê? — Cooper quer saber.

Os outros carros passam por nós em número assustador, alguns dos motoristas olham feio para nós (e fazem gestos ainda mais feios) ao seguirem em frente.

Mas Cooper não parece se importar. Ele está tomando cuidado extremo com a BMW 2002 '74 dele, tratando-a como se fosse um bebê — o que é bom, porque qualquer solavanco, ou qualquer coisa acima de 90 quilômetros por hora, faria com que o quatro portas antigo se desmantelasse.

Eu me sinto com sorte por ter entrado no carro depois de uma onda de limpeza recente. Os meus pés, para variar, não estão acomodados em cima de 10 centímetros de detritos de fast-food, mas sim em um dos tapetinhos que vieram com o carro.

— Quando Sarah e Gavin pediram para você levar os dois até Rock Ridge ontem, você disse que não. Mas quando eu disse que precisava ir até lá, você já foi pegando as chaves bem rapidinho. — Examino o perfil dele com curiosidade. — Que história é essa?

— Você acha que existe alguma distância que eu não percorreria para ver aquele moleque atrás das grades? — Cooper pergunta e troca a marcha.

Eu reviro os olhos. É *claro* que a razão por que ele se apressou em pegar as chaves no minuto em que eu entrei no escritório dele e disse: "Preciso de uma carona até Westchester. Gavin está na cadeia", foi porque ele queria rir na cara dele por ter sido pego de calça na mão, não por ele saber que eu gosto de Gavin como se fosse meu irmão mais novo e queria ajudá-lo a sair da confusão em que se meteu.

Homens.

Por outro lado... *homens.* Tento não prestar atenção excessiva à sensualidade dos pelos pretos na mão que está em cima do câmbio ao meu lado. Afinal, qual é o meu *problema*? Eu já *tenho* namorado. Um namorado que quer se casar comigo. Tenho bastante certeza disso.

É só que as mãos de Tad não têm pelos. Não é que ele não *tenho* pelos nas mãos, é só que ele é louro, então não dá para ver.

Não que pelos nas mãos ou ausência deles necessariamente constituam sensualidade ou qualquer coisa do tipo. Mas simplesmente parece haver algo de especialmente sexy (ou até mesmo predatório, de um jeito masculino que me deixa arrepiada) nos de Cooper. É difícil não pensar em como seria sentir aquelas mãos no meu corpo nu. Por todo o meu corpo nu.

— Por que você está olhando para os meus dedos? — questiona Cooper.

Ai, meu Deus.

— É só que eu n-não... — gaguejo, afastando os olhos da mão dele. — N-não entendo como Sebastian pode ter atirado no Owen. Quero dizer, eu vi Sebastian logo depois do assassinato. Tipo umas duas horas depois. E ele estava fazendo piada. Não tem como ele ter feito aquilo. Ele não tem como ser tão bom ator assim.

— Ah. Então você vai ficar com a velha tese de defesa do "só porque ele estava com a arma do crime, não significa que ele foi o responsável" — diz Cooper e dá de ombros. — Bem, esta é uma fórmula antiga, mas que dá certo. Mas suponho que alguma *outra* pessoa poderia ter atirado no cara e colocado o revólver na bolsa dele...

— Exatamente! — grito e me animo, bem quando uma perua Volvo dirigida por uma mãe-dona-de-casa com cara de anjo nos ultrapassa (e nos mostra o dedo do meio), na entrada da rodovia I-684. — Tem que ser isso o que aconteceu. Então, isso significa que tem que ter sido alguém com quem Sebastian entrou em contato ontem de manhã, em algum momento entre a hora do assassinato e a prisão dele. E essa pessoa pode ser uma entre um milhão e meio de pessoas — eu completo, desanimada. — Tenho certeza de que ele circulou pelo campus todo, entre as aulas, seus assuntos do CAPG e todas as outras coisas que o Sebastian faz. Eu vi quando ele esteve na roda do xadrez na praça com Sarah e aquele monte de repórteres. Qualquer um dos sem-teto que circulam por lá pode ter se aproximado dele e colocado qualquer coisa que quisesse dentro daquela bolsa, e ele nunca teria notado. Ninguém iria reparar.

— Bem, tenho certeza de que os advogados dele estão cuidando de tudo — responde Cooper com toda a calma.

— Não precisam achar alguma coisa tipo, sei lá, resíduo de pólvora na mão dele? — pergunto. — E testemunhas?

— Ele tem motivo — diz Cooper. — E estava com a arma do crime. E não tem álibi. A promotoria deve estar achando que este é um caso bem claro.

— Certo. Mas tem um detalhe — resmungo. — Não foi Sebastian.

Meu celular toca. É Patty na linha. Eu sei que ela não deve estar muito contente comigo, mas fico surpresa pela maneira que ela prontamente expressa sua insatisfação comigo quando eu atendo.

— Volta já, já? — ela rosna. — Você está indo para Westchester? Mas vai voltar *rapidinho*?

— Eu precisei fazer isso — digo. Patty normalmente é a mulher mais simpática do mundo. Menos quando está no primeiro trimestre da gravidez. E no segundo. E, quando eu me lembro do período logo antes de Indiana nascer, no terceiro também. Aliás, ela fica assim durante toda a gravidez. — Eu não quis discutir o assunto quando estava aí.

— Por quê? Porque sabe que eu ia dizer que você é louca? — pergunta Patty. — Porque ir até Rock Ridge para tirar da cadeia um menino que nem é seu filho é uma *maluquice*? Do mesmo jeito que é *maluquice* se casar com um cara com quem você só está junto há três meses?

Eu preciso afastar o telefone da orelha, de tão alto que ela está berrando. Não posso deixar de dar uma olhada em Cooper para ver se ele escutou. Mas ele está mexendo no toca-fitas (ah, sim, o 2002 só tem toca-fitas) para aumentar a voz doce da Ella. Acho que está tudo bem.

— Não estou indo a Rock Ridge para tirar Gavin da cadeia — rosno no telefone. — Só vou lá *falar* com ele. Além do mais — eu baixo a voz ainda mais e viro a cabeça na direção da janela —, foi você que trouxe as *revistas de noiva*. E, pior ainda, ele nem fez o pedido. Ele só disse que tinha uma coisa que queria...

— O quê? Não estou conseguindo escutar! Heather, um homem está *morto*. Levou um tiro na cabeça a poucos metros da sua mesa. No mesmo prédio em que, há apenas alguns meses, você mesma quase morreu. O que vai ter que acontecer para você se convencer de que precisa de outro emprego? De um emprego onde as pessoas não MORREM o tempo todo?

— Engraçado você mencionar isto — digo, olhando mais uma vez para Cooper de canto de olho. Agora ele está com a atenção fixa na estrada, porque um caminhão bem grande está passando por nós, e o motorista está tocando a buzina com muita raiva por nós estarmos andando tão devagar. Cooper parece não se perturbar nem um pouco com isso. Aliás, ele acena todo feliz para o caminhoneiro.

— Que barulho é esse? — Patty quer saber. — Você está em um barco?

— Não, não estou em barco nenhum — respondo.

— Porque isso aí parece uma buzina de barco.

— É só um caminhão. Eu estou na estrada. Patty, realmente, esse não é o melhor momento para conversarmos...

— Heather, você sabe que eu só estou dizendo essas coisas porque eu amo você como se fosse uma irmã. — E, exatamente como uma irmã, Patty me ignora completamente. — Mas você tem que tomar jeito. Não pode continuar assim, indo para a cama com um cara enquanto está apaixonada por outro...

— O que você disse, Patty? — digo, fazendo barulhos de interferência com a boca. — Estou perdendo o sinal.

— Heather, eu sei que é você que está fazendo esses barulhos. Não parece estática, nem de longe. Quando você voltar, nós vamos nos sentar para ter uma *conversa*.

— Nossa, agora não estou escutando mais nada, acho que estamos passando em uma zona sem sinal. Preciso desligar, tchau.

Eu desligo. Assim que faço isso, Cooper diz:

— Tad pediu você em *casamento*?

— Meu Deus! — exclamo, frustrada. — Não! Está bem?

— Então, por que você disse que Patty levou um monte de revistas de noiva para você?

— É que todo mundo está colocando o carro na frente dos bois — eu digo. E faço uma careta. — Nossa. Não era minha intenção falar assim. É só que, no outro dia, Tad disse que tinha uma coisa para me perguntar, mas só quando chegasse a hora certa. — Não acredito que estou compartilhando esta informação com Cooper, a última pessoa com quem eu gosto de conversar sobre questões pertinentes ao meu namorado. Eu vou matar Patty quando voltar a Nova York. Vou mesmo. — Mas tenho certeza de que não é nada, eu não devia ter comentado com ninguém, principalmente *Tom*, que tem a maior boca do *universo* conhecido e...

— Vocês só estão juntos há poucos meses — Cooper diz para a direção.

— É — respondo. — Mas... sabe como é.

— Não — Cooper diz. Agora ele está olhando para mim. E se eu tivesse que descrever a expressão dele, teria de dizer que é uma mistura de incredulidade e sarcasmo. — Eu *não* sei. O que está acontecendo com você? Quem você acha que virou? Britney Spears? O meu irmão está lá todo feliz, casado, tendo cria, e você não suporta ficar para trás ou qualquer coisa do tipo? O que vai acontecer a seguir? Você também vai tentar engravidar?

— Dá licença — eu digo, ofendida. — Eu não disse que eu ia aceitar. Eu nem sei se a pergunta dele vai ser esta. Talvez ele só vá me dizer para ir morar com ele, ou algo do tipo.

— E você acha que *essa* é uma boa ideia? — Cooper quer saber. — Ir morar com o seu professor de matemática? Que nem tem televisão? E que não come nada além de tiras de vagem cobertas de tofu com pó de gérmen de trigo?

— Você não tem a menor noção do que está falando — esclareço. Porque ele não tem mesmo. — Esta comida que você acabou de descrever nem existe. Mas, se existisse, quem sabe seria bom se você experimentasse. Porque talvez fizesse bem para você, a julgar por todas as embalagens de fast-food que eu vejo jogadas no seu escritório. Qual foi a última vez que você fez um exame de colesterol? O seu coração deve estar a ponto de explodir.

— Ah, desculpa, mas por acaso eu não vi ontem à noite no freezer uns sanduíches de sorvete daqueles que você monta com todo o cuidado, inspirada em Giada De Laurentiis, com Nutella, bolacha Chips Ahoy! e sorvete crocante de macadâmia?

Olho para ele cheia de ódio.

— Ai, meu Deus, se você comeu algum...

— Ah, eu comi um sim — ele responde, com o olhar de volta à estrada. — Eu comi *todos*.

— Cooper! Eu fiz aquilo especialmente para...

— Para quê? Para você e *Tad*? Você tem que estar zoando com a minha cara. Ele não encostaria em um daqueles negócios cheios de gordura hidrogenada nem que você servisse em cima de um dos frisbees preferidos dele com um monte de babaganush de acompanhamento.

— Agora você simplesmente está sendo maldoso — digo. — E isso não tem nada a ver com você. Qual é exatamente o problema que você tem com Tad? Ou o problema que você tem *comigo* e Tad, para ser mais exata?

— Eu não tenho problema nenhum com *Tad* — Cooper responde. Só que ele não consegue dizer o nome do cara sem fazer careta. — Nem com você e Tad. Só não acho... como *amigo*... que você ir morar com ele seja a melhor das ideias.

— Ah, não acha? — eu pergunto, imaginando onde diabos isto aqui pode ir parar. — Por quê?

— Porque a coisa toda cheira a desastre.

— Por que razão? Só porque ele é vegan e eu não sou? Pessoas com valores diferentes ficam juntas o tempo todo, Cooper. E a coisa da TV... Não tenho certeza se ele tem aversão a isso. Ele simplesmente não sabe o que está perdendo. Ele assiste a filmes, sabia?

Cooper faz um barulho. Se eu não o conhecesse bem, ia achar que era uma gargalhada de desdém.

— Ah, é? E os filmes que ele vê têm hobbits?

— Meu Deus, qual é o seu *problema*? — eu quero saber. — Você está agindo como um completo i...

Meu telefone toca de novo. Desta vez é um número que eu não reconheço. Com medo de que seja alguma coisa relacionada a trabalho (que eu estou cabulando, para falar a verdade), atendo.

— Heather — uma voz desconhecida, mas que me lembra alguém, alguma coisa, de um homem mais velho, diz. — Sou eu, Larry! Larry Mayer, o antigo sócio do seu pai. Ou, devo dizer, novo sócio!

— Ah — digo, desanimada. Cooper acabou de pegar a saída para Rock Ridge. — Oi, Larry.

— Tentei falar com você no seu trabalho agorinha mesmo, mas o seu chefe me disse que você só estava no celular. Será que esse é um momento inoportuno? Eu queria dar uma palavrinha com você...

— Este não é o *melhor* momento — respondo.

— Que bom, que bom. — A voz do Larry ribomba, evidentemente porque ele me escutou mal. — Faz tempo que a gente não se fala, hein? Meu Deus, a última vez que eu vi você, acho que ainda usava aquelas calças transparentes com lantejoulas que você vestiu para os prêmios de videoclipe da MTV. Sabe, aquele em que você se encrencou tanto com o Ministério das Comunicações depois, só porque tropeçou? E eu nunca entendi aquilo, porque a calcinha de biquíni que você estava usando por baixo cobriu tudo. Bom, quase. Ah, bons tempos, aqueles. Mas, bem, o seu pai e eu estávamos aqui falando de você... aposto que as suas orelhas estavam queimando... e estávamos querendo saber se você pensou sobre a nossa proposta.

— Sei — respondo. — Sabe, como eu ia dizendo, este realmente não é o melhor...

— Porque o tempo está passando, querida. Nós já alugamos o estúdio e, se quisermos começar, precisamos entrar lá e começar a gravar alguma coisa. Não quero pressionar. Mas, se é que eu me lembro bem, você sempre realizou seus melhores trabalhos sob pressão...

Estamos passando por muros de pedra que rodeiam pastos verdejantes para cavalos e bosques fechados que escondem as casas multimilionárias (com sistemas de segurança sofisticados) que indicam a nossa entrada na comunidade-dormitório de Rock Ridge. Quando eu dou uma olhada em Cooper, a cara dele está tão fechada quanto os portões com pontas de ferro em cima na frente das entradas de casas por que passamos.

— Larry, eu vou ter que ligar para você mais tarde — digo. — Estou no meio de uma coisa no momento, que tem a ver com o meu trabalho.

— Eu compreendo — diz Larry. — Compreendo. Seu pai me explicou como o seu trabalho é importante. Só tenho quatro palavras para dizer a você, querida. Porcentagem sobre os lucros. Só isso. Pense sobre o assunto. Ligue para mim. Tchau.

— Tchau — eu digo. E desligo.

— Então — diz Cooper quando entramos no vilarejo pitoresco de Rock Ridge propriamente dito, todo de ruas de paralelepípedos e telhados de sapê (e câmeras de segurança encarapitadas em cima de postes que são réplicas de modelos antigos, para gravar todos os movimentos dos habitantes e dos visitantes que circulam pela área do centro). — Diga.

— Pode acreditar — respondo. — Você nem vai querer saber. Eu gostaria que *eu* não soubesse.

— Ah — Cooper diz. — Acho que eu quero saber *sim*. Será que eu preciso começar a procurar outra pessoa para morar na minha casa... *e* alguém para fazer a minha contabilidade?

Eu engulo em seco.

— Eu... Eu não sei. Quando souber, você vai ser o primeiro a ser informado. Juro.

Cooper passa um minuto sem dizer nada. Daí, para a minha surpresa, ele diz:

— *Droga!*

Só que aí eu percebo que isso não é uma resposta ao que eu disse, mas sim uma reação ao fato de ele ter acabado de passar em frente à delegacia, e não tem nenhum retorno a vista.

Quando nós finalmente voltamos à delegacia, ficamos ligeiramente surpresos ao ver que é um dos poucos prédios que não tem uma plaquinha atestando que é uma construção antiga. Estacionamos em uma das várias vagas vazias na frente. Até onde dá para ver, nós somos os únicos visitantes da Delegacia de Polícia de Rock Ridge neste dia de primavera... fato que se confirma quando entramos e encontramos o lugar completamente vazio, a não ser por um homem corpulento vestido com um uniforme de polícia azul-escuro, sentado a uma mesa de trabalho, comendo asinhas de frango. Um pouco atrás dele, na única cela de prisão com grades (e escrupulosamente limpa), está Gavin McGoren, com o cavanhaque alaranjado, já que ele também está saboreando asinhas de frango.

— Ela chegou — o delegado O'Malley (pelo menos, de acordo com a plaquinha com o nome na mesa dele) exclama alegremente. Além do mais, eu também reconheço a voz dele. — Heather Wells em pessoa! Eu reconheceria esse cabelo em qualquer lugar. Mas você ganhou alguns quilinhos, não é mesmo, querida? Mas, bem, quem de nós não ganhou?

— HEATHER!

Gavin salta do único catre da cela dele, fazendo as asinhas de frango voarem para todos os lados, e fecha os dedos ao redor das grades.

— Ei, você aí — diz o delegado O'Malley, em tom de reprovação. — Não vai derramar o molho especial por todos os lados. Eu acabei de mandar o novato limpar tudo aí ontem.

— *Droga.* — Escuto Cooper dizer, prendendo a respiração, ao avistar Gavin atrás das grades. Mas, desta vez, ele está xingando por uma outra razão que também não tem nada a ver comigo. — Esqueci de trazer minha câmera.

Mas Gavin só tem olhos para mim.

E acontece que não é por causa da paixão não correspondida que ele sente por mim. É porque ele tem algo que precisa me contar.

— Heather — exclama ele, todo animado. — Estou tão feliz por você estar aqui! Olha, Jamie disse que tem certeza de que não foi Sebastian quem atirou no Dr. Broucho. Ela tinha uma reunião com ele ontem porque ele ia ajudá-la a entrar com uma queixa formal contra um funcionário da Faculdade de Nova York que tinha feito insinuações sexuais indesejáveis para cima dela. Foi por isso que ela ficou assustada e fugiu para casa... ela acha que ele levou um tiro por culpa dela. Ela acha que foi aquela pessoa que atirou nele, antes que ele pudesse dar entrada na queixa... e que ela vai ser a próxima.

Sinto o meu coração acelerar.

— Quem era? — exclamo. — Simon Hague? — Ah, por favor, por favor, permita que seja Simon Hague. Será que poderia existir uma alternativa melhor?

— Não — responde Gavin. — É um cara que a faculdade acabou de contratar. Um tal de reverendo Mark.

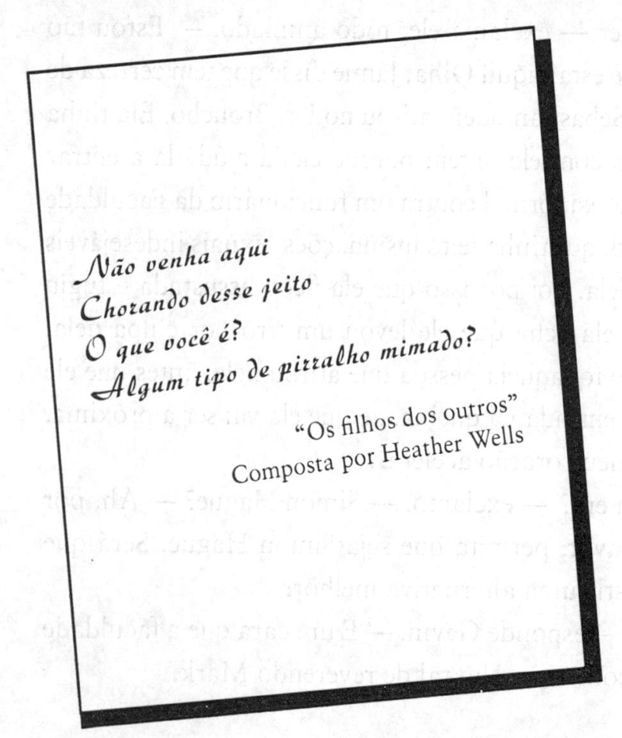

Subo os degraus de ardósia da entrada (a porta tem vitrais. Impressionante) e toco a campainha. Ela faz um daqueles barulhos de *bing-bong-bing-bong, bing-bong-bing-bong*, e daí uma mulher loura de aparência mais velha, com um suéter amarelo-limão e calça de montaria (não é brincadeira) com um lenço cor-de-rosa amarrado de maneira elegante no pescoço atende à porta.

— Pois não? — pergunta, de maneira não de todo desagradável.

— Oi — digo. — Sou Heather Wells, diretora-assistente do Conjunto Residencial Fischer da Faculdade de Nova York. A senhora é a mãe de Jamie Price?

A mulher parece um pouco aturdida.

— Mas que coisa... achei mesmo que você parecia conhecida. Acho que nós nos conhecemos quando Jamie entrou no alojamento...

Ela estende a mão direita e me cumprimenta, porque eu já estava com o gesto automático pronto.

— Ah, sim. Deborah Price. Olá.

Eu seguro a mão dela e trocamos um cumprimento.

— Olá. Desculpe por incomodá-la em casa. Mas é que eu reparei que Jamie não está lá no alojamento ultimamente, e a colega de quarto dela disse que ela tinha ido para casa, então eu pensei em vir até aqui para checar e ver se estava tudo bem. E se ela precisar de uma carona para voltar... bem, eu estou aqui...

— Ah. — A Sra. Price parece ainda mais aturdida, mas continua simpática. Ela é do tipo que parece ter sido treinada assim, sabe como é: para ser simpática, independentemente do que aconteça. Uma funcionária da faculdade que aparece à porta da casa dela do nada, um garoto pelado na cama da filha dela. Qualquer coisa. Sorria sempre. Por baixo do lenço cor-de-rosa elegante há um colar de pérolas. Combina bem com as botas de montaria perfeitamente engraxadas dela, que não têm um único arranhão. Será que algum dia viram o piso de um estábulo? — Ah, nossa, mas que coisa! Eu não fazia ideia de que a faculdade oferecia esse tipo de serviço de porta em porta!

— Bem, nossa intenção é agradar — respondo, com modéstia. — Jamie está? Posso dar uma palavrinha com ela?

— Ah, bom — diz a Sra. Price. — Pode, claro que sim. Pode entrar, por favor. Você disse que veio de carro? — observo os olhos azuis dela (não há rugas ao redor dos olhos. Botox? Cirurgia plástica? Ou simplesmente bons genes?) passarem por mim e se dirigirem à entrada. — Não estou vendo o seu carro.

— Eu estacionei no centro — explico. — O dia está tão bonito, pensei em dar uma caminhada.

Isso nem é mentira. Não exatamente. Acontece que a família Price não mora muito longe da Delegacia de Rock Ridge. O delegado O'Malley ficou mais do que feliz em me dizer onde ficava a casa deles enquanto Cooper ficava me esperando no carro, falando no celular, com um dos diversos prestadores de fiança que ele por acaso conhece (porque, depois que a graça inicial passou, no fim, nem ele foi capaz de deixar Gavin mofando na cadeia mais uma noite).

E apesar de eu saber que Cooper provavelmente não aprovaria eu percorrer a pé a longa entrada até a casa grande de pedra na colina (com estábulos pintados de verde e branco de um lado e um laguinho cheio de peixes dourados gigantes, que eu fui olhar para conferir se estavam lá mesmo, e Jaguares combinando na garagem para quatro carros, do outro) e que eu teria que ficar ouvindo ele falar sobre isso durante todo o caminho de volta, achei que valia a pena. Eu *tinha* que saber qual era o problema com o reverendo Mark.

Porque eu não acreditei (nem por um minuto de Nova York) que ele tivesse atirado no Owen Broucho.

Mas eu estava louca para saber por que Jamie pensava que sim.

— Não vou mentir, Srta. Wells — diz a Sra. Price enquanto nos dirigimos para uma escadaria longa e curva. A casa, apesar de ser decorada com armaduras e mobília antiga pesada para passar a impressão de que é velha, na verdade é uma construção nova, com a "grande sala" de sempre, comum nas McMansões de hoje em dia; a entrada principal leva diretamente à sala de jantar, à sala de TV, à cozinha e ao que parece ser um salão de bilhar/biblioteca. No fundo, dá para ver uma piscina gigantesca de granito preto, completa com Jacuzzi, e, mais para a frente, quadras de tênis. Não há sinal do Sr. Price. Só posso calcular que ele esteja no trabalho, para poder pagar tudo isso. — Na verdade, estou aliviada por você estar aqui — prossegue a Sra. Price. — As últimas 24 horas, desde que Jamie apareceu aqui, não têm sido as melhores possíveis.

— É mesmo? — pergunto, fingindo não ter a menor ideia do que ela está falando. — Por quê?

— Jamie e o pai nem sempre se deram bem... bom, eles são tão parecidos, sabe, e ela sempre foi a filhinha do papai, e, ontem à noite... um *garoto* da faculdade apareceu... *aqui*, nada menos...

Finjo estar chocada.

— Não me diga.

A Sra. Price balança a cabeça, com ar de quem não entende. Claramente, a ideia de que algum garoto possa se interessar pela filha ainda é novidade para ela.

— Nós o encontramos na *cama* dela! Bom, é claro que ele tinha sido convidado, se é que me entende. Quero dizer, ele não pode ter se FORÇADO para cima dela. Mas ela o deixou entrar escondido de nós. Roy e eu não fazíamos ideia. Ela não tem permissão para receber garotos no quarto. Eu sei que ela tem mais de 18 anos e é maior de idade, mas ainda mora na nossa casa e, enquanto estivermos pagando pela educação dela, esperamos que obedeça às nossas regras. Nós somos presbiterianos. É necessário ter princípios.

— Claro que sim — respondo, recatada.

— Para resumir a história, Roy teve um ataque — a Sra. Price me informa. — Ele chamou a polícia! Agora, o pobre garoto está na cadeia. E Jamie não fala com nenhum de nós dois.

— Ah, não — digo, tentando parecer preocupada.

— Exatamente — diz a Sra. Price. — Sabe, Jamie e eu nunca tivemos a relação típica de mãe e filha. Agora, a irmã mais velha dela e eu... bem, nós somos muito mais parecidas. Mas Jamie nunca foi feminina, e é tão... Não sei. Grande. Você sabe. Ela é como você... tem ossos largos. Nós nunca tivemos muito em comum, ao passo que a irmã dela e eu usamos o mesmo tamanho: 38. Nós compartilhamos tudo. Então, não consegui arrancar nenhuma palavra dela hoje. Será que você consegue?

Eu dou de ombros.

— Nossa — digo. — Não sei. Mas acho que posso tentar.

— Você faria isso? — a Sra. Price apruma a cabeça. — Porque, sabe, preciso sair para a minha aula de adestramento.

— Sua aula de quê?

— Adestramento — diz a Sra. Price mais uma vez, como se, pela repetição, eu pudesse entender. — Jamie! — a Sra. Price chama escada acima. — Aceita um café, Srta. Wells?

— Adoraria — respondo.

— Ótimo. Está no bule, na cozinha. Sirva-se. Há xícaras no escorredor. JAMIE!

— Meu Deus, o que é, mãe? — Jamie aparece no alto da escada, vestida com um short de tecido atoalhado e uma camiseta cor-de-rosa, com o cabelo louro comprido caindo por cima dos ombros. Ela parece ter acabado de acordar. Eu bem que gostaria de ficar assim bonita ao despertar.

Quando o olhar dela cai sobre mim, os olhos se arregalam.

— Você! — Jamie exclama. Mas ela não parece inclinada a fugir. Parece mais curiosa do que assustada.

— Jamie, a Srta. Wells foi enviada pela sua faculdade — a mãe diz. — Quero que você converse com ela. Disse que pode lhe dar uma carona de volta, se você quiser. E talvez seja melhor mesmo você ir com ela. Você sabe muito bem como o seu pai está bravo. Seria bom se não estivesse aqui hoje à noite, quando ele voltar do trabalho. Vamos deixar as coisas esfriarem.

— Eu não vou a lugar nenhum — Jamie declara, avançando com o queixo em um gesto de teimosia — até ele retirar todas as queixas contra Gavin!

Não posso deixar de notar que, em casa, Jamie não faz aquela coisa de acabar todas as frases com inflexão de interrogação. Nem um pouco.

— Bem, isso não vai acontecer nessa vida, querida — a Sra. Price diz. — Não tenho tempo para isso agora. Preciso ir para o adestramento. Eu disse à Srta. Wells que se servisse de café. Fique longe daquela torta de cereja que eu fiz. É para a minha reunião da Associação de Casa e Jardim hoje à noite. Agora, tchau.

Com isso, a Sra. Price sai em disparada da "grande sala". Alguns segundos depois, um dos Jaguares estacionados na frente da garagem ganha vida com o rugido do motor, e a Sra. Price pisa fundo no acelerador e vai embora.

— Uau — digo, mais para quebrar o silêncio que se segue. — Ela realmente deve gostar de adestramento. Seja lá o que isso for.

— Ela está cagando para o adestramento. — Jamie me informa, com cara de nojo. — Ela está transando com o instrutor. Porque, sabe como é, ela tem *princípios*.

— Ah. — Eu observo Jamie descendo a escada toda, passando por mim, entrando na cozinha, pegando uma caneca do escorredor com jeito de antigo ao lado da cafeteira e se servindo de uma dose. — Também vou tomar um — digo.

— Pode se servir — diz Jamie, com tanta educação quanto a mãe. Ela vai até a geladeira, abre, tira de lá uma caixinha longa-vida de creme e se serve de uma porção generosa na caneca. Então, ao notar a minha expressão, ela também coloca uma dose na caneca que eu peguei antes de guardar de volta na geladeira.

— Então — eu digo enquanto me sirvo de café. — Não precisa se preocupar com Gavin. Nós vamos pagar a fiança dele.

Jamie lança um olhar de surpresa para mim.

— Você *vai pagar*?

Eu assinto. O café está delicioso. Mas ficaria melhor com açúcar. Olho ao redor, procurando um açucareiro.

— Ele deve sair daqui a mais ou menos uma hora.

— Ai, meu Deus. — Jamie puxa uma cadeira da mesa da cozinha, com aparência antiga proposital, e se joga nela, como se suas pernas não fossem mais capazes de suportar o peso do corpo, ou algo do tipo. Então ela afunda o rosto nas mãos. — Obrigada. Muito obrigada mesmo.

— Não tem o que agradecer — eu digo. Encontro o açúcar e coloco uma colherada no meu café. Depois de pensar por um instante, adiciono mais uma. Ah. Perfeito. Bom, quase. Com chantili sim, ficaria perfeito. Mas a cavalo dado não se olham os dentes. — Mas eu quero uma coisa em troca.

— Qualquer coisa — Jamie diz e ergue os olhos. Fico surpresa de ver que o rosto sem maquiagem dela está úmido de lágrimas. — Estou falando sério. Passei a manhã toda histérica. Eu não sabia onde ia arrumar tanto dinheiro para pagar a fiança dele. Eu faço qualquer coisa. Só... obrigada.

— É sério — digo e puxo uma cadeira ao lado da dela. Não posso deixar de notar que a Sra. Price colocou a torta de cereja no meio da mesa para esfriar. Está em uma travessa funda de vidro, e a cobertura de açúcar por cima do recheio de cereja é caramelada. Falando sério, que tipo de mãe demoníaca deixaria uma coisa dessas assim dando sopa, sem nenhuma cobertura para proteger? Não é para menos que Jamie pareça odiá-la tanto. Eu sei que eu odiaria. — Como eu disse, não tem o que agradecer. Mas que negócio é esse que Gavin me contou sobre você e o reverendo Mark?

Jamie fica de queixo caído.

— Ah — diz ela, tristonha. — Não era para ele contar isso para você.

— Jamie — digo. — Um homem está morto. E parece que você acha que pode estar envolvida de alguma forma com o que aconteceu. Você não vai poder me pedir para não falar sobre isso com a polícia. Você sabe que eles prenderam uma pessoa pelo assassinato do Dr. Broucho? Uma pessoa que talvez não tenha sido a responsável? Pelo menos não deve ser, se o que você está dizendo é verdade.

Jamie está mordendo o lábio inferior. Não posso deixar de notar que ela está de olho na torta de cereja. Ainda bem que eu fiquei com a colher que usei no açucareiro. Sabe como é, para o caso de eu precisar.

— Os meus pais queriam garantir que eu ia manter a coisa toda dos princípios — diz Jamie e toma um gole do café — quando eu saísse de casa para ir para a faculdade. E eu mantive. Eu entrei para o grupo de jovens do campus. Eu gosto de cantar. Não quero fazer isso profissionalmente nem nada, como você. Eu quero ser contadora. Só gosto de cantar para me divertir. Então, eu entrei para o coral do grupo de jovens. E gostei. Pelo menos... eu gostava. Até o reverendo Mark aparecer.

Para a minha alegria total e completa, ela estica o braço e pega a torta de cereja, arrasta em sua direção e mergulha a própria colher nela, quebrando a cobertura caramelada e fazendo uma meleca grossa de cereja escorrer pela lateral como se fosse lava. Ela coloca a colher na boca e empurra a travessa na minha direção. Eu sigo o exemplo dela.

Opa! É o paraíso na minha boca. A Sra. Price pode ser uma vaca. Mas é um anjo na cozinha.

— O que ele fez com você? — eu pergunto com a boca cheia. A torta está quente pra carai, como Gavin diria.

— Não foi só comigo — Jamie observa quando eu empurro a travessa de volta para ela. — Foi com *todas* as meninas. E ele não faz nada óbvio. Tipo, ele não enfia a língua na nossa garganta nem nada. Mas ele encosta na gente em todas as oportunidades que tem quando estamos montando as plataformas ou qualquer coisa assim, aí ele finge que foi sem querer e pede desculpa. — Ela enche a colher e depois empurra a travessa de volta para mim. — Encosta no nosso peito, na nossa bunda. É um nojo. E eu sei que não é sem querer. E, no fim, a coisa vai chegar longe demais... não comigo, porque eu reagiria e quebraria o nariz dele, mas com alguma menina que não seja tão grande quanto eu, e que tenha medo dele, ou qualquer coisa assim. Eu quero que isso pare *agora*.

Eu me lembro de como o reverendo Mark tinha ficado corado quando a Muffy Fowler jogou os peitos para cima da mão dele durante a nossa brincadeira de construir casa de jornal. Mas aquilo não tinha sido sem querer de jeito nenhum... e a iniciativa tinha sido *dela*, não dele. Ela havia sido participante voluntária, não involuntária.

Eu encho a minha colher. Agora que a cobertura se rompeu, a torta está esfriando rápido. Mas continua tão deliciosa quanto antes.

— Então, você ia registrar a queixa com o Dr. Broucho? — eu pergunto.

— Eu *registrei* a queixa — diz Jamie. — Quero dizer, verbalmente, na semana passada. Eu deveria ter uma reunião de acompanhamento com ele ontem para preencher a queixa formal por escrito, que seria enviada ao supervisor do reverendo Mark e para o conselho da diretoria. Só que...

— Alguém deu um tiro nele — eu digo.

— Exatamente.

— Mas o que faz você pensar que o reverendo Mark foi quem atirou? Como é que ele podia saber que você tinha uma reunião com o Dr. Broucho?

Jamie faz uma careta. E não é porque ela mordeu um caroço de cereja sem querer.

— Eu cometi o erro de tentar fazer com que algumas das outras meninas do coral me acompanhassem para fazer a denúncia. Quero dizer, ele estava fazendo aquilo com *todas* nós. Achei que, se fôssemos juntas, o argumento ficaria mais forte. Você sabe como é difícil provar esse tipo de coisa. O problema era que, as outras meninas, elas...

— Algumas estavam gostando do que ele estava fazendo? — digo quando ela hesita.

— Exatamente — diz Jamie. — Ou então elas achavam que ele não estava fazendo nada de errado, ou acreditavam que era mesmo sem querer, e disseram que eu estava fazendo tempestade em copo d'água. — Jamie pega um pedaço ainda maior do que o normal de torta e enfia na boca. — Quem sabe? Talvez estivesse mesmo.

— Jamie — digo. — Não estava. Se você se sentiu pouco à vontade, estava certa em conversar com alguém.

— Talvez — diz Jamie e engole. — Não sei. Mas, bom. Uma das meninas ficou tão louca da vida quando descobriu o que eu estava fazendo que foi lá e avisou o reverendo Mark.

— Meu Deus — digo. Eu teria matado essa menina. Admiro Jamie por ter se segurado e não ter feito isso.

— E não é? Ele me chamou de lado depois do ensaio na noite de anteontem e tentou conversar comigo a respeito do assunto. Ele fez uma piada, dizendo que ele só é um sujeito simpático que nem sempre sabe o que está fazendo com as mãos. Foi tão... nojento.

Pego um pedação de torta igual ao dela e enfio na boca também.

— Você devia ter dito que também era assim e ter enfiado a mão "sem querer" na calça dele — eu digo.

— É, mas ele teria gostado. — Jamie lembra a mim.

— É verdade.

— Quando ele percebeu que eu não estava acreditando na história, começou a dizer como eu iria acabar com a carreira dele se registrasse uma queixa, e que ele prometia se comportar melhor se eu não fosse falar com o Dr. Broucho. Foi aí que eu disse para ele que já era tarde demais... que o Dr. Broucho já sabia, e que logo a faculdade toda também saberia. Depois disso, o reverendo Mark ficou muito sério e disse que eu podia ir embora. Daí, quando eu cheguei à sua sala na manhã seguinte e o Dr. Broucho estava morto...

— Você ficou achando que o reverendo Mark o tinha silenciado para sempre — digo. — E que você estava destinada a ser a próxima vítima dele.

— Exatamente — diz Jamie, raspando as laterais da tigela, de modo muito consciente, para que não sobrasse nenhuma casquinha para esfregar na hora de colocar no lava-louças. Eu me junto a ela. Percebo que serão necessários os nossos esforços unidos e combinados para acabar com esta torta. Quer dizer, para derrubar o reverendo Mark.

— Quero que você volte para a cidade comigo e conte tudo que acabou de contar para um investigador que é meu amigo — digo. — Não precisa se preocupar com o reverendo

Mark ir atrás de você... isso se ele for mesmo o assassino. O inspetor Canavan não vai permitir que isso aconteça. *Eu* não vou permitir que isso aconteça.

— Como é que você vai fazer isto? — Jamie quer saber.

— É fácil — respondo. — Vou transformá-lo em *persona non grata* no Conjunto Residencial Fischer. Assim, você vai ficar segura lá.

— Não sei, não — diz Jamie, mastigando pedacinhos cristalizados de cobertura açucarada.

— Jamie, falando sério. Que alternativa você tem? Vai ficar aqui em Rock Ridge pelo resto da vida com os seus pais? Gavin vai voltar para a cidade conosco. Você não quer ficar com ele?

Uma das sobrancelhas da Jamie se ergue, assim como os cantos da boca manchada de cereja.

— Bem. Quero — ela reconhece, lentamente. — Acho que sim. Ele é um doce. E tão compreensivo... Não é todo garoto que fica escutando uma garota falar sem parar feito louca, como eu fiz ontem à noite... Bem, acho que faz sentido, levando em conta que a mãe dele é ginecologista e tudo o mais.

Tento não dizer nada. Quer dizer, na verdade, isso não é da minha conta.

— Você... — Jamie olha para mim com os olhos azuis muito arregalados. — Você acha... você acha que ele quer ficar comigo?

Não consigo deixar de revirar os meus próprios olhos azuis.

— Hum, Jamie, acho sim. Além do mais, quando a sua mãe chegar em casa e descobrir o que nós fizemos com a torta dela, *ela* vai matar você, com certeza. Então, você vai estar mais segura na cidade, de qualquer maneira.

O sorriso de Jamie se abre.

— Certo, deixe-me tomar um banho e pegar as minhas coisas.

— Combinado — digo e me recosto na cadeira

Quando ela sai, eu abro o primeiro botão do meu jeans disfarçadamente. Porque, para falar a verdade, apesar de ter me equiparado a ela colherada por colherada, eu já não consigo mais acompanhar essa garotada como antes. Realmente, não dá.

É deprimente, mas é verdade.

16

Não adianta nada colocar pétalas de rosa na minha cama
Não é assim que você vai me ganhar
Pode levar embora a caixinha da Tiffany
Eu só quero um sundae

"Eu amo chocolate"
Composta por Heather Wells

O rato inflável com os dentes à mostra não está mais na frente do Conjunto Residencial Fischer quando nós chegamos da nossa visita à Sexta Delegacia. Os manifestantes se deslocaram (com o rato deles) para a biblioteca, onde provavelmente conseguem chamar mais atenção, aliás, já que é lá que o gabinete do reitor Allington fica.

Felizmente, os furgões do noticiário se deslocaram com eles, de modo que Cooper acha facilmente um lugar para estacionar e nós possamos descer.

Ainda assim, apesar de ter sido Gavin o causador de toda a confusão, por ter passado a noite na cadeia, é o meu braço que Cooper puxa quando eu estou saindo do carro.

— Espera um pouquinho — diz enquanto os garotos saem caminhando pela calçada. Ele espera até os dois estarem em segurança dentro do prédio, em um lugar onde não possam escutar o que nós falamos, e daí pergunta: — Então, você vai fazer com que o Halstead entre na lista de *persona non grata* e fique impedido de entrar no prédio. E depois?

Para mim, está parecendo que o fato de colocar Mark Halstead na lista de *persona non grata* do Conjunto Residencial Fischer é mais ou menos o único tapinha na mão que o nosso bom reverendo vai receber. O inspetor Canavan se mostrou muito menos do que impressionado com a história da Jamie, mas disse que ia "dar uma olhada no paradeiro do Halstead" na manhã do assassinato do Dr. Broucho. Acredito que Jamie tenha ficado satisfeita com isso...

Mas eu não fiquei. Dava para ver que o inspetor Canavan achava que já tinha pego o assassino e ia tanto dar uma olhada no paradeiro do Halstead na manhã do assassinato do Dr. Broucho quanto a faculdade tinha examinado o histórico de emprego do Mark Halstead. E eu sabia que a possibilidade de isso ter ocorrido era inexistente.

— Não sei — respondo. Estou levemente distraída pelo tamanho da mão ao redor do meu pulso. Cooper é um homem grande. Maior do que Tad. O toque dos dedos dele é quente contra a minha pele. — O meu trabalho, quem sabe? Logo é dia de pagamento. Preciso mandar um memorando para a garotada me entregar a ficha de horário.

— Não foi isso que eu quis dizer — diz Cooper. — E você sabe muito bem disso.

Eu meio que sei mesmo. Mas estou com dificuldade de cruzar o meu olhar com o dele (que é muito azul, e muito intenso). A minha boca de repente ficou muito seca, e o meu coração parece estar tendo algum tipo de ataque (palpitações, ou simplesmente parou; é difícil dizer). O meu peito parece apertado. Fico feliz por ter mostrado para os meus funcionários estudantis os vídeos de treinamento de primeiros socorros da Punky Brewster por diversão durante os meus Dias de Folga para Estudar para os Exames Finais e Decorar Cookies anuais. Provavelmente sou eu quem vai terminar precisando daquilo, quando entrar cambaleando daqui a alguns minutos.

— Não se preocupe — digo, sem tirar os olhos das unhas dele. Não são exatamente bem tratadas, como as do irmão. — E não vou começar a investigar o assassinato do Dr. Broucho sozinha. Eu captei a mensagem totalmente ontem, com a coisa toda do mafioso.

— Também não é disso que eu estou falando.

— Bem, se você está dizendo que eu vou até a capela da faculdade e fingir que estou precisando tirar um peso da alma, e pedir para falar com o reverendo Mark, como se fosse a única pessoa que poderia me ajudar a descarregar este peso, na esperança que ele passe a mão em mim para que eu possa delatá-lo para o conselho da diretoria por conta própria — digo —, não se preocupe que eu também não vou fazer isso, porque eu preciso *dar as caras* pelo menos um pouco na minha sala hoje, se não corro o risco de perder o emprego.

— Também não estou falando disso — diz Cooper, em um tom frustrado que não é típico dele.

É aí que eu me arrisco a dar uma olhada, e fico surpresa de ver que ele nem está olhando para mim, mas sim para algum ponto distante por cima do meu ombro esquerdo. Mas quando eu viro a cabeça para ver o que pode ser tão fascinante lá atrás, a única coisa que eu vejo é um caminhão de mudança estacionado na frente do prédio em que Owen morava, na mesma rua em que fica o Conjunto Residencial Fischer. E isso é estranho, porque nós não estamos nem no meio nem no fim do mês. Então, quem estaria se mudando de lá ou para lá? Um casal devia estar se divorciando, ou algo do tipo.

Quando volto a olhar para o Cooper, ele já largou o meu pulso e se virou para a direção mais uma vez.

— É melhor você ir andando — diz ele no tom levemente cínico que é o seu normal. — A folha de pagamento está esperando.

— Hum. — Calma. O que ele ia dizer? Caminhão de mudança idiota! Gente idiota se separando! — É. Acho que é melhor mesmo. Obrigada por ter me levado até Rock Ridge e por toda a ajuda que me deu com Gavin e Jamie e tudo mais...

É aí que o Cooper faz uma coisa que me surpreende. Ele de fato sorri ao escutar o nome do Gavin.

Agora eu vou precisar mesmo de primeiros socorros, com toda a certeza. Porque aquele sorriso causa bloqueio em todas as minhas artérias principais.

— Acho que você sempre teve razão — diz ele. — No final das contas, até que ele não é um mau garoto.

Certo. O *que* está acontecendo com ele?

Mas antes que eu tenha tempo de descobrir, alguém chama o meu nome, e eu ergo os olhos e vejo Sarah parada na calçada, olhando fixamente para mim, com uma expressão nervosa no rosto.

Pelo menos eu *acho* que é Sarah.

— Hum... a gente se vê em casa, Heather — Cooper diz e absorve a roupa que Sarah está usando com a sobrancelha erguida. Não é necessário ser um detetive experiente para ver que a Sarah passou por uma transformação radical: ela está de batom e salto alto, de lente de contato em vez de óculos, com o cabelo com escova, bem alisado, as pernas de fora e de fato depiladas. Além do mais, ela está de *saia*, talvez seja a saia do tailleur de entrevista dela, com uma blusa branca que parece ter, de fato, gola estilo Peter Pan (eu nem sabia que essas coisas ainda *existiam*).

Mas é uma saia, de qualquer modo.

Ela está tão bem! Mais do que bem. Ela está bonita. Como uma bibliotecária safada é capaz de ser bonita.

— Hum... tchau — digo ao Cooper enquanto saio lentamente do carro e fecho a porta atrás de mim.

Cooper balança a cabeça e se afasta, deixando que eu fique sozinha com Sarah na calçada. Percebo que vou ter que dar conta dele (e daquele sorriso indutor de ataques cardíacos que ele tem) mais tarde.

Mas, para ser sincera, o fato de que esta noite vai ser a primeira depois que o meu pai se mudou de vez (a primeira noite em meses que o Cooper e eu de fato vamos ficar só os dois em casa) faz mesmo com que o meu coração bata mais forte.

Pare com isso, Heather. Você está noiva (bem, praticamente) de outro homem. Um homem com quem você deveria passar essa noite.

É engraçado como a ideia de passar a noite com Tad não causa absolutamente nenhum efeito sobre os meus músculos cardíacos.

Apesar de o pessoal do CAPG estar a meio quilômetro de distância, dá para ouvir os protestos que os manifestantes entoam na frente da biblioteca. Mas *o que* exatamente eles estão entoando, isso eu não sei. Mas dá para ouvir as vozes estridentes, a distância, com tanta clareza quanto escuto o trânsito da Sexta Avenida a um quarteirão de distância.

— Oi, Heather — diz Sarah, mexendo na saia. — Eu... Eu queria falar com você, mas você... você tinha ido embora.

— Eu tive que fazer uma coisa — respondo, desanimada. — Por que você não está lá na manifestação? Por que está assim toda arrumada?

O rosto bonito da Sarah (sim! Ela de fato está bonita, para variar) se contorce.

— Eu pareço arrumada demais? — pergunta, ansiosa. — Pareço, não pareço? Eu devia voltar e me trocar, não é? Eu estava só... eu procurei você para perguntar o que eu devia vestir, mas você não estava por aqui, então eu fui perguntar para Magda... foi ela que fez isto.

Eu examino Sarah de cima a baixo. Para ser sincera, ela está fantástica.

— Foi *Magda* quem fez isso?

— Foi. Está exagerado demais, não está? Eu sabia. Eu disse para ela que estava exagerado. Vou voltar lá para dentro e me trocar.

Eu agarro o pulso dela antes que ela faça o que diz.

— Espera — digo. — Você está ótima. Sinceramente. Não está exagerado. Pelo menos, eu não acho que esteja. Aonde você vai?

Um tom de rosa que não tem nada a ver com blush em pó toma conta das bochechas de Sarah.

— Os pais do Sebastian estão aqui — ela responde. — Ele teve a primeira audiência hoje de manhã. Eles pagaram a fiança dele. Eu... Eu vou me encontrar com eles em Chinatown. Nós vamos sair para comer alguma coisa.

— Então! — Não posso deixar de rir. — Este é o seu visual para conhecer os pais dele.

— Eu pareço idiota — diz Sarah, puxando o pulso que continuo segurando. — Vou me trocar.

— Não, você está ótima — digo, sem parar de rir. — Sarah, sinceramente. Você está fantástica. Não tem que mudar nada.

Ela para de tentar se desvencilhar.

— Está falando sério? Mesmo?

— Mesmo — respondo e largo o pulso dela. — Sebastian vai ter um treco quando vir você. Quero dizer, o cara acaba de passar as últimas 24 horas na prisão. O que você está tentando fazer com ele?

O rosto dela fica ainda mais corado.

— É só que... Eu sei que ele não pensa em mim... assim. E eu quero que ele pense. Quero muito mesmo que ele pense.

— Bem, ele vai dar uma olhada em você com esses saltos — digo — e não vai conseguir pensar em mais nada. Você está devendo uma para Magda. Mesmo.

Sarah está mordendo o lábio inferior (o que não é boa ideia, porque ela está de batom). Felizmente, ela tem mais em uma bolsinha de couro que está carregando, que ela abre com dedos trêmulos.

— Eu estou me sentindo mal por deixar o CAPG sozinho — diz enquanto pega um tubinho de brilho labial. — E hoje à noite vai ser o grande comício. Mas isso aqui também é importante.

— Claro que é — eu digo.

— Quero dizer, isso aqui tem a ver com mais do que seguro-saúde — Sarah diz enquanto passa brilho nos lábios com um bastãozinho. — A *vida* de Sebastian está em jogo.

— Eu compreendo — digo. — Ele tem sorte por ter você.

— Eu só gostaria que ele se desse conta disso — Sarah diz, com um suspiro. Ela volta a guardar o brilho labial na bolsinha e a fecha. — Heather, tem mais uma coisa que eu queria falar com você. Sebastian não pode sair da cidade, sabe, até esta coisa toda terminar e as acusações serem retiradas ou sei lá o quê. Quando forem... bem, vai saber se ele vai querer continuar estudando aqui, ou sei lá o quê. Espero que sim. Mas, até lá... os pais dele vão ficar em um hotel, mas fica bem longe do campus, e eu estava aqui imaginando... eu sei que não vamos mais poder usar o depósito... foi errado da minha parte abusar dos meus privilégios de aluna de pós-graduação assistente desse jeito. Mas será que posso colocá-lo como visita no meu quarto? Quer dizer, se ele quiser me visitar?

Dou de ombros.

— Claro que sim.

Sarah olha para mim com expressão de curiosidade.

— Mesmo com ele sendo o principal suspeito no assassinato do nosso chefe? Isso não vai fazer exatamente com que Sebastian seja benquisto por aqui, Heather. Quero dizer, eu não quero que você diga sim só por causa dos sentimentos pessoais que tem por mim. Eu já falei com Tom, e ele disse que tudo bem para ele, mas que a decisão era sua. Você era a pessoa mais próxima do Owen no prédio, e eu não quero que você faça nada que possa ter repercussões emocionais para você depois. Você sabe como você é, Heather. Parece toda durona por fora, mas, por dentro, você é um marshmallow enorme, um caso realmente clássico de agressividade passiva...

— Ah, olha — digo. — Lá vem um táxi vazio. É melhor você pegar logo. Você sabe como é difícil arrumar um táxi vazio por aqui. A menos que você queira andar até a Sexta Avenida. Mas, com esses saltos, eu não aconselho.

— Ah... — Ela caminha até o meio-fio com passos cambaleantes. — Obrigada. Tchau, Heather! Me deseje sorte!

— Boa sorte! — Eu dou um aceno de despedida, observo enquanto ela tropeça para dentro do táxi e então corro para dentro do prédio assim que ela se afasta.

— Tom pediu para você ir falar com ele assim que chegasse — Felicia diz para mim e me entrega uma pilha gigantesca de recados. — Sarah achou você?

— Ah, ela me achou sim — respondo.

De volta à sala do diretor do conjunto residencial, Tom está dando ataque, como sempre.

— Por onde você andou? — pergunta ao me ver.

— Fui a Westchester — respondo. — Eu *disse* para você que ia a Westchester. Está lembrado?

— Mas você demorou tanto... — Tom choraminga. — Tipo, uma eternidade. E um montão de gente ligou.

— Nem me diga — respondo e abano com a pilha de recados enquanto me jogo atrás da minha mesa. — Alguma coisa importante?

— Ah, só o fato de que a cerimônia em homenagem ao Owen é HOJE! — Tom berra.

— *O quê?* — Eu quase derrubo o telefone que acabei de tirar do gancho para retornar a ligação do Tad, o primeiro recado da pilha que eu tenho nas mãos.

— É — Tom diz. — E querem que você diga algumas palavras. Porque você conhecia Owen melhor do que qualquer outra pessoa no campus.

Agora eu largo o telefone mesmo.

— *O QUÊ?*

— É. — Tom se recosta na cadeira, que ele arrastou até a porta da sala dele para poder me olhar de perto enquanto joga essas bombas na minha cabeça. Dá para ver que ele está se divertindo. — É hoje, às cinco. Iam fazer na capela, mas a tristeza da comunidade devido à *tragédia* é tão grande que tiveram que mudar para o centro esportivo. Então é melhor você inventar alguma coisa rapidinho. E é melhor ser boa. Porque estão esperando pelo menos umas duas mil pessoas.

Eu quase engasgo com minha própria saliva. Umas duas *mil*? Na cerimônia em homenagem ao Owen (Não Pegue Papel Emprestado do Escritório da Administração do Refeitório) Broucho?

E *eu* tenho que dizer algumas palavras?

Vou morrer, total.

— Mas eu mal o conhecia! — choramingo.

— Talvez — Tom diz — você possa simplesmente cantar "Vontade de te comer".

— Você não está ajudando — eu digo.

— Eu sei — Tom diz. — O que era mesmo que Sebastian queria que você cantasse hoje à noite no comício do CAPG? "Kumbaya", aquela musiquinha de incentivo, não era? Você deve fazer isso. Assim vai unir uma comunidade que está dividida.

— Falando sério, Tom. Cale a boca. Eu preciso pensar. Preciso escrever alguma coisa totalmente boa. Dr. Broucho merece. Só pelo que ele estava fazendo (bem, *tentando* fazer) pela Jamie, ele merece isso, no mínimo.

Mas, primeiro, claro, preciso fazer o comunicado de *persona non grata* do reverendo Mark. Owen gostaria que fosse assim... ele iria querer garantir a segurança de Jamie.

Preencho o formulário apropriado e depois faço várias cópias dele. Vou ter que ir até o departamento da segurança (que agora deve estar ocupado pelo pessoal do Sr. Rosetti, imagino) e também até a recepção e ao balcão de segurança do prédio para me assegurar de que os meus funcionários saibam que o reverendo Mark, apesar de ser funcionário da faculdade, não tem permissão para entrar, independentemente do que ele disser. Realmente não acho que ele vá tentar entrar... principalmente porque eu vou garantir que ele receba uma cópia do comunicado de *persona non grata*... assim como o supervisor dele.

E como eu escrevi *comportamento sexual inapropriado perto de uma residente* em "Razão para o Comunicado", tenho bastante certeza de que vou ter notícias do supervisor do reverendo assim que o comunicado chegar à mesa dele.

Chamo o funcionário administrativo estudantil de plantão (que no momento está na recepção, separando a correspondência), entrego a ele as cópias do comunicado e oriento que entregue nos diversos departamentos a que se destinam.

Só aí eu volto a atenção para o texto da cerimônia em homenagem a Owen.

O que eu devo dizer sobre Owen? Que os assistentes de residentes pareciam não dar a mínima para ele? Ainda não vi nenhum deles derramar uma única lágrima pela morte dele. Eu já tive chefes presos por assassinato que fizeram com que eles chorassem muito mais (e nem estou fazendo piada).

Que ele era um chefe justo? Quer dizer, acho que isso é verdade. Ele certamente não tinha favoritismos. Se tivesse, talvez não fosse acabar como acabou, com uma bala no cérebro.

Cara, mas que dificuldade. Não consigo pensar em nada de bom para dizer sobre esse sujeito.

Espera... Ele era legal com os gatos! E com Jamie! Ele era legal com gatos e com garotas de ossos largos. Isso já é alguma coisa, certo?

Não posso chegar na frente de toda a comunidade da faculdade e dizer: "Ele era legal com gatos e com garotas de ossos largos."

Certo, é isso. Preciso de um pouco de proteína. Comi torta de cereja demais. Preciso de um bagel ou quem sabe de um chocolate DoveBar ou algo assim para acalmar os meus nervos.

Digo para Tom que volto logo e me dirijo para o refeitório. Está fechado, porque estamos naquele período estranho entre o almoço e o jantar, mas eu sei que a Magda vai me deixar entrar. Ela deixa... mas fico surpresa de ver que ela não está sozinha ali. Além dos funcionários de sempre, há quatro cabecinhas escuras debruçadas em cima de algo que parece ser lição de casa (do tipo da primeira, terceira, sexta e oitava séries).

Reconheço de cara os filhos de Pete, com o uniforme azul e branco da escola.

— Oi para vocês — digo e lanço um olhar incrédulo na direção da Magda. Ela está sentada à caixa registradora, lixando as unhas. Hoje, elas estão amarelo-limão.

— Oi, Heather — dizem os filhos do Pete em coro, com vários níveis de entusiasmo (as meninas mais do que os meninos).

— Oi — respondo. — O que vocês estão fazendo aqui?

— Estamos esperando o nosso pai — diz Nancy, a mais velha. — Ele vai levar a gente para casa quando terminar a manifestação.

— Não — a irmã a corrige. — Primeiro ele vai levar a gente para comer *pizza*, depois para casa.

— Nós todos vamos sair para comer pizza — Magda diz. — A melhor pizza do mundo, que por acaso fica no meu bairro.

— Não sei, não — Nancy diz, com ar de dúvida. — Tem pizza boa no meu bairro.

Magda faz uma careta.

— Essas crianças acham que Pizza Hut é pizza de verdade — Magda diz para mim. — Explica para elas.

— Pizza Hut não é pizza de verdade — digo a eles. — Do mesmo jeito que aquele balão grandão do Garibaldo que flutua no Desfile do Dia de Ação de Graças da Macy's não é o Garibaldo de verdade.

— Mas o Papai Noel no fim do desfile é o Papai Noel de verdade. — O filho mais novo do Pete me informa, todo sério.

— Bem, claro que é — respondo. Para Magda, eu sussurro, com o canto da boca: — Certo, Madre Teresa. Que história é essa?

— Não é nada — diz ela, toda inocente. — Só estou cuidando deles um pouquinho. Você sabe que Pete não pode levá-los para casa agora, porque ainda está na fileira do piquete, participando da manifestação.

— Certo — eu sussurro em resposta. — E você se ofereceu para dar uma de babá, por acaso. Sem segundas intenções.

Magda dá de ombros.

— Eu fiquei pensando sobre o que você disse ontem — responde, sem me olhar nos olhos. — Pode ser que haja uma pequena possibilidade de que eu não tenha sido exatamente clara em relação às minhas intenções. Eu pretendo retificar isso. E ver o que acontece.

Eu faço um sinal com a cabeça na direção das crianças, que estão mais uma vez concentradas na lição de casa.

— E se você acabar virando a mãe do ano? Achei que você era nova demais para isso.

— Eu sou nova demais para ter filhos *meus* — Magda diz, arregalando os olhos pesados de delineador. — Mas eu aceito os de outra pessoa. Sem problema. Além do mais esses aqui já sabem ir ao banheiro sozinhos.

Balanço a cabeça, pego um chocolate DoveBar e volto para a minha sala. Será minha imaginação ou parece que de repente todo mundo ao meu redor resolveu formar um casal? Eu sei que é primavera e tudo mais, mas falando sério... isso aqui está ficando ridículo. Todo mundo... todo mundo menos eu.

Ah, espera. Eu também tenho namorado. Meu Deus, por que parece que eu nunca me lembro disso? E é um namorado que tem uma coisa para me perguntar, quando chegar a hora certa. Esse não é um sinal muito bom, não é mesmo? Quer dizer, o fato de que eu pareço me esquecer da existência de Tad quando ele não está por perto. Esse não é um presságio muito bom para o futuro do nosso relacionamento.

O mesmo vale para o fato de que eu não consigo tirar da cabeça o sorriso (e, vamos ser sinceros, as mãos) de um outro cara.

Qual é o meu *problema*?

Meu telefone está tocando feito louco quando eu chego à minha mesa. O identificador de chamada diz que é o chefe do Departamento de Acomodação, Dr. Stanley Jessup.

— Oi, Dr. Jessup — digo ao atender. — Em que posso ajudar?

— Você pode me dizer por que fez um comunicado de *persona non grata* para Mark Halstead — Stan diz.

— Ah — eu respondo. — Porque ele tem o costume de passar a mão em uma das minhas residentes. Na verdade, é uma história bem engraçada. A garota tinha uma reunião com o Dr. Broucho para fazer uma queixa formal por escrito a respeito disso na manhã em que ele levou um tiro.

— Você tem certeza de que ela está dizendo a verdade?

— Hum... tenho sim — respondo, com certa surpresa.

— Por quê?

— Porque se houver alguma maneira de você retirar o comunicado, talvez seja bom que o faça. O reverendo Mark é quem vai conduzir a cerimônia em homenagem a Owen, na qual você vai falar. De modo que, nas próximas horas, a situação vai ficar muito, muito desconfortável.

— Quem foi Dr. Owen Broucho?

É com esta pergunta, muito mais do que retórica, que o reverendo Mark Halstead abre seu discurso solene.

Dou uma olhada ao redor para ver se alguém nas cadeiras dobráveis que me cercam tem alguma resposta... mas ninguém tem. Todos estão com a cabeça abaixada... mas não para rezar. Os meus colegas todos estão olhando para telas de celulares ou de BlackBerrys.

Legal.

— Vou dizer a vocês quem foi Dr. Owen Broucho — o reverendo Mark prossegue. — Dr. Owen Broucho foi um homem de convicções. Fortes convicções. Owen Broucho foi um homem que teve coragem de se levantar e dizer *não*.

O reverendo Mark abre bem os braços ao dizer a palavra *não*, e as mangas compridas das vestes dele esvoaçam como uma capa.

— É isso mesmo. Owen Broucho disse *não* à possibilidade de o campus desta faculdade se transformar em local de divisão. Owen Broucho disse *não* à possibilidade de a Faculdade de Nova York ser tomada como refém por um grupo que acreditava que suas crenças eram mais corretas do que as dos outros. Owen Broucho simplesmente disse *não*...

Muffy Fowler descruza as pernas compridas cobertas com meia-calça fina preta (*por que* eu não tive a ideia de ir para casa trocar de roupa antes de vir para cá? Ainda estou de jeans. Estou usando jeans na cerimônia em homenagem à memória do meu chefe. Eu devo ser a pior funcionária do mundo. Não vai ter *como* eu ganhar uma medalhinha Amor-Perfeito nesse ano), inclina o corpo para o meu lado e sussurra no meu ouvido:

— Você não acha que ele é mais fofo do que o Jake Gyllenhaal?

Tom, que se abana com um exemplar da *Us Weekly* que ele pegou do balcão da recepção quando a gente estava saindo, e trouxe consigo para ter apoio moral, fica chocado.

— Morda a língua, mulher — responde com outro sussurro.

— Eu não estava falando com você — diz Muffy. Nós vamos ter que tomar cuidado com esses cochichos, porque estamos na segunda fileira de cadeiras dobráveis (apesar de estarmos bem para o lado em relação ao púlpito de madeira onde, no momento, o reverendo Mark martela o punho). Já fomos pegos cochichando antes, e o reverendo Mark tinha nos lançado um olhar feio que, tenho certeza, todo mundo no ginásio viu, até quem estava na última fileira.

Na fileira à nossa frente está sentada Pam "Não Me Chame de Sra. Broucho", ensanduichada entre a Sra. Allington, a esposa do reitor, e uma mulher que só pode ser a mãe do Owen, a Sra. Broucho Sênior, que, com 80 e tantos anos, tem cara de que pode cair morta a qualquer momento, sem que seja necessária bala nenhuma. As três estão olhando fixo para o reverendo Mark, com lágrimas escorrendo pelo rosto. Só que as lágrimas da Sra. Allington se devem à garrafinha que eu sei que ela carrega na bolsa Prada dela, e em que dá golinhos o tempo todo, quando acha que ninguém está olhando. Cada vez que ela dá um golinho, Tom faz uma anotação no BlackBerry dele. Ele trouxe o telefone porque é mais prático para tomar notas do que a agenda de papel, segundo ele.

— E este homem, este educador profissional, que acreditava tão fortemente em suas convicções, que lutava para fazer deste campus um lugar seguro, com ambiente de aprendizado justo para todos — o reverendo Mark prossegue —, este homem perdeu a vida por seu emprego... um emprego ao qual ele dedicou mais da metade de seus anos... aos jovens deste país. Ele defendeu os nossos jovens durante mais de vinte anos.

O reverendo Mark parece estar tomando carinho pela pessoa em questão. Os integrantes do coral de jovens, em cima de uma plataforma ao lado do púlpito, olham para ele em êxtase... quase com tanto êxtase quanto Muffy e Tom. Não é surpresa o fato de Jamie não estar ali. Ninguém no coral parece estar sentindo muita falta dela. Ou alguma falta dela. Com suas vestes em dourado e branco, os alunos parecem joviais e angelicais, bem diferente de como são no dia a dia, sendo que reconheço alguns deles como residentes do Conjunto Residencial Fischer que eu já peguei contrabandeando barris de chope para dentro do prédio, escondidos embaixo do casaco.

— Reverenciado e admirado por seu dom de se comunicar com a juventude de hoje, o Dr. Broucho nos fará muita falta, e seu falecimento é recebido com muito pesar — o reverendo Mark nos informa. — No entanto, podemos buscar conforto nas palavras do Nosso Senhor Jesus, como João escreveu, no capítulo 3, versículo 16, que aqueles que acreditarem n'Ele jamais perecerão, mas terão a vida eterna.

Dou uma olhada nas Sras. Broucho para ver se elas estão se reconfortando com as palavras do reverendo. A Sra. Broucho Sênior parece ter caído no sono. Pam e a Sra. Allington estão olhando para o reverendo Mark com a boca aberta. Aparentemente, não lhes ocorreu que Owen talvez tenha atingido a vida eterna no reino do Senhor. Eu preciso admitir que essa possibilidade também nunca tinha me ocorrido. Mas eu só tenho uma familiaridade muito leve com a Bíblia.

Ao lado da Sra. Allington, o marido dela, o reitor Allington, está profundamente entretido com seu BlackBerry. Só que, quando olho com mais atenção, percebo que ele não está conferindo o e-mail nem navegando na internet. Ele está jogando Fantasy Football.

— Colegas Amores-Perfeitos — o reverendo Mark prossegue, com sua voz profunda e melódica —, peço aqui que não se enlutem pelo Dr. Broucho, nem lamentem seu falecimento, mas sim que celebrem sua entrada no reino do Senhor.

O reverendo Mark parece estar desacelerando. Dá para ver que o coral está se preparando para dar início ao próximo número. Já escutamos "Bridge Over Troubled Water". Fico imaginando, enquanto folheio meus cartões de anotações para revisar o que vou dizer a respeito do Owen, qual será o próximo número musical. Não faço a menor ideia de que tipo de música Owen gostava. Lembro que uma vez ele mencionou o Michael Bolton e sinto um calafrio involuntário.

Tom dá uma olhada para mim e diz, com ar compreensivo:

— Eu sei. Se ela continuar neste ritmo, vão ter que levá-la daqui carregada — e aponta com a cabeça para a Sra. Allington.

Com algumas garantias finais de que o Dr. Broucho no momento habita a casa do Senhor (moradia bem melhor do que o apartamento de um quarto em que ele vivia anteriormente), o reverendo Mark deixa o púlpito e enxuga a testa com um lenço, fazendo com que suas longas vestes sacerdotais esvoacem atrás de si. Muffy abre seu enorme sorriso cheio de dentes de Miss América para ele quando ele passa por nós. O reverendo Mark retribui o sorriso, mas não com tantos dentes...

Daí o olhar dele recai sobre mim, sentada ao lado de Muffy, e o sorriso desmorona e logo desaparece completamente. Aliás, dá até para dizer que o olhar que ele lança para mim é... bem, mortal.

É. O reverendo Mark não gosta muito de mim.

O reverendo Mark está tão ocupado lançando aquele olhar fixo mortal para mim que quase dá um encontrão no Dr. Jessup, que está se dirigindo ao púlpito, como próximo orador. Dr. Jessup troca um aperto de mão com o pastor e o reverendo Mark profere algumas palavras e coloca a mão em um gesto reconfortante no ombro do chefe do Departamento de Acomodação.

O breve alvoroço me dá oportunidade de olhar ao redor para examinar o ginásio do Centro Esportivo da Faculdade de Nova York, que acabou de mudar de nome (por razões que é melhor nem mencionar). Todas as cadeiras dobráveis e a maior parte das arquibancadas estão cheias de gente. Gente que não conhecia Owen. Gente que só veio para ficar vendo, de boca aberta, a cerimônia em homenagem a um homem assassinado. O piso do ginásio está cheio de flores... e de equipes de filmagem dos canais de notícias locais. Tirando o coral de jovens e os assistentes de residentes do Conjunto Residencial Fischer (cujo comparecimento Tom fez com que fosse obrigatório, informando-os de que teriam de fazer hora extra no balcão da recepção se não aparecessem), quase não vejo alunos.

Tirando um. Ou melhor, dois. Lá, bem no alto das arquibancadas, eu os vejo. Jamie e Gavin. De mãos dadas. E, ah, sim, certo, exatamente naquele momento específico, eles estão se agarrando.

Mas eles estão lá, e não porque alguém os ameaçou, mas para prestar seus respeitos. Os meus olhos se enchem de lágrimas. Meu Deus, o que está acontecendo comigo? Eu nunca fiquei assim tão emotiva por causa de uma vítima de assassinato no meu prédio. Até parece que já não foram muitas. E eu nem *gostava* desta.

Dr. Jessup tosse ao microfone, e eu me viro mais uma vez para o púlpito. O chefe da acomodação agradece ao reverendo Mark pelo belo discurso e então avisa que, a partir de agora, a biblioteca do Conjunto Residencial Fischer ficará conhecida como Biblioteca Owen Leonard Broucho. Uma placa está sendo gravada, e haverá uma cerimônia para que seja instalada, assim que ficar pronta.

Este anúncio é recebido com aplausos, e depois disso Dr. Jessup pede que doações para a Biblioteca Owen Leonard Broucho sejam enviadas para a administração do Conjunto Residencial Fischer.

Ah, que maravilha. Agora eu vou ter que passar o dia inteiro cuidando de cheques, além de tudo o mais. Dr. Jessup diz ainda que, para quem desejar comparecer, serão servidos refrescos no piso principal do centro esportivo (na frente da sala da administração da academia) das seis às seis e meia desta tarde.

O coral de jovens então dá um susto em quase todo mundo neste momento, quando começa a entoar uma versão especialmente animada de uma canção do musical *Hair*. Não é só o fato de "Good Morning Starshine" ser o tipo de música que não se espera escutar em uma cerimônia em homenagem ao falecimento de alguém. É que "Good Morning Starshine" é uma música que não se espera escutar em *lugar nenhum*. Mas as duas Sras. Broucho parecem gostar, juntamente com a Sra. Allington. Todas elas estão segurando um lencinho no canto do olho. Até a Sra. Broucho Sênior acordou um pouquinho e pergunta, em voz alta:

— Já acabou? Acabou?

Infelizmente, a música termina rápido demais, e Dr. Jessup volta ao microfone para dizer:

— E agora, a pessoa com quem o Dr. Broucho trabalhou mais de perto enquanto esteve aqui no campus, a diretora-assistente do Conjunto Residencial Fischer, nossa querida Heather Wells, vai dizer algumas palavras. Heather?

O meu coração, que parecia ter voltado ao ritmo normal desde que Cooper tinha ido embora, dá um pulinho esquisito dentro do peito. Eu nunca tive problema de medo do palco quando a questão era cantar. Afinal de contas, dá para se esconder atrás da música. Mas quando se trata de falar em púbico... pode esquecer. Eu sinceramente prefiro me pendurar em um cabo de elevador ou ser drogada por um presidente de fraternidade psicótico a ter que ir lá falar na frente de toda esta gente.

Aperto as anotações na mão e tento engolir o meu medo, sem me reconfortar nem um pouco com o incentivo de Tom, que sussurra:

— Você consegue!

E o de Muffy:

— Imagine que todos estão de cueca e calcinha! Esse tipo de coisa funciona superbem na *Família Dó-Ré-Mi*, mas, na vida real? Nem tanto.

Traço o meu caminho até o púlpito, pensando mais do que nunca que teria sido ótimo se eu tivesse passado em casa para me trocar antes. Percebo que estou vestida igual aos alunos.

Certa de que vou vomitar, eu me viro para o mar de rostos à minha frente... e é só aí que eu me dou conta de que conheço um número maior deles do que tinha percebido antes. Tipo, sentado bem no meio da fileira de cadeiras dobráveis à minha frente está Tad, que ergue a mão e sorri para me incentivar. Consigo retribuir com um sorriso amarelo e enjoado...

...que desaparece assim que eu percebo que, sentado quatro fileiras atrás dele, está Cooper, que também ergue a mão, achando que eu estou sorrindo para *ele*.

Ai, meu Deus, eu vou vomitar. Simplesmente sei que vou.

Dou uma olhada nos cartões de anotações que empilhei no púlpito e balanço a cabeça. Eu não vou conseguir fazer isto. Não consigo. Por que eu simplesmente não saio correndo atrás do reverendo Mark e dou alguns chutes no traseiro dele? Seria bem mais fácil.

— Oi — eu digo ao microfone. A minha voz ecoa por todo o ginásio e eu fico toda desconcertada. Oi... oi... oi. — Hum... No dia em que eu conheci Dr. Owen Broucho, a primeira coisa que ele tirou da pasta em sua nova sala no Conjunto Residencial Fischer foi um calendário do Garfield.

Olho para o público para ver como está a recepção desta informação. Todos olham rígidos para mim. Menos Tom. Ele enterrou o rosto nas mãos. E Tad. Ele está sorrindo para me incentivar. Cooper simplesmente parece confuso.

É aí que eu reparo no meu pai, na cadeira ao lado da do Cooper. Ai, meu Deus, meu *pai* também está aqui? Falando sério, isto é prova de que Deus não existe.

— O Dr. Broucho — eu prossigo — adorava o Garfield... Mais ainda, acabei descobrindo, do que eu achava. Tanto que, de fato, ele adotou um gato grande e cor de laranja que era a cara dele, e deu a ele o nome de Garfield. E quando o gato teve problemas na tireoide, o que Dr. Broucho fez?

Ele não se preocupou com o dinheiro gasto nos cuidados com um animal doente, nem mandou sacrificá-lo. Ele deu remédio para o Garfield para tratar a doença. Este é o tipo de homem que Dr. Broucho era. Um homem que amava seu gato, o Garfield.

Dou uma olhada na direção de Pam "Não Me Chame de Sra. Broucho". Ela está chorando, e olhando para mim, toda feliz. Bom, ainda bem. Afinal de contas, isto aqui é para ela. E para as outras pessoas que realmente se importavam com o Dr. Broucho. E com Garfield. Estou fazendo a coisa certa. Eu sei disso.

Mas eu vejo que Tom, no momento, está enfiando o dedo na garganta e fazendo trejeitos de vômito.

— A última vez que eu vi Owen — prossigo — ele estava sentado à mesa dele, escrevendo o discurso que iria fazer para os ARs no jantar de formatura no fim do mês. A cerimônia de entrega de diplomas era a função acadêmica preferida de Owen, como ele me disse, porque era uma celebração, segundo ele, de conquista. Não apenas das conquistas dos alunos, mas das conquistas dos funcionários da Faculdade de Nova York. A entrega de diplomas era uma das poucas provas concretas que Owen tinha para mostrar que os nossos esforços rendiam frutos. Cada aluno de último ano que se formava na Faculdade de Nova York era uma vitória pessoal não apenas para a administração, mas para todos os funcionários da faculdade. — Eu olho diretamente para o reitor Allington quando digo isso. — Todas as pessoas que trabalharam juntas para ajudar os alunos a serem aprovados em seus cursos e conseguir seu diploma, desde os assistentes dos professores que corrigiam as provas até os faxineiros que mantinham as salas de aula limpas.

Eu gostaria de dizer que, nesse momento, o reitor Allington se levantou, disse que percebia que eu tinha razão, e declarou que estava colocando fim à greve e aceitando as reivindicações do CAPG.

Mas ele só continuou de cabeça abaixada, obviamente prosseguindo com seu jogo de Fantasy Football.

— Não sei muito bem — prossigo — o que acontece com a gente quando morre. Não sei nada sobre a vida no além. Mas eu sei uma coisa. Neste ano, Owen vai fazer muita falta na cerimônia de entrega de diplomas da Faculdade de Nova York. Mas não posso deixar de pensar que ele vai estar lá em espírito... da mesma maneira que sempre estará aqui, no nosso coração.

Há um momento de silêncio total que se segue a esta última parte do meu discurso. Daí ouvem-se uns poucos aplausos, educados no início. Então, graças a Cooper que se levanta e berra "É ISSO AÍ!", e faz barulhos muito altos com as palmas das mãos, seguido muito em breve pelo Tad, que primeiro lança um olhar assustado por cima do ombro e depois se levanta de um salto e faz a mesma coisa, os aplausos se tornam mais sinceros, até que logo todo o público está em pé, aplaudindo calorosamente.

Alguns segundos depois, Brian (aquele mesmo Brian que tinha aparecido naquela manhã com o Sr. Rosetti no Conjunto Residencial Fischer) se apressa para me substituir ao microfone e murmura, nervoso:

— Hum, obrigado? Obrigado, Heather. Hum, obrigado a todos vocês. Como o Dr., hum, Jessup disse, se desejarem, há refrescos na frente da sala da administração da academia, no andar de cima. Então. É isso. Adeus.

O coral de jovens, talvez inspirado pela notícia, irrompe a cantar. A canção escolhida?

"Kumbaya", aquela musiquinha de incentivo, claro.

Todo o dinheiro do mundo
Não pode comprar este coração nem destruir esta garota
Porque eu sei para onde eu vou e de onde eu vim
E essa é uma estrada que eu não vou pegar de novo

"Ninguém me compra"
Composta por Heather Wells

— Sabe — diz Pam "Não Me Chame de Sra. Broucho", com os olhos vermelhos de lágrimas. — Owen falava de você com muito carinho. Acredito que você e o Garfield eram provavelmente as duas pessoas de quem ele era mais próximo neste mundo no... fim.

— Uau — eu respondo. E parece uma resposta inadequada. Mas o que mais se pode dizer quando alguém fala uma coisa dessas para você? — Obrigada, Pam.

O negócio é que, se for verdade, é completamente desconcertante. Até ele morrer, era raro eu pensar em Owen

Broucho fora do horário de trabalho... isso se é que eu pensei alguma vez.

Mas eu sorrio para as Sras. Broucho, que se juntaram ao meu redor assim que a cerimônia de homenagem terminou como se fossem duas leoas famintas em volta de uma gazela ferida. Tentei não fazer cara de quem estava desesperada para fugir.

— Owen uma vez me disse que nunca viu ninguém digitar tão rápido quanto você — diz a Sra. Broucho Número Um (mãe do Owen), com um fraco sorriso.

Pam assente.

— Ele disse mesmo — ela confirma.

— Bem — digo. — Obrigada, Sra. Broucho. E... Pam. — Owen obviamente estava falando de outra pessoa. Eu digito tipo vinte palavras por minuto.

Olho ao redor, para o átrio em que nos encontramos, no piso principal do centro atlético, que foi transformado em velório temporário, com mesas compridas arranjadas com ponche e biscoitos. Claro que ninguém se deu ao trabalho de fechar o centro esportivo para os alunos, de modo que ainda tem gente de moletom caminhando por entre as pessoas que estão no velório, mostrando a carteirinha para os seguranças temporários (fornecidos pelo Sr. Rosetti e bem diferentes dos nossos seguranças próprios, já que são bem maiores e têm aparência bem mais ameaçadora) para poderem entrar, então olham com curiosidade para as coroas de flores e perguntam: "Isso aqui é algum tipo de festa do sorvete?"

Estou fazendo o que posso para evitar algumas pessoas que apareceram, mas parece que não está dando muito certo. Isso fica mais do que claro quando o meu pai pega no meu braço.

— Hum — digo. — Oi, pai.

— Oi, querida — ele responde. — Posso roubar você por um minuto?

Ótimo. Eu preciso tanto disso quanto preciso... bem, de uma bala na cabeça.

— Claro. Pam... pai, esta aqui é Pam, ex-mulher do Owen.

— Prazer em conhecer — diz o meu pai e aperta a mão da Pam com gosto. Ela tirou o moletom com aquelas bonecas de pano assustadoras e colocou um tailleur preto discreto. Eu o apresento à Sra. Broucho Número Um também e então o acompanho na direção de uma palmeira grande em um vaso ao lado de uma parede de vidro enorme que faz parte do átrio que dá vista para a piscina olímpica fechada da faculdade, lá embaixo. O ar tem um cheiro agradável de cloro. Tenho a sensação de que o cheiro vai ser o único aspecto agradável desta conversa.

— Obrigada por ter vindo, pai — digo. — Não precisava. Significa muito você estar aqui. Você nem conhecia Owen.

— Bem, ele era o seu chefe — diz meu pai. — Eu sei como este emprego é importante para você. Não entendo exatamente *por que* é tão importante. Mas compreendo que você adora.

— É — eu respondo. — Em relação a isso... Ele ergue a mão, mostrando a palma para mim. — Não precisa dizer mais nada.

— Sinto muito, pai, mesmo — eu digo. E estou falando sério também. Eu sinto muito *mesmo*. Bem, pela Mandy Moore.

— Preciso dizer que, se eu não tivesse ouvido o discurso que você acabou de fazer sobre o seu chefe — ele me diz —

eu ficaria pensando... bem, que você estava cometendo o maior erro da sua vida. Mas depois que você disse por que as pessoas fazem o que você faz... acho que eu entendo por que você gosta desse seu emprego... mais ou menos.

— É só que... — eu digo. — Fazer música sobre mamadeira? Não tem nada a ver comigo. Eu tentei. Mas não deu certo. Só acho que a proposta que você e Larry fizeram não ia me deixar feliz. Eu quero fazer sucesso como compositora um dia, acho... mas quero que seja sob os meus termos. Com as *minhas* músicas, sobre as *minhas* experiências. Não para falar de mamadeira. E se isso não acontecer... tudo bem para mim. Porque eu gosto do que estou fazendo agora. E posso esperar. De verdade.

— Bem, foi o que eu achei que você diria. Mas não custava tentar — meu pai diz. — Vou explicar para o Larry. Mas, bem. Eu queria me despedir. Levei a minha última caixa lá para a zona norte hoje de manhã, e passeei com Lucy há meia hora. Não vou voltar. A menos que você me convide, é claro. E eu sempre vou ligar antes de aparecer...

— Ah, pai — digo e dou um apertão nele. Houve alguns momentos (que nem faz muito tempo) em que a presença dele em casa tinha me levado à beira da loucura. Mas agora que ele está indo embora, para falar a verdade, eu estou meio chateada. — Você sabe que pode nos visitar sempre que quiser. Não precisa ligar antes... nem esperar ser convidado.

— Não sei muito bem se Cooper concordaria com isso — diz o meu pai em meio ao meu cabelo, ao retribuir o meu abraço. — Mas tudo bem.

— Como assim? — Eu lanço um olhar assustado para Cooper, que está parado perto da tigela de ponche com Tom, por cima do ombro do meu pai. — O que Cooper disse?

— Nada — responde o meu pai quando me solta. — Agora, seja boazinha. A gente se fala mais tarde.

— Não, estou falando sério — digo. — O que Cooper...

— Heather?

Eu lanço um olhar por cima do ombro. Tad está lá parado, sorrindo para mim, todo tímido. Isto sim é que é momento inoportuno.

— Eu ligo para você — diz o meu pai para mim, de fato fazendo um sinal de telefone com o polegar e o mindinho, e levando até o rosto. Caramba. Quando é que *ele* ficou assim tão Hollywood? Para Tad, ele diz: — Até mais, cara.

Certo. Talvez *não* vá ser tão ruim o fato de o meu pai estar se mudando.

— Como você *está*? — pergunta Tad e faz um carinho no meu braço.

— Estou bem — respondo. Continuo olhando fixo para o meu pai, com tanta intensidade, que não dá para deixar de sentir que os meus olhos estão fazendo buracos nas costas dele. O que foi que Cooper disse? Por que ele não me diz? Por que todos os homens da minha vida conspiram contra mim? Não é justo!

— Estou tentando falar com você faz um tempão — Tad diz. — Mas você não retorna nenhum dos meus recados.

— É — digo ao notar, enquanto o meu pai se afasta, que Cooper, apesar de estar agora na companhia também de Steve, namorado do Tom, e parecer envolvido em algum tipo de conversa (sem dúvida a respeito de basquete universitário), de repente parou e agora está olhando fixo para mim, de maneira descarada. — Eu ando atolada de trabalho. Com a greve e tudo o mais.

— Bem, as coisas vão melhorar. E eu ouvi dizer que Tom ficou com o cargo de diretor interino do conjunto residencial. É uma boa notícia, não é?

— É sim — eu respondo. Será que Cooper disse para o meu pai que ele precisava ligar antes para avisar se fosse lá em casa? E se fez isso, por quê? Por que ele não pode simplesmente dar uma passada lá? Afinal, o que Cooper pode ter tanto medo de que o meu pai possa ver ao chegar lá?

— Heather, está tudo bem? — Tad quer saber.

Eu balanço a cabeça. O que eu estou fazendo? Qual é o meu *problema*? Os homens da minha vida não estão conspirando contra mim.

Ninguém está conspirando contra mim. Eu preciso me acalmar. Eu preciso me *recompor.*

— Está sim — respondo e sorrio para Tad. — Está tudo bem. Desculpe por eu andar tão louca ultimamente. É só que... sabe como é.

Tad assente com a cabeça, em um sinal de quem entende. Com o reflexo azulado da piscina, o cabelo dele assume um leve tom esverdeado.

— Você passou por poucas e boas essa semana — ele diz. — Eu compreendo. Pode acreditar. O que aconteceu com Owen...

— E não é? — eu digo e coloco a minha mão na dele.

— ...e depois ainda descobrem que foi um aluno. Quer dizer, eu ainda não consigo acreditar.

Eu não largo a mão dele. Mas penso em largar. Principalmente quando quase vejo Cooper olhando para cá de novo. Acho.

— Não foi Sebastian, Tad — eu digo, da maneira mais simpática possível.

— Mas é claro que foi, Heather — Tad diz. — Encontraram a arma do crime na bolsa dele.

— Pasta — eu corrijo. — E só porque encontraram a arma do crime com ele, não quer dizer que foi ele.

— Bem — Tad diz. — Não quero ofender, mas é meio ilógico supor que tenha sido outra pessoa. Aquele garoto Blumenthal tinha motivo, e meios, e encontraram a arma do crime com ele, então...

— É — eu digo. Agora eu realmente largo a mão dele. — Mas, ainda assim, é *possível* que não tenha sido ele. Quer dizer, isso você precisa admitir.

— Claro — Tad diz. — Qualquer coisa é *possível*, mas, estatisticamente falando, não é lá muito *provável*...

— Sebastian Blumenthal — digo — pode muito bem ter sido incriminado por alguém. Você já pensou nisso?

Tad fica olhando estupefato para mim, com os olhos azuis lindíssimos escondidos atrás das lentes grossas dos óculos de aro dourado. Eu achava que isso era bom. Sabe como é, o fato de ninguém além de mim poder ver como os olhos dele eram bonitos.

Mas agora eu fico aqui me perguntando se é mesmo tão bom assim, no final das contas. Penso que talvez essas lentes tenham impedido que *eu* enxergasse alguma coisa que deveria ter percebido antes. Alguma coisa fundamental a respeito de Tad. E também não estou falando sobre como ele é bonito e tudo mais. Mas que, por mais legal que Tad seja e tudo mais, talvez ele também seja um bobão?

— Heather — ele diz. — Isso não faz o menor sentido. Quem faria algo assim? Quem teria todo esse trabalho?

— Hum — respondo. — Que tal o verdadeiro assassino? Só para dar um exemplo? Você não assiste a *Law & Order*, Tad? Você nunca nem *assistiu* a um episódio de *Murder, She Wrote*? — Frustrada, tiro uma mecha de cabelo rebelde de cima dos olhos. É quase como se eu estivesse afastando um véu que estava ali havia meses e enxergasse Tad com clareza pela primeira vez. — Tad, você tem uma lancheira do *Scooby Doo* na sua sala. Você alguma vez assistiu a *Scooby Doo*?

— Foi um aluno que me deu aquilo — responde Tad. — Qual é o problema, Heather? Você sabe que eu não acredito em televisão. Por que está agindo assim?

— Como é que você pode não *acreditar* em televisão? — eu exijo saber. — Como é que você pode não acreditar em uma coisa que nunca fez mal a ninguém? Claro que, em doses grandes demais, a televisão pode fazer mal. Mas isso vale para qualquer coisa. Para chocolate, por exemplo. Até para sexo!

Tad continua olhando perplexo para mim.

— Heather — ele diz. — Acho que talvez você esteja precisando ir para casa para se deitar um pouco e tomar um chá de ervas ou algo assim. Porque você me parece um pouco alterada.

Eu sei que ele tem razão. Ele tem cem por cento de razão. Além do mais, eu não estou sendo justa.

Mas eu não consigo parar. É como se uma parte de mim tivesse explodido ali, atrás do púlpito, e agora alguma coisa está escorrendo para fora de mim, uma onda que é alguma parte fundamental da minha pessoa, e que eu não posso deter.

Só que eu também não sei se desejo detê-la. Nem sei dizer se é uma coisa ruim.

— O que você queria me perguntar, Tad? — Me ouço perguntar em tom assertivo.

Ele olha para mim, absolutamente confuso.

— O quê? Quando?

— No outro dia — eu respondo. — Você disse que tinha uma coisa para me perguntar, quando chegasse a hora certa. O que era?

Tad fica corado. Pelo menos, eu acho que fica. É difícil saber com aquela luz da piscina. Basicamente, ele só está esverdeado.

— Você acha que o momento certo é *agora*? — ele pergunta. — Porque eu não...

— Ah, *pergunta* logo — rosno. É sério, eu não sei o que deu em mim. Parece que de repente eu virei Sarah. Antes da transformação.

Tad parece assustado demais para fazer qualquer coisa que não seja o que eu estou mandando.

— Certo — diz ele, quase como se estivesse ganindo. — É só que tem um pessoal do departamento de matemática que vai passar o verão fazendo a Trilha dos Apalaches... sabe como é, caminhando de dia e acampando à noite... e eu só queria saber, sabe como é, se você está interessada em vir com a gente. Eu sei que você não gosta tanto assim de ficar ao ar livre, e é claro que você precisa trabalhar, mas eu achei que, se você conseguisse uma licença, podia querer nos acompanhar. Acho que vai ser muito divertido. Nossa ideia é comer o que estiver disponível por lá, longe de tudo, sem celular, nem iPod... vai ser uma experiência totalmente enriquecedora. O quê... O que você acha?

Fico um minuto só olhando fixo para ele.

Daí, lentamente, eu percebo que aquela coisa que se rompeu dentro de mim de repente voltou para o lugar certo.

Eu me sinto inteira mais uma vez.

E também sinto vontade de rir. De rir muito.

Mas eu sei que isso não seria exatamente apropriado, sob as atuais circunstâncias (sendo que por circunstâncias eu compreendo tanto o momento logo em seguida à cerimônia em homenagem ao Dr. Broucho e o fato de que o meu namorado acabou de me convidar, com toda a seriedade, para passar o verão com ele, percorrendo a Trilha dos Apalaches).

— Bem, Tad — digo, esforçando-me ao máximo para manter a expressão séria. — Fico totalmente lisonjeada, Mas, sabe, só estou neste emprego há pouco menos de um ano, então acho que vai ser mesmo muito difícil conseguir tanto tempo assim de folga.

— Mas você provavelmente consegue uma semana — Tad diz. — Quem sabe você passa uma semana com a gente?

A ideia de passar a minha única semana de férias de verão em uma trilha suja, suarenta e infestada de insetos, sem tomar banho e comendo castanhas e frutas silvestres com um bando de professores de matemática quase me faz chorar. De tanto rir.

Mas eu me mantenho firme, mordendo as minhas bochechas por dentro, com força.

— Acho que não — eu respondo. As palavras soam estranhas, devido ao fato de eu estar me mordendo com tanta força. — Tad... acho que isso aqui não vai dar certo.

Tad parece aliviado. Mas também passa a impressão de estar se esforçando para esconder.

— Heather — ele diz, com cautela. — Você está... você está terminando comigo?

— Estou — respondo. — Sinto muito, Tad. Eu gosto de você e tudo o mais, mas acho que é melhor nós mantermos a nossa relação apenas como sendo de aluna-professor. Se a morte do Dr. Broucho serviu para nos ensinar alguma coisa, é que a vida passa rápido, e é melhor não perder tempo com relacionamentos que obviamente não vão dar certo.

Tad parece tão aliviado que eu fico preocupada se ele não vai desmaiar. Eu me preparo para o caso de precisar segurá-lo.

— Bem — diz, ainda se esforçando para parecer triste. — Se você acha mesmo que assim é melhor...

— Acho sim — respondo. — Mas quero continuar a ser sua amiga. Certo?

— Ah, claro que sim — diz Tad.

Tad parece mais aliviado do que nunca.

Mas o alívio dele parece se transformar em alarme quando, um segundo depois, Muffy Fowler se coloca ao meu lado, examina Tad de cima a baixo por sob os cílios e pergunta:

— Oi, Heather. Você não vai me apresentar o seu amigo?

— Ah, mas é claro que sim — eu respondo. — Muffy, este aqui é Tad Tocco, o meu professor de matemática. Tad, esta é Muffy Fowler. Ela é a nova responsável pelas relações públicas do gabinete do reitor. — E então eu completo, por razão nenhuma além de... e por que não? — Ela também adora ficar ao ar livre.

— Eu adoro? — pergunta Muffy e então solta um gritinho quando eu dou um chute na canela dela. — Ai, quer dizer, é verdade, eu adoro.

— Ah — Tad diz e estende a mão direita na direção da Muffy. — Oi.

— Oi — Muffy responde, e brilha. E juro que não estou inventando. Muffy realmente consegue brilhar. — Eu bem que gostaria que os meus professores de matemática tivessem sido iguais a você quando eu estava na escola. Talvez assim eu tivesse prestado mais atenção às frações.

— Hum — o Tad diz, com cara de quem está confuso. — De que tipo de atividade ao ar livre você gosta?

— De todas — responde Muffy, sem deixar a peteca cair. — Por quê? Quais são as *suas* preferidas, Tad?

Ao notar que Cooper continua olhando fixo para mim (e que também faz gestos para que eu vá até onde ele está), digo:

— Será que vocês podem me dar licença um minuto? Eu volto logo.

— Não se apresse — Muffy ronrona e estica a mão para ajeitar a gravata de fibra natural de cânhamo do Tad, que está um pouco torta. Tad, naturalmente, parece assustado.

Mas também um pouco animado. Fica bem óbvio que ele não consegue tirar os olhos da fenda generosa que sobe pela saia-lápis da Muffy.

Caramba. Homens.

— O que foi? — pergunto quando me aproximo do Cooper, que começou a se deslocar na minha direção no minuto em que percebeu que eu tinha me desvencilhado de Tad e Muffy.

— Que negócio foi aquele? — ele pergunta e faz um movimento com a cabeça na direção de Tad.

— Não é da sua conta — respondo. — O que você quer?

— Ele falou para você ir morar com ele? — Cooper pergunta. — Ou não?

— Eu já disse — eu digo. — Não é da sua conta. — Não posso deixar de notar que, em um canto um pouco afastado, Gavin e Jamie estão se agarrando. Meu Deus. Arrumem um quarto logo.

— Meio que é *sim* da minha conta, como eu já observei antes. Mas vou deixar para lá, por hora. Eu fiz uma pesquisinha sobre o seu amigo reverendo Mark quando cheguei em casa — Cooper diz. — Aliás, belo discurso o que você fez.

— Obrigada por ter batido palmas daquele jeito — eu digo, com sinceridade. — Mesmo. Owen era meio que um pé no saco, mas ninguém merece morrer daquele jeito.

— Bem, Halstead tinha motivo para ficar assustado — Cooper prossegue. — Talvez até tivesse razão suficiente para matar. Ele foi demitido do último emprego por "motivos não revelados", e a mesma coisa aconteceu no emprego anterior. Você sabe o que "motivos não revelados" significam.

— Claro — eu respondo, com amargor. — Significa que, mais uma vez, o departamento de RH da prestigiosa Faculdade de Nova York não checou as referências de um funcionário em potencial antes de contratá-lo. Então, o que a gente faz agora?

Cooper olha por cima do meu ombro.

— Não sei, mas é melhor pensarmos rápido, porque ele está vindo para cá. Acho que ele quer falar com você.

— Ah, eu *sei* que ele quer falar comigo — eu respondo. — Hoje à tarde, eu emiti o aviso de *persona non grata* contra ele. Deve estar louco da vida com isso.

— Heather — diz Cooper, pega o meu braço e me puxa para bem perto dele, de modo que de repente a boca dele está quase encostada na minha orelha, com a respiração dele quente contra a minha bochecha... o que causa uma reação instantânea pela minha espinha, que parece ter se transformado em gelatina. — Independentemente do que você faça... não saia daqui com ele. Você entendeu? Fique em um lugar onde eu possa enxergar você.

Eu só preciso virar a cabeça, só um pouquinho, e aqueles lábios que estão perto da minha orelha vão estar na minha boca.

Só estou dizendo. Que é a única coisa que eu precisava fazer.

Mas não faço, é claro.

Mas eu poderia fazer.

— Certo — respondo com a voz fraca.

E então ele me solta.

19

Cashmere e camurça de Milão e Paris
Parecem me chamar, por que você não nos veste?
Não é o preço, nem o fato de eu ser pão-dura
É só que nada disso existe em tamanho 44

"O lamento da garota de ossos largos"
Composta por Heather Wells

Como que por milagre, eu não caio no chão. Não sei como. Mas, de algum modo, meus joelhos me seguram, e eu permaneço em pé.

O que Cooper Cartwright tem que um simples toque dele é capaz de transformar a minha espinha em gelatina e deixar os meus joelhos fracos? Simplesmente é tão... errado. Quer dizer, o fato de ele ser capaz de fazer isso, ao passo que o meu próprio namorado (ops, ex-namorado) simplesmente... não era.

Mark Halstead está sorrindo ao caminhar na minha direção, com passos sem pressa, o rosto relaxado. Muffy tem razão. Ele é *mesmo* mais fofo do que o Jake Gyllenhaal. Não é para menos que tantas meninas do coral de jovens de Jamie não se importavam quando ele passava a mão nelas "sem querer".

— Você é Heather, certo? — diz ele, quando finalmente me alcança. Ele já tirou as vestes de sacerdote. Por baixo, estava usando um paletó esporte azul-marinho e calça de sarja. Calça de sarja! Pelo menos não tem pregas na parte da frente.

Dou uma conferida nos sapatos dele e logo desvio o olhar, com um calafrio.

Ah sim. Mocassins. Com *badalinho*.

Ele parece a Fada Sininho. Se a Fada Sininho tivesse cabelo escuro. E fosse bem mais peluda.

— É — respondo. Sinto uma necessidade repentina e quase incontrolável de correr até a mesa de biscoitos e enfiar o maior número possível na boca. E, além do mais, são dos bons. Feitos em casa (bem, pelo pessoal da confeitaria do centro estudantil), não comprados prontos. Ainda tem um monte com pedacinhos de chocolate. E até alguns brownies.

— Escuta — diz Mark. — Sei que este provavelmente não é o melhor lugar para tratar deste assunto, mas eu tive uma notícia bem desconcertante hoje à tarde, e não posso deixar de pensar que houve algum tipo de mal-entendido, e se estiver tudo bem para você, eu gostaria de tentar resolver isso agora, se for possível, para que possamos deixar isso para lá o mais rápido possível...

É isso. Preciso de um brownie. Eu me viro e me dirijo para a mesa mais próxima.

— Não foi mal-entendido — respondo enquanto escolho com todo o cuidado um biscoito com pedacinhos de chocolate (sem castanhas) que é quase do tamanho da minha cabeça. — Eu recebi uma reclamação sobre você de uma residente e, pela segurança física e mental dela, até que você fique isento de culpa em uma audiência formal do conselho da diretoria, fiz com que você fosse considerado *persona non grata* no meu prédio.

As sobrancelhas escuras do reverendo Mark sobem (muito) de surpresa.

— Uma audiência... espera. Você está brincando comigo, né?

Enfio os dentes no biscoito. Delicioso. Essa é a diferença dos biscoitos feitos em casa, na comparação com aqueles comprados no supermercado. Eles são feitos com manteiga de verdade, nada daquela coisa hidrogenada que, vamos ser sinceros, nem dá para saber o que é.

— Não — respondo. Nem mastigo. Não precisa. O biscoito derrete na minha boca. — Não estou mesmo.

— Como é que você pode simplesmente tomar a palavra dessa menina em detrimento da minha, dessa maneira categórica? — pergunta o reverendo Mark.

— Porque eu posso — respondo. — Eu gosto dela.

— Eu nem vou ter uma chance para me defender?

— Claro — eu digo. — Na audiência formal.

— Mas eu nem sei do que estou sendo acusado — Mark solta. — Não é justo!

— Ah — digo e engulo. — Acho que sabe, sim. Você já conversou com... estou usando o termo de maneira generalizada. Uma pessoa menos generosa poderia ter dito "ameaçou"... a vítima, e tentou convencê-la a não entrar com queixa formal por escrito uma vez. É sorte sua o fato de que a pessoa com quem ela iria fazer uma reunião para registrar a queixa tenha morrido de repente. — Eu aperto os olhos para ele. — Não é?

Mas Mark não morde a isca. Em vez disso, ele diz, parecendo agitado:

— Você não compreende. Jamie Price é uma garota doce, mas ela... é confusa. Ela confunde gestos de amizade como algo de natureza sexual.

Eu sinceramente espero que ele não se vire e perceba que Jamie no momento está no canto do salão com a língua enfiada na garganta de um certo colega de primeiro ano da Faculdade de Nova York.

— Ela na verdade está desequilibrada — Mark prossegue. — Eu ia recomendar que ela fizesse aconselhamento.

— É mesmo? — eu digo. O biscoito, que eu terminei, não me caiu muito bem. Talvez eu precise de mais alguma coisa para ajudar a acalmar o meu estômago. Mas o quê? Reparo que Tad e Muffy, lá perto da tigela de ponche, continuam conversando. Então, ponche não é uma alternativa. Também reparo que Cooper está de olho em mim, como ele tinha prometido. Ele está ali parado perto dos bolinhos de casamento mexicanos. Humm, bolinhos de casamento mexicanos. Pedacinhos macios, granulados e cheios de manteiga... — Essas são as coisas que você pode mencionar na audiência — digo ao reverendo Mark. — Mas eu acho que talvez você mesmo deva procurar algum tipo de aconselhamento também.

— Aconselhamento para mim? — Mark parece estupefato. — Por que eu faria *isso*?

— Bem — eu digo. O meu olhar pousa sobre as Sras. Broucho, que estão trocando apertos de mão com o reitor Allington e a esposa dele, que parecem estar indo embora. O reitor Allington está com a mão no braço da esposa... até onde eu posso ver, é a única coisa que a mantém em pé. A Sra. Allington só fica repetindo "Os passarinhos, os passarinhos", falando das cacatuas de estimação dela, a que ela sempre se refere nos momentos em que passa do ponto na bebida.

— Pelo que eu soube — eu digo ao reverendo Mark, esforçando-me muito para desviar o olhar dos trejeitos altamente divertidos da Sra. Allington — esta não é a primeira vez que você se depara com esse tipo de coisa.

O rosto de Mark muda. Ele passa de bonitão despretensioso para nervoso e sombrio em uma fração de segundo. Antes que eu me dê conta, a mão dele está no meu braço, com os dedos me agarrando com tanta força que dói. Bem, não dói exatamente, mas me incomoda muito.

— Ai — digo e olho ao redor, em busca de Cooper.

Mas tem alguma coisa acontecendo ali no balcão da segurança. E essa coisa é que uma pessoa que ninguém esperava que fosse comparecer à cerimônia em homenagem ao Owen Broucho (ou pelo menos à parte dos refrescos) acabou de chegar.

E essa pessoa é o suspeito de ser o assassino dele, Sebastian Blumenthal.

Dizer que uma confusão infernal se instalou é pouco. O segurança, como todos os seguranças em todos os lugares fazem (à exceção de Pete, é claro), deixa que ele entre, e Sebastian, com Sarah e seu maxilar quadrado atrás dele, vão direto na direção da Pam "Não me Chame de Sra. Broucho". Não faço ideia de como ele sabia que ela era a não viúva consternada... talvez por ela estar em pé ao lado da mãe do falecido, com toda a sua idade, recebendo pêsames.

De qualquer modo, todos os olhares do local, incluindo o meu e o de Cooper, são atraídos para o pequeno drama que se desenvolve quando Pam, por instinto, se afasta de maneira brusca da mão estendida do Sebastian, que diz, com sinceridade:

— Sra. Broucho? Sinto muito pela sua perda...

...Neste momento Mark Halstead dá um puxão no meu braço que me pega desprevenida e me arrasta para uma porta lateral próxima que vai dar no departamento de natação.

Suponho que o meu gritinho de alarme teria servido para avisar às pessoas mais próximas de mim que eu estava em perigo... se o berro de ultraje de Pam não tivesse abafado tudo o mais que pudesse ser audível em um raio de 8 quilômetros (estou exagerando, mas falando sério, que pulmões aquela mulher tem).

Eu não fico esperando para ver o que acontece em seguida, porque em um minuto estou no átrio com todas as outras pessoas e, em seguida, estou na escada.

Mas desconfio que unhas foram lançadas diretamente para dentro das órbitas oculares de Sebastian.

Falando sério, não sei o que Sarah estava pensando ao deixar que ele a convencesse de vir até aqui. Ela precisava saber que essa era uma péssima ideia. Claro que é possível Sebastian só ter a intenção de mostrar seu respeito.

Mas será que ele não podia ter feito isso em uma situação menos pública, em que os sentimentos não estivessem assim tão à flor da pele?

De todo modo, além do berro da Sra. Broucho Número Dois, eu não consigo ver como as Sras. Broucho Número Um e Dois reagem ao fato de o suposto assassino de Owen comparecer à cerimônia de homenagem ao falecimento dele. Isso porque Mark me jogou para dentro daquela escada e me pressionou contra a parede de blocos de concreto em um piscar de olhos, e ali ele parece estar se esforçando muito para me convencer de que eu devo guardar a informação a respeito dos empregos anteriores dele (e subsequente demissão) só para mim.

Não posso deixar de me preocupar com o fato de que estamos parados em cima de uma escada muito íngreme e que Mark é, para a profissão que tem, incrivelmente forte. Não está fora do reino do plausível a possibilidade de ele me jogar para baixo daquela escadaria, eu quebrar o pescoço e ele afirmar que a minha queda foi um acidente. Todo mundo acreditaria nele. Afinal de contas, eu não sou conhecida pela minha graça.

— Olha — Mark está dizendo e me sacudindo com força no agarrão dele. Agora, está com as mãos em volta dos meus braços. Os polegares dele de fato estão interrompendo a minha circulação. — Não foi culpa minha o que aconteceu com aquelas outras meninas! Eu sou um cara bonito! As meninas dão em cima de mim! É claro que eu digo não, e daí elas ficam bravas e me denunciam! Não sou eu... são elas!

— Mark — digo, com a voz mais calma que consigo. Há apenas uma cerquinha de metal muito frágil que nos separa da escada. O cheiro de cloro é pungente no ar. Faz com que eu me lembre de todas as vezes que tentei queimar calorias nadando na piscina. É. Até parece que funcionou. Eu chegava em casa faminta, uma vez comi um pão integral Roman Meal inteiro. Sem passar nada nele. — Eu não me importo com as outras garotas. Eu me importo com Owen.

— Owen? — o rosto de Mark se contorce em confusão. — Quem diabos é OWEN?

— Owen Broucho — eu lembro a ele. — O homem que você acabou de homenagear.

— O que *ele* tem a ver com isto aqui? — Mark quer saber. — Cristo... ele não disse que eu dei em cima dele também, disse? Eu posso ser muitas coisas, mas não sou GAY.

Eu rio. Não consigo me conter.

— Certo — digo. — Essa foi boa.

— Estou falando sério — Mark diz. — Heather, eu sei que tenho um problema. Mas, quer dizer... tem muita menina que gosta. Principalmente as que não são tão bonitas quanto as outras, sabe como é? As sem graça... as gordinhas... elas ganham um fôlego de autoestima. Não tenho nenhuma má intenção. De verdade. Só gosto de fazer com que elas se sintam bem.

Eu aperto os meus olhos para ele.

— Meu Deus — digo. — Você é realmente inacreditável. E você sabe disso, não é mesmo? Você é nojento.

— Deus me deu um dom, Heather — Mark insiste, com o rosto a centímetros do meu. — Esta beleza, esta personalidade... minha missão é levar alegria aos outros. Minha missão é usar o que eu tenho para fazer o trabalho d'Ele...

— E desde quando — questiono — matar os outros é o trabalho do Senhor?

— Matar? — Mark fica olhando para mim, estupefato. — Do que você está falando?

— Certo — respondo, cheia de sarcasmo. Estou enrolando, é claro. No fim, Cooper vai acabar descobrindo qual foi a porta que o Mark usou para me arrastar para fora do átrio e vai irromper por ela. Até lá, só preciso fazer com que ele continue falando. Afinal, se ele estiver ocupado falando, não vai se ocupar fazendo outras coisas. Tipo me matando. — Como se você não tivesse dado um tiro no Owen pela janela da sala dele ontem de manhã — digo — para impedir que ele denunciasse você para o seu supervisor e para o conselho da diretoria.

Mark continua só olhando fixo para mim.

— O quê? O que é que você...

— Vamos lá, Mark — digo. — Todo mundo sabe que foi você. Jamie sabe. Eu sei. A polícia sabe. É melhor você se entregar. Você pode plantar revólveres entre os pertences de pessoas inocentes o quanto quiser, mas a verdade é que você vai acabar sendo pego. É só uma questão de tempo.

É aí que o Mark faz uma coisa extraordinária.

Ele cai na risada. E então me larga.

— É *disso* que você está falando? — ele pergunta e caminha até a outra ponta da escada, passando a mão pelo cabelo escuro e volumoso. — Você acha... Meu Deus. Não pode estar falando sério.

— Ah, posso garantir — digo, sem tirar os olhos da porta. A qualquer segundo, tenho certeza, Cooper vai aparecer ali. Eu poderia correr nessa direção, mas tenho certeza de que Halstead vai me deter antes que eu dê um passo sequer. Vai me deter e então vai me jogar por cima da cerquinha, para a minha morte. — O que eu estou dizendo é tão sério quanto um ataque cardíaco.

— Como eu posso ter matado o seu chefe? — Mark quer saber. — Já pegaram o cara que fez aquilo!

— *Você* atirou nele — eu digo — e plantou o revólver na bolsa do Sebastian.

— Ah, certo — Mark diz, com muito sarcasmo... Quero dizer, para um pastor. — E a que horas mesmo o seu chefe levou aquele tiro?

— Entre as oito e as oito e meia da manhã de ontem — eu respondo.

— Certo — Mark diz. — Você está falando do horário em que eu celebro o culto da manhã todos os dias, entre as sete e meia e as oito e meia, perante nada menos do que entre vinte e trinta alunos? Será que você pode me explicar como eu saí de fininho na frente de todos eles, atirei no seu chefe, voltei sorrateiro e continuei o culto sem que nenhum deles notasse que eu me ausentei?

Eu engulo em seco. Não é para menos que o inspetor Canavan não estava com pressa nenhuma para sair correndo e prender o reverendo. Não era porque ele já tinha um suspeito em custódia.

Era porque o reverendo Mark tinha um álibi sólido como pedra.

— Ah — digo.

Droga. E eu também queria muito que ele fosse o assassino.

— Sabe — Mark diz, em tom irritado. — Estou ficando cansado demais de gente que parte do princípio de que, só porque alguns líderes religiosos se revelaram ser menos do que honestos, *todos* os homens de hábito devem ser desonestos no âmago. Aparentemente, nós todos abusamos de crianças, somos adúlteros ou matamos a sangue-frio.

— Bem — digo. — Sinto muito. Mas você acabou de confessar que dava em cima de garotas sem graça ou gordinhas para aumentar a autoestima delas. Isso é uma sacanagem total, principalmente levando em conta que você tem posição de poder em relação a elas, e que elas provavelmente se sentem intimidadas demais para mandar você parar quando não se sentem à vontade.

Mark solta um barulho que se parece com um balido de protesto.

— Não é sacanagem! — diz ele. — Na verdade, é muito...

Mas ele não tem oportunidade de explicar o que é na verdade muito. Porque, naquele momento, a porta se abre com uma explosão e um borrão de cabelo escuro irrompe por ela.

— Heather — Cooper diz em tom imperativo, ao me ver com as costas ainda pressionadas contra a parede de blocos de cimento. Os olhos dele estão arregalados de emoção. Não sei dizer exatamente qual emoção. Mas alguma coisa me diz que na verdade pode ser... medo. No mínimo, é ansiedade. — Tudo bem com você?

— Está tudo bem comigo — respondo, meio mal-humorada. Ainda não consigo acreditar que estava errada sobre o reverendo Mark.

— Eu disse para você ficar onde eu pudesse ver — ele diz, irritado.

— É — respondo. — Bem, o reverendo Gostosão aqui tinha outras ideias.

Essa foi a coisa errada a se dizer porque, antes que eu me desse conta, Cooper atravessou os poucos metros que o separam de Mark Halstead em um passo só, aparentemente alheio à expressão de pânico que toma conta do rosto do reverendo quando ele o faz. Um segundo depois, Cooper já se lançou com toda a força, com o ombro na frente, em cima da barriga de Halstead.

Então, os dois saem rolando escada abaixo.

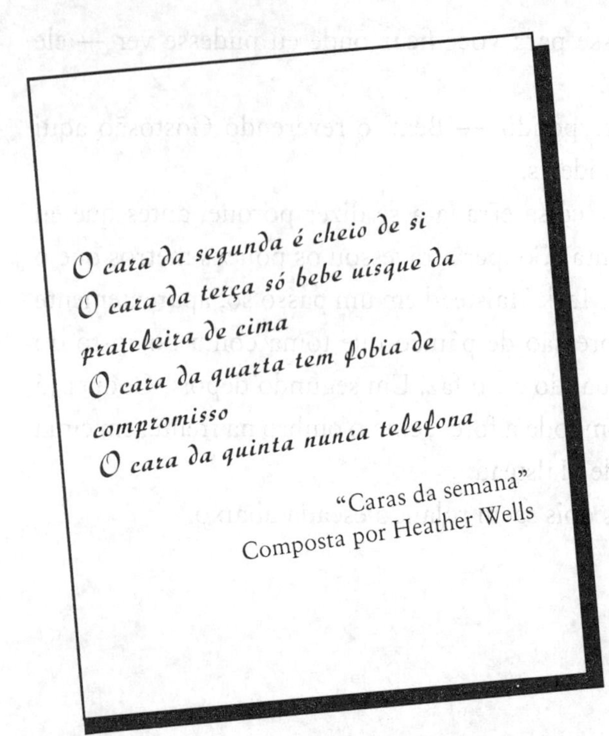

São necessários os esforços combinados de Tom, Steve, Gavin, os meus e de Jamie ("É o adestramento", ela me informa quando eu comento sobre a força impressionante que ela tem nos braços.) para separar Cooper do reverendo Mark. Quando conseguimos, descobrimos que demoramos demais para evitar maiores danos. Os paramédicos depois diagnosticam nariz quebrado e costelas luxadas (reverendo Mark) e dedo deslocado acompanhado de suspeita de concussão (Cooper). No entanto, é impossível confirmar a concussão do Cooper, porque ele se recusa a ir até o hospital.

— O que eles vão poder fazer em relação a uma concussão? — pergunta, depois que o atendente coloca o dedo mínimo dele de volta no lugar. — Dizer para eu não tomar codeína e mandar alguém me acordar a cada duas horas para ter certeza de que eu não entrei em coma? Desculpe, posso fazer isso em casa.

Mark, surpreendentemente, mostra-se muito despreocupado em relação ao nariz e se recusa a dar queixa, mesmo depois de descobrir que a pessoa que o atacou é um Cartwright, da Cartwright Records.

— Talvez — diz ele para mim, quando está sendo colocado dentro da ambulância (diferentemente de Cooper, o reverendo Mark está ansiosíssimo para ser levado ao hospital St. Vincent's, possivelmente para assim poder adiar perguntas desagradáveis que os superiores dele podem fazer lá na capela dos alunos) — isto aqui resolva o meu probleminha, já que vou ficar menos atraente para as moças.

— É — eu digo a ele. — Boa sorte com isso.

Mesmo assim, eu vou continuar com c comunicado de *persona non grata* válido, mesmo que ele não tenha matado o Dr. Broucho. E Jamie também vai mesmo fazer a queixa formal dela contra ele... e ela será acompanhada pelas minhas anotações sobre as coisas que ele admitiu para mim, mais o fato de ele ter sido demitido dos cargos anteriores por motivos não revelados.

Quero dizer, fala *sério*. Ele pode não ser um assassino.

Mas continua sendo um pervertido.

— Bem — Sebastian diz quando caminhamos lentamente de volta para o Conjunto Residencial Fischer depois que os ânimos se acalmaram. Lentamente porque estamos acompanhando o ritmo de Cooper que, apesar de negar, parece ter sofrido algumas contusões que não mencionou para os paramédicos e que estão atrapalhando um pouco o avanço dele. — Aquilo foi... superdesconfortável.

— É, bem, tudo estaria tranquilo se você não tivesse aparecido — não consigo deixar de explodir. Estou meio que pairando ao lado de Cooper, pronta para segurá-lo se ele cair. Ele acha isso nada divertido, e já me pediu para sair da frente duas vezes. Eu disse para ele que só estava tomando conta dele, do mesmo jeito que ele fez comigo lá no centro esportivo, mas ele observou que, até onde ele sabia, não tinha nenhum pastor homicida atrás dele.

Isso só serve mesmo para provar que nenhuma boa ação jamais fica sem castigo.

— A culpa é toda minha — diz Sarah, enquanto avançamos lentamente pela Bleecker Street, passando pelos clubes de comédia no subsolo e os salões de manicure e restaurantes de sushi no nível da rua. — Eu achei que seria boa ideia se Sebastian fosse à cerimônia de homenagem para transmitir seus sentimentos. Nunca me ocorreu que a Sra. Broucho pudesse ser assim tão louca.

— Bem, como é que você achava que ela iria reagir? — Gavin quer saber. — O ex-marido dela acabou de ser apagado.

— Mas o negócio é exatamente esse. — Continua Sarah prossegue. — Ele é o ex, e não o atual marido dela. A reação dela foi completamente desnecessária. Aquela mulher obviamente tinha questões mal resolvidas com Owen. Isso está bem óbvio.

Não posso deixar de notar que Sarah e Sebastian estão de mãos dadas. Então, parece que o jantar com a família

Blumenthal correu bem. Aliás, Cooper e eu somos os únicos no grupo que caminha de volta para o Conjunto Residencial Fischer que *não* estão de mãos dadas. O amor realmente está no ar.

De fato, eu tinha olhado ao redor depois que os paramédicos foram embora, mas Tad tinha desaparecido. E não pude deixar de notar que o mesmo valia para Muffy.

Não estou dizendo que os dois saíram juntos nem nada. Só não pude deixar de notar que os dois não estavam mais lá.

Claro que, àquela altura, já não tinha mais ninguém por lá. Acontece que, quando duas ambulâncias aparecem em uma cerimônia de homenagem à morte de alguém, serve de indicação de que a festa acabou. Tom e Steve já tinham ido para a casa deles do outro lado da praça, e isso era compreensível. E é claro que os Allington tinham ido embora com o carro com chofer deles, e as Sras. Broucho também.

Mesmo assim. Seria de se pensar que Tad, pelo menos, teria ficado mais um pouco, no mínimo para me acompanhar até em casa, levando em conta que, até onde ele sabia, alguém tinha acabado de tentar me matar.

Mas acho que, depois que você termina com um cara, a gentileza desaparece.

— Eu só acho que, se você queria mesmo se apresentar para a ex dele, podia ter escolhido um momento melhor — digo para Sebastian.

— Mas este é exatamente o ponto — diz Sebastian. Nós chegamos à MacDougal, e viramos nela. O Conjunto Residencial Fischer fica a apenas dois quarteirões dali. A distância, já escutamos o clamor do comício do CAPG na praça.

Aquele em que eu não vou cantar "Vontade de te comer".

— Eu já conhecia Pam.

— Hum, bela tentativa — digo. — Mas isso é impossível. Ela só chegou aqui hoje. E você só saiu da cadeia há algumas horas, certo?

— Estou com fome — Jamie diz. E não é para menos. Estamos passando pela West Third Street, e a brisa da noite está soprando de um jeitinho que pega o cheiro fragrante do Joe's Pizza e lança na nossa direção.

— A gente pode pedir alguma coisa quando chegar em casa — diz Gavin. — A menos que você queira sair.

— Beleza — diz Jamie, toda alegre. — Eu gosto de calabresa e champignon. E você?

— Mas que coisa — responde Gavin. — Eu simplesmente *amo* calabresa e champignon.

— Nós conhecemos Pam na roda de xadrez ontem — diz Sarah, quando atravessamos a West Third e nos dirigimos para a West Fourth. — Pelo menos, acho que sim. Era alguém igualzinha a ela. Certo, Sebastian?

— Certo — responde Sebastian. — Ela fez um monte de perguntas sobre o CAPG. E pegou alguns dos nossos folhetos.

— Ela não pode ter feito isso — digo. — É impossível. Ela não estaria em Nova York ontem de manhã. Ela não pode ter chegado aqui assim tão rápido. Ela mora em Iowa.

— Em Illinois. — Cooper me corrige.

— Tanto faz — digo. — Ela apareceu no Conjunto Residencial Fischer hoje de manhã com a mala dela.

Sarah parece confusa.

— Bem, então, quem era aquela mulher ontem, Sebastian?

— Não sei. — Sebastian balança a cabeça. — Estou tão cansado que nem consigo mais pensar direito.

— Coitadinho. — Sarah estende o braço e acaricia a penugem que está começando a despontar nas bochechas do Sebastian. Parece que os presos não recebem barbeadores em Rikers. — Vamos colocar você na cama. Vai se sentir melhor pela manhã.

— Não posso — responde Sebastian com a voz fraca. — Precisamos ir para o comício.

— O CAPG pode sobreviver sem você por uma noite — Sarah me surpreende ao dizer.

— Não — Sebastian responde. Ele parece absurdamente cauteloso. — É minha responsabilidade. Eu preciso ir lá.

— Bem — diz Sarah, resignada. — Vamos nos trocar primeiro. Não podemos ir vestidos assim.

Chegamos à praça. O barulho da manifestação está bem mais forte agora. Dá para ver a multidão reunida perto do Arco de Washington Square, onde um palco temporário foi montado. Tem alguém em cima do tablado, com um megafone, incitando a multidão a entoar:

— O que nós queremos?

— Direitos iguais!

— E quando nós queremos?

— Agora!

A noite caiu. O clima está quente, de modo que os desajustados de sempre estão circulando pela área: patinadores, tocadores de bongô, moradores de rua com seus cachorros (por que eles sempre têm cachorros?), jovens casais apaixonados, traficantes de drogas, os senhores de idade briguentos na roda do xadrez.

E os policiais, é claro. A praça está lotada deles, graças à manifestação do sindicato.

E bem ali, estacionado na frente do prédio de Owen, exatamente onde estava hoje à tarde, está o caminhão de mudança. Só que agora as portas da parte de trás estão fechadas. A pessoa que alugou o caminhão está pronta para ir embora com ele.

Isso é bom, porque não é permitido deixar veículos estacionados à noite neste lado da praça.

— Se eu fizer um passe de visita para Sebastian — Sarah está dizendo para mim —, você assina, Heather?

— Sarah — respondo, incomodada. Só quero levar Cooper para casa e colocá-lo na cama. Eu preciso acordá-lo a cada duas horas... nenhum de nós dois vai dormir muito hoje à noite. Mas quando eu penso de como cheguei perto de perdê-lo para sempre, não posso deixar de me estremecer toda. Ele poderia ter quebrado a espinha naquela escada. Ou coisa pior.

— Eu sei — diz Sarah. — Eu sei que a gente precisa entrar com o pedido com 24 horas de antecedência. Mas como é que eu podia saber que ele ia ser solto? — Os olhos dela estão arregalados e bonitos naquele começo de noite. — Por favor?

Eu suspiro.

— Tudo bem — eu digo. — Coop, você se importa se a gente fizer um pit stop?

— Claro que não — diz Cooper. — Vá lá. Eu vou para casa.

— Coop. — Essa coisa da concussão não operou exatamente maravilhas sobre a personalidade dele. — Vai demorar só um minuto.

— Já sou bem grandinho — Cooper observa. — Capaz de chegar sozinho à própria casa, que fica logo ali na esquina. — Daí, ao ver a minha expressão desolada, ele estica a mão para afofar o meu cabelo (coisa que nunca é um gesto bem-vindo) e diz: — Heather. Eu vou ficar bem. A gente se vê em casa.

E daí ele já está se afastando, mancando.

Sarah fica olhando para ele e morde o lábio, nervosa.

— Sinto muito, de verdade — diz ela quando se vira e me vê olhando com ódio para ela. — Isso é muito legal da sua parte. Principalmente depois do que eu fiz. Eu sei que não mereço...

— Entra logo — eu interrompo. E a sigo para dentro do prédio.

O Conjunto Residencial Fischer tem um ritmo diferente à noite em relação ao que acontece de dia. E, a respeito disso, eu só posso dizer... graças a Deus que eu trabalho de dia. A maior parte dos residentes está em aula ou dormindo quando eu entro, às nove, e a maioria deles não volta (nem acorda) antes de eu ir embora, às cinco. Quando eles estão nos quartos, como agora, o lobby fica todo agitado, com adolescentes andando de patins, dando autorização para visitantes entrarem, socando os botões dos elevadores, reclamando da recepção de TV no lobby, ligando para chamar os amigos lá em cima, xingando a correspondência, berrando cumprimentos entre si... em outras palavras, o lugar se transforma em um zoológico. Não sei como os diretores de conjuntos residenciais, que moram no local, suportam. Alguns deles, como Simon Hague, se transformam em canalhas insuportáveis para conseguir aguentar.

Outros, no entanto, mantêm a calma simplesmente fingindo que não veem nada, como Tom. Eu sempre torci para ser este tipo de diretora de conjunto residencial se, por algum milagre, eu algum dia conseguir o meu diploma de bacharelado e depois o meu mestrado e depois o cargo de diretora (mas Deus me ajude se isso acontecer algum dia).

Outros se transformam em burocratas de primeira linha como Owen. E eu tenho a sensação de que é assim que eu seria. Dá para sentir a minha pressão subindo só de olhar para as marcas que as rodinhas dos patins deixam no piso de mármore. Julio vai ter um infarto quando voltar para trabalhar e vir isto pela manhã, tenho certeza absoluta.

Daí eu me lembro de que ele não vai vir trabalhar. Por causa da greve.

— Prontinho, Sebastian — eu digo depois de preencher o passe de visitante e entregar para ele. — Divirta-se.

Sebastian olha para o passe.

— Uau — ele diz. Por um minuto, ele se parece bem menos com um suspeito de assassinato e líder de revolução estudantil e bem mais com um garoto assustado que se meteu em alguma coisa que está muito além das suas capacidades. — Muito obrigado, Heather. Você não faz ideia de como isso é importante para mim. Quer dizer, eu sei que Sarah falou para você sobre a minha situação com o meu colega de quarto, e que os meus pais providenciaram um quarto de hotel para mim, mas... é legal para mim poder ficar com a Sarah. Ela... *ela* é muito importante. Só que, até há pouco tempo, eu não sabia o quanto.

Acanhada, Sarah olha para o bico fino dos sapatos de salto dela e fica toda coradinha, aparentemente alheia ao olhar de Sebastian sobre ela. Eu fico dividida entre a vontade de vomitar e a vontade de abraçar os dois. Eles são tão... fofos.

E eu percebo que estou sentindo mais uma coisa, um terceiro sentimento. Inveja.

Eu quero isso. Eu quero o que eles têm.

Eu pensei que tinha. Mais ou menos. Mas felizmente, eu percebi logo que não tinha. Não que eu estivesse correndo qualquer perigo real de fazer alguma bobagem em relação a isso, como me casar, ou fazer uma caminhada pela Trilha dos Apalaches no verão.

Mesmo assim, eu gostaria de ter o que eles dois têm. Algum dia.

Eu me contento em dizer, de mau humor:

— Bom, lembrem-se, vocês dois: pratiquem sexo seguro. E, Sarah, você ainda está no horário de trabalho. Se algum AR chamar, você tem que atender, independentemente de tudo.

O rosto corado da Sarah fica ainda mais corado.

— Heather — diz ela para o chão. — *Claro* que sim.

Uma residente, ao ouvir o meu nome, respira fundo e se apressa até onde nós estamos.

— Ai, meu Deus, você é a Heather Wells? — ela exclama.

Eu olho para os céus em busca de forças.

— Sou sim. Por quê?

— Ai, meu Deus, eu sei que o escritório da administração está fechado, mas o meu primo apareceu do nada, eu juro, e eu preciso de um passe de visita, e se você pudesse fazer uma exceção, só desta vez, e assinar um para mim, eu ficaria em dívida eterna...

Eu aponto para Sarah.

— É com ela que você tem que falar. Eu estou me mandando.

E eu saio pelo saguão de entrada para o ar fresco da noite mais uma vez.

Parada sob a luz azul que emana da lâmpada de segurança do prédio, eu olho para o outro lado da praça, tentando ignorar os grupinhos de fumantes cuja voz se transforma em sussurro ao me verem, achando que eu sou da polícia antidrogas. O cântico próximo ao arco mudou para "Contrato sindical agora! Nada de desrespeito!". É um monte de falácia, mas o pessoal parece estar se divertindo.

A noite está bonita... bonita demais para eu me recolher tão cedo. Por outro lado, agora que o meu pai saiu de casa, eu preciso passear com a minha cachorra... isso sem falar que preciso cuidar de um investigador particular com suspeita de concussão.

Fico imaginando o que eu faria se fosse uma moça solteira *normal* nesta cidade... como Muffy. Sairia para beber alguma coisa, sem dúvida, com as amigas. Mas é claro que eu não tenho amiga nenhuma. Bem, não é verdade. Mas a minha única amiga está ocupada correndo atrás de um dos nossos colegas de trabalho e dos filhos dele, e a minha amiga casada está afetada demais por hormônios para ser divertida.

Não consigo deixar de olhar para o caminhão de mudança. Ele ainda está estacionado na rua.

Fico imaginando o que vai acontecer com Muffy quando a greve terminar. Quero dizer, um dia vai ter que acabar. O reitor não vai permitir que um rato inflável gigante fique muito tempo parado na frente do gabinete dele. Ela não vai perder o emprego, claro, e isso devia servir de alívio para ela... não vai precisar abrir mão do apartamento por causa do qual vendeu toda a louça do casamento. Mas o que ela vai ficar fazendo o dia inteiro?

Bem, acho que ela pode começar a treinar para a caminhada com Tad. Eles realmente formam um casal fofo. É verdade que eles têm ainda menos coisas em comum do que ele e eu temos. Não consigo imaginar Muffy na Trilha dos Apalaches. Como é que ela vai deixar o cabelo dela cheio daquele jeito sem secador? E não consigo ver Tad desenvolvendo qualquer interesse por padrões de louça.

Mas as pessoas mudam.

Alguém sempre se beneficia de um assassinato. Foi isso que Cooper disse quando estava bem perto do lugar em que eu me encontro agora. *Sempre.*

E assim, sem mais nem menos, a coisa me bate. Suponho que já estava ali o tempo todo, em banho-maria nas beiradas do meu subconsciente, do mesmo jeito que eu sempre soube o que sentia pelo Tad. Mas eu fiquei empurrando para longe, por alguma razão... provavelmente só porque não era conveniente encarar aquilo.

Mas, desta vez, eu deixo a ideia se expressar.

E ela permanece.

E agora eu preciso encará-la.

Agora.

Eu dou meia-volta.

Só que, em vez de ir para a esquerda, na direção da Waverly e da minha casa, eu me viro para a direita, na direção do prédio de Owen e daquele caminhão de mudança. Eu continuo caminhando, diretamente para o prédio onde Pam se instalou. Abordo o porteiro e peço que ele ligue pelo interfone para o apartamento de Owen.

— Quem devo anunciar? — pergunta. É um dos homens de Rosetti, tentando muito passar boa impressão... o que não é fácil, já que ele tem um palitinho de dente no canto da boca.

— Diga que é Heather.

— Claro — responde. Um segundo depois, quando Pam atende o interfone, é o que ele faz. Pam, que parece surpresa, pede que eu suba.

Não sei o que fazer em seguida. Só sei que comecei a tremer. E não é de medo.

É de raiva.

Só consigo pensar naquele blusão de moletom idiota com as bonecas de pano que ela estava usando... o que tinha uma boneca de pano negra e uma boneca de pano branca de mãos dadas.

As coisas que passam pela mente da gente quando a vida do seu chefe passa diante dos seus olhos são estranhas.

Eu marcho até o elevador. O prédio de Owen (que ele por acaso compartilhava com o reitor Allington e a esposa dele) não tem nada a ver com o Conjunto Residencial Fischer. É elegante, todo de mármore e bronze, e silencioso (absolutamente silencioso) nesta hora da noite. Não tem mais ninguém no elevador comigo. De dentro da cabine, nem dá para escutar a manifestação do CAPG. O meu trajeto até o sexto andar, onde Owen morava, passa-se em silêncio até a campainha tocar (*ding!*) para indicar a chegada e as portas deslizam para abrir.

Daí eu saio para o corredor e vou até o apartamento 6-J. O apartamento de Owen.

Pam já está com a porta aberta antes mesmo de eu bater.

— Heather! — diz ela com um sorriso. Ela tirou o tailleur preto que estava usando na cerimônia de homenagem. E, sim, está de novo com o moletom das bonecas de pano. Como se um moletom mostrando bonecas inter-raciais de mãos dadas fosse trazer a harmonia de volta para o universo. — Que surpresa! — ela exclama. — Eu não estava esperando que você viesse aqui. Resolveu dar uma passada para ver como eu estava? Imagino que tenha sido por causa da confusão na cerimônia de homenagem. Não foi um horror? Não pude acreditar no que aconteceu. Por favor, entre.

Eu a sigo para dentro do apartamento. Bem como eu desconfiava, não está mais lá. Tudinho. A louça, quer dizer. Cada pecinha de louça em padrão branco e azul que Owen tinha em exposição na cristaleira da sala de jantar não está mais lá.

E o mesmo vale para a cristaleira dentro da qual a louça estava.

— Realmente, é muita gentileza da sua parte — Pam prossegue. — Owen sempre falou muito bem de você... como você era preocupada e gentil com os alunos. Vejo que a atitude se estende além da sua vida profissional também. Mas, por favor, não era necessário se preocupar comigo. Eu estou bem. De verdade. Aceita uma xícara de café? Ou uma infusão de ervas? Não vai dar trabalho nenhum. Eu ia mesmo preparar um pouco para mim.

Eu me viro para encará-la. Vejo que Garfield está enrolado em cima do sofá, dormindo. Pam obviamente estava sentada do lado dele. A televisão está ligada, e o controle remoto está do lado do gato. Ela estava assistindo a *Entertainment Tonight*.

— Onde está? — pergunto a ela. A minha voz sai rouca. Não faço ideia do porquê.

Ela olha para mim como quem não está entendendo nada.

— Onde está o quê, querida?

— Você sabe o quê — respondo. — Está naquele caminhão lá embaixo?

Ela continua com cara de quem não está entendendo nada... mas um tom de rubor aparece nas bochechas dela.

— Eu... acho que não sei do que você está falando, Heather.

— A porcelana — digo. — A porcelana do casamento que ficou com Owen no acordo de divórcio. A porcelana de casamento pela qual você o matou. Onde está?

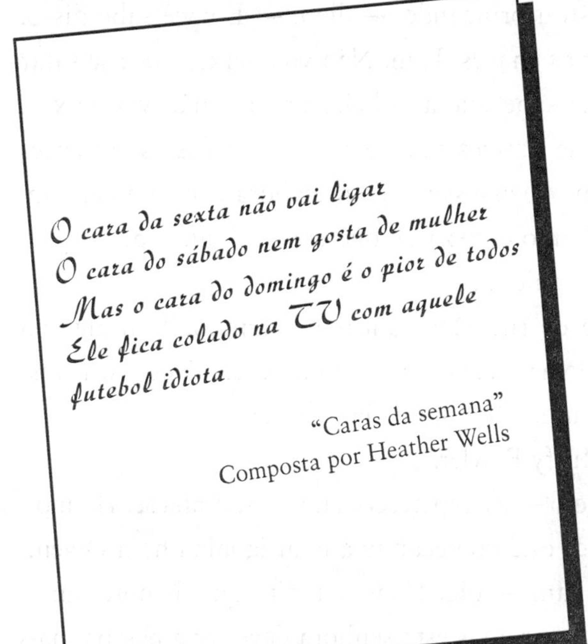

O cara da sexta não vai ligar
O cara do sábado nem gosta de mulher
Mas o cara do domingo é o pior de todos
Ele fica colado na TV com aquele
futebol idiota

"Caras da semana"
Composta por Heather Wells

— Apenas me entregue as chaves — digo e estendo a mão.

Por um minuto, Pam só olha para mim com uma expressão de muita surpresa no rosto. Então joga a cabeça para trás e ri.

— Ah... *que ideia*! — diz ela e estende o braço para me dar um empurrãozinho. — Owen sempre dizia que você era uma piadista. Aliás, ele disse que você passava tanto tempo fazendo brincadeiras que ficava preocupado de que não fosse dar conta do seu trabalho.

Bem, isso eu acredito que Owen realmente tenha dito (diferentemente da coisa da digitacão).

— Não estou brincando — digo. — E você sabe disso. Pode me dar as chaves, Pam. Não vou deixar você se safar dessa. E você sabe que a polícia também não vai deixar. Você não pode simplesmente empacotar todos os pertences de uma vítima de assassinato e ir embora com tudo em um caminhão. Tenho certeza de que existe algum tipo de protocolo a ser seguido...

Pam para de rir. Mas continua sorrindo. Tem alguma coisa de rígido naquele sorriso... como se ela tivesse se transformado em uma abóbora de Halloween.

Ou em Muffy Fowler.

— Protocolo — ela repete, com uma risadinha sem humor. — Agora você está começando a falar igualzinho a Owen.

— Olha, Pam — digo. Não acredito que demorei tanto tempo para notar, mas esta senhora deve ser a pessoa mais louca que eu já conheci.

Eu sei que vou precisar agir com muita cautela aqui. Mas não estou especialmente preocupada, porque eu sei onde está a arma do crime: no armário das evidências no gabinete do promotor de justiça, no centro. Eu estou segura. Não há nada que ela possa fazer contra mim. Suponho que ela possa tentar me bater, mas eu sou pelo menos dez anos mais nova, e 10 quilos mais magra. Eu teria facilidade de acabar com ela no braço, se chegar a isso. Aliás, estou ansiosa para que ela tente me acertar.

É verdade que eu não gostava tanto assim do Owen.

Mas gostei ainda menos de entrar na minha sala e encontrar o cadáver dele. E nada me daria mais prazer do que dar uns socos na pessoa responsável por eu ter passado por isso.

— Não brinque comigo — eu digo. — Eu sei que foi você que o matou. Eu sei que você não chegou hoje, como fingiu ter chegado. Eu sei que, na verdade, você estava aqui ontem. Você foi vista na roda do xadrez ali do outro lado da rua, sabe?

Pam fica olhando fixo para mim, com os lábios levemente separados. Mas ela continua sorrindo.

— Isso... isso é tudo bobajada — ela diz.

Falando sério. Bobajada. Foi o que ela disse. Não *besteira*. Bobajada. Impagável.

— Eu sei que você plantou um revólver em Sebastian Blumenthal. — Continuo. — Da mesma maneira que eu sei que você e Owen estavam brigando por causa da porcelana. Owen me contou tudo. Ele queria ficar com o conjunto de louça. Só Deus sabe por quê. Provavelmente porque você queria, e ele desejava castigar você por ter se divorciado dele, e como ele era totalmente desprovido de imaginação, foi a única maneira que ele encontrou para se vingar de você. Não sei quando você chegou aqui, mas posso imaginar que não vai ser muito difícil para a polícia descobrir. Como você fez? Alugou o caminhão de mudança e veio dirigindo até aqui? Então ganhou tempo até ver Owen sozinho, e daí explodiu o cérebro dele? Foi assim que aconteceu?

Pam balança a cabeça tão devagar que faz com que o corte de cabelo de mãe grisalho dela, tão bem arrumado para a cerimônia de homenagem não se desloque nem um centímetro.

— Você — ela diz, ainda sorrindo — é uma pessoa muito criativa. Deve ser por causa da sua experiência no mundo do entretenimento.

— Isso se chama premeditação, sabe, Pam? — Informo a ela. — E provavelmente vai fazer com que você receba prisão perpétua. E a parte em que você plantou a arma do crime nas coisas de uma pessoa inocente? Isso vai fazer com que você seja sentenciada à prisão perpétua sem direito a liberdade condicional.

Pam continua balançando a cabeça. Mas quando eu chego à parte em que ela plantou o revólver no Sebastian, ela para de balançar a cabeça e fica só olhando para mim. A parte mais estranha é que ela continua sorrindo.

Mas o sorriso não chega aos olhos dela. Parece que os lábios dela simplesmente se paralisaram assim.

— Não dá para acreditar — ela diz, através daquele sorriso paralisado e arrepiante — que você esteja do lado dele.

Fico olhando para ela.

— Do lado de quem?

— Você sabe de quem — ela diz. — De Owen. Você trabalhava com ele. Todos os dias... na mesma sala! Você viu como ele era. Igual a um robô, com as agendas, os itinerários e os calendários de compromisso dele. O homem era inumano!

Fico olhando chocada para ela. O sorriso finalmente se foi. Os pontos corados em cada uma das bochechas dela se expandiram, e agora o rosto todo de Pam está vermelho. Os olhos dela (que já foram meio cor de avelã) estão começando a brilhar com uma espécie de intensidade maníaca que, eu acho, não gosto muito. Ela não parece mais uma ceramista gentil. Parece meio psicótica, se você quer saber a minha opinião.

Dou um passo para trás. Talvez esta não tenha sido uma ideia muito boa, no final das contas.

— Hum — eu digo. — Foi você quem se casou com ele.

— É, eu me casei com ele — diz Pam com tom de ódio. — A gente se conheceu na faculdade, quando eu estava estudando arte, era uma louca, gostava de drogas e de festa e de fazer experiências sexuais, e ele era o meu assistente de residente, e era certinho até não poder mais, e eu achei que precisava de um pouco disso para me acalmar. Mas eu não precisava ser sufocada! Passar vinte anos com a minha criatividade *abafada*! Só que foi isso que aconteceu... até que eu finalmente tive coragem de abandoná-lo. E, sim você tem razão... ele insistiu mesmo para ficar com a porcelana... a *minha* linda porcelana. Não porque ele se importasse com ela. Mas porque ele sabia que eu adorava aquela louça. Para me castigar por ter abandonado o casamento! Bem, no final eu fiquei com ela, não fiquei?

Balancei a cabeça.

— Não — digo. — Não, você não vai ficar com ela. Porque é errado, e você sabe disso, Pam. Não vou deixar que você leve tudo embora. Me dê as chaves.

Agora ela está chorando abertamente, com lágrimas que escorrem daqueles olhos cor de avelã e pingam nos aventais de tecido que as bonecas de pano estão vestindo.

— Eu... Eu... — É a única coisa que ela consegue dizer.

Eu estendo a mão.

— Vamos lá, Pam — digo, no tom mais tranquilo possível. — Me dê as chaves. Tenho certeza de que a gente consegue fazer um acordo com o promotor. Síndrome de mulher espancada ou algo do tipo. Talvez possam mandar você para o mesmo lugar que mandaram a Martha Stewart. Ela podia fazer muito artesanato por lá. Você pode continuar com a sua cerâmica.

Pam solta um suspiro e se vira para uma cômoda.

— Agora acabou — digo em tom encorajador, falando com ela com o mesmo tom gentil e ao mesmo tempo firme que eu uso com as anoréxicas que aparecem periodicamente na minha sala, quando preciso pedir com veemência a elas que comam os muffins especiais de alta caloria que os nutricionistas enviam para fazer com que elas engordem o suficiente para que elas compreendam mais ou menos o que nós dizemos com seu cerebrozinho desprovido de vitaminas. — Você vai fazer a coisa certa...

Mas quando Pam se vira, para o meu desalento, vejo que não são chaves que ela tem na mão.

É uma pistola.

E ela está apontando para mim.

— Você não achou realmente — diz ela e eu percebo, com um certo desamparo íntimo, que o sorriso voltou — que eu só tinha uma arma, achou, Heather? Eu sou uma moça do interior, sabe? Eu cresci com armas por perto. Eu sei como usá-las... e, de todo modo, acho que é fácil demais para qualquer pessoa conseguir uma.

Não consigo acreditar nisso. Como ela é falsa! O moletom dela é totalmente mentiroso! Ela não acredita em harmonia inter-racial coisa nenhuma!

Bem, ok, talvez acredite.

Mas ela não parece ter problemas em matar as pessoas. Incluindo diretoras-assistentes de conjunto residencial inocentes.

— Pam — digo, erguendo as mãos. — Você não vai querer fazer isso.

— Na verdade — diz Pam e dá um passo na minha direção. — Eu vou querer sim, realmente. Porque quando alguém encontrar o seu corpo, eu não vou mais estar aqui. Então, matar você, na verdade, não é problema nenhum para mim.

Dou um passo para trás por instinto. Mas, para cada passo que eu dou para longe dela, Pam dá um para perto de mim. Estou olhando ao redor, enlouquecida, imaginando o que eu vou fazer. Owen mantinha o apartamento todo organizadinho, como fazia com a sala dele. Diferentemente da minha casa, não há objetos largados por todos os lados que eu possa usar para jogar na pretendente a minha assassina... não tem nenhum abajur engraçadinho em forma de sereia, comprado em um mercado de pulgas local por alguns trocados, que serviria como míssil de mão. Nenhum terrário cheio de conchas que eu possa lançar na direção dela...

Não que eu realmente tivesse chance de acertá-la. Mas seria melhor do que nada.

O pior de tudo é que ninguém sabe que eu estou aqui, tirando o idiota com o palitinho de dente na boca na recepção lá embaixo. E ele nem é funcionário da faculdade. Ele trabalha para Rosetti, e a chance de ele reparar em som de tiros vindo de algum andar acima é a mesma de ele se dar conta de que as várias correntes que ele usa no pescoço não combinam com as diversas pulseiras do braço.

Basicamente, sou uma mulher morta.

E por causa de quem? De Owen.

E eu nem *gostava* dele!

Mesmo assim, preciso tentar.

— Isto aqui não é Iowa, Pam. — Informo a ela. — Alguém vai ouvir o disparo do tiro e chamar a polícia.

— Eu sou de Illinois — diz Pam. — E já pensei nisso.

Ela abaixa a mão, pega o telefone que está do lado do sofá em que eu esbarrei (eu recuei o máximo possível) e liga para a emergência.

— Alô, telefonista? — diz ela, com uma voz cheia de pânico e sem fôlego que não tem nada a ver com a dela, quando alguém atende na outra ponta da linha. — Mande a polícia para cá agora mesmo! Estou ligando do apartamento 6-J no número 21 da Washington Square West. A ex-sensação pop adolescente Heather Wells ficou louca, invadiu o meu apartamento e está tentando me matar! Ela está armada! Ah!

Daí ela desliga.

Fico olhando para ela, absolutamente estupefata.

— *Este* — digo — foi um grande erro.

Pam dá de ombros.

— Isto aqui é Nova York. Você sabe quanto tempo vai demorar para chegarem aqui? Quando chegarem, eu já vou estar bem longe. E você vai ter sangrado até morrer.

Pam obviamente não se deu conta do que está acontecendo na praça, a uns 100 metros da entrada do prédio do ex-marido dela.

E do número de policiais que está lá fora por causa disso.

Por outro lado, não vai adiantar nada duas dúzias de policiais invadirem o apartamento 6-J nos próximos vinte segundos se ela conseguir enfiar uma bala no meu cérebro, como ela fez com Owen.

E eu percebo que é exatamente isso que ela está prestes a fazer quando levanta a pistola que está segurando e aponta para a minha cabeça.

— Tchauzinho, Heather — ela diz. — Owen tinha razão sobre você, sabe? Você realmente não é uma administradora muito boa.

Owen disse isso? Caramba! Isso é que é ingratidão! E eu que ajudei tanto quando ele começou, mostrando a ele como tudo funcionava e indicando o melhor lugar para comer um bagel (tirando o refeitório, claro), e tudo o mais. E ele disse que eu não era boa administradora? Do que ele podia estar falando? Será que ele *viu* as pastas que eu criei no balcão da recepção para fazer com que os garotos fossem responsáveis por manter seu próprio registro de horário para que eu não precisasse me incomodar com isso? E o que dizer sobre a minha maneira inovadora de fazer com que os funcionários estudantis prestassem atenção ao que estava acontecendo no prédio como o *Boletim do Conjunto Residencial Fischer*? Será que Owen estava completamente alheio ao fato de que o Simon Hague, lá do Conjunto Residencial Wasser, roubou a minha ideia, e inventou seu próprio informativo para os funcionários estudantis, e ainda teve a coragem de chamar de *Boletim do Conjunto Residencial Wasser*?

E aí? Será que ele *sabia* dessas coisas?

Mas eu não tenho oportunidade de processar o que eu sinto, porque fico ocupada em me desviar da bala que a ex-mulher do Owen acaba de atirar em mim. Eu tenho que me desviar e, gostaria de acrescentar, mergulhar ao lado do sofá e agarrar a única coisa no apartamento que eu acho que realmente pode me garantir meia chance de sobreviver aos próximos dois minutos até que os garotos (e garotas) de uniforme azul possam chegar aqui em cima para salvar o meu traseiro infestado de celulite.

E essa coisa é Garfield.

Que não fica muito feliz de ser agarrado em seu local de repouso na almofada do sofá, aliás.

Mas, bem, o som de uma pistola disparando assim tão perto dele também não o tinha deixado muito feliz.

Chiando e se agitando, o gatão cor de laranja faz o que pode para fugir de mim. Mas eu o peguei com uma das mãos na pele do pescoço e a outra na barriga volumosa. Felizmente, as garras afiadas e expostas dele estão longe de mim. Então, praticamente ele não tem como fugir.

Mas ninguém disse isso para ele. Ele tem mais de 10 quilos de puro músculo, que usa neste instante. E está mandando ver para cima de mim. Durante alguns segundos, eu só sinto na boca o gosto e o cheiro de pelo e de pólvora principalmente quando eu quase aterrisso por cima dele.

Mas estou viva.

Estou viva.

Estou viva.

Pam olha fixo para o lugar em que eu estava antes, confusa. Piscando muito, ela se vira e olha fixo para o lugar para onde eu pulei por cima do sofá.

Quando ela vê o que eu tenho nas mãos, os olhos dela se arregalam.

— É isso aí — eu digo. A minha voz soa estranha, abafada. Isso acontece porque o disparo da pistola foi tão alto que todos os sons ficaram completamente abafados, inclusive as reclamações da criatura que eu seguro, como acontece com a cidade depois que a neve cai. — Eu estou com Garfield. Se você se aproximar, Pam, eu juro, o gato é que vai sofrer.

O sorriso que brincava no rosto de Pam se paralisa. O lábio superior começa a tremer.

— Você... você está bl-blefando — gagueja.

— Você não vai querer pagar para ver — digo. O gato idiota não para de se debater. Mas nem morta que eu vou soltá-lo. Literalmente. — Se você puxar o gatilho de novo, é verdade, pode me acertar. Mas, ainda assim, eu vou ter tempo de torcer o pescoço dele antes de morrer. Juro que eu faço isso. Eu amo animais... mas não este aqui.

E eu estou falando sério. Principalmente quando os dentes do gato do Owen se afundam no meu pulso. Ai! Gato idiota! Não fui eu quem trouxe Pam aqui para garantir que ele tomasse o remédio idiota dele? Isso sim é que é ingratidão! Tal bicho de estimação, tal dono.

O rosto de Pam se contorce de dor... apesar de ser *eu* quem está sangrando.

— *Garfield!* — ela exclama, angustiada. — Não! Solte o gato, sua *bruxa*!

Ela disse bruxa. Não vadia.

Impagável.

Não tenho bem certeza, devido ao meu estado de semissurdez. Mas acho que estou ouvindo vozes no corredor. De repente, alguém bate bem forte na porta do apartamento.

— Largue a arma, Pam — digo, enrolando para ganhar tempo. — Largue a arma e ninguém... incluindo Garfield... vai se ferir. Não é tarde demais para se entregar. Não é tarde demais para se entregar.

— Sua... sua maldosa! — os olhos de Pam brilham por causa das lágrimas. — Eu só queria o que eu merecia! Eu só queria começar de novo do zero! Por que você simplesmente não larga este gato e a gente fica quites? Eu vou embora... eu pego o Garfield e vou embora. Só preciso de alguns minutos de vantagem.

— Não posso fazer isso, Pam — digo. — Você já chamou a polícia, está lembrada? Aliás... acho que eles chegaram.

Pam dá meia-volta bem quando uma coisa que parece uma pequena explosão acontece no corredor. Um segundo depois, quatro ou cinco representantes da força policial de Nova York, com armas em riste, invadem a sala.

Acho que nunca na vida eu fiquei tão feliz de ver uma pessoa. Se eu não estivesse tão concentrada em impedir que as minhas mãos fossem mastigadas, eu teria corrido para dar um beijo neles.

— Senhora! — exclama o primeiro policial, com o cano da arma apontado para o peito da Pam. — Largue a arma, deite-se no chão e coloque as mãos na cabeça, ou eu vou ser forçado a atirar.

Estou ocupada pensando que tudo acabou. Estou ocupada pensando: *Beleza, certo, agora ela vai largar a arma e eu posso largar este gato idiota, e daí eu posso ir para casa, e tudo isto aqui vai estar terminado, e eu posso voltar para a minha vidinha chata, pela qual eu nunca mais vou ser mal-agradecida. Eu adoro a minha vidinha chata. Adoro mesmo. Graças a Deus que isto aqui finalmente acabou.*

Só que não acabou. Nem de longe. Não estou brincando.

— Vocês não compreendem — choraminga Pam, agitando a pistola na minha direção. — Ela está com o Garfield! Ela não quer largar o Garfield!

Ai, meu Deus. Não. Por favor, não.

— Senhora — diz o oficial mais uma vez. — Vou pedir de novo para que largue a arma, ou eu vou ser obrigado a atirar.

Larga a arma, Pam. Pam, por favor. Simplesmente larga a arma.

— Mas fui eu quem ligou para vocês. — Pam insiste, ainda agitando a pistola de um lado para o outro. — Foi *ela* quem me ameaçou!

Em seguida, antes que eu tenha tempo de pensar qualquer coisa, mais um tiro foi disparado. Não faço ideia de qual foi a arma que o disparou, nem se me acertou ou não, porque eu caio no chão, agarrando o Garfield bem próximo ao meu corpo e me encolhendo na menor bolinha possível, com a ideia de me transformar no menor alvo possível. O gato, por sua vez, parou de tentar me morder e agora se agarra a mim com tanta força quanto eu me agarro a ele. Se os ouvidos dele estiverem tinindo tanto quanto os meus, imagino que ele não tenha a menor ideia do que está acontecendo, assim como eu.

A única coisa que eu sei é o seguinte: só existimos eu e o Garfield no mundo, sozinhos neste mundo. Só eu e ele. Nós só temos um ao outro. Eu nunca mais vou largar dele. E tenho bastante certeza de que ele nunca mais vai largar de mim.

— Senhorita! Está tudo bem, pode se levantar agora!

Só quando alguém coloca a mão no meu ombro e berra isso (parece que ele precisou gritar para que eu pudesse ouvir, já que a minha audição estava tão prejudicada por causa dos disparos), é que eu me desenrolo e olho ao redor para ver que a pistola foi tirada das mãos da Pam... em primeiro lugar porque um atirador excelente acertou a arma e fez com que ela a largasse. Ela segura os dedos ensanguentados e agora inúteis com a mão que não está machucada e está fazendo uma confissão chorosa para o meu velho amigo, o inspetor Canavan, que olha para mim com ar cansado por cima da cabeça da mulher semi-histérica.

Louça do casamento?, diz ele sem emitir som.

Estou tão chocada que nem consigo dar de ombros. A verdade é que eu também não entendo. Mas, bem, parece que tem muita coisa que eu não entendo. Como por exemplo por quê, apesar de os oficiais de polícia e os atendentes médicos ficarem oferecendo para pegar o Garfield de mim, eu ainda não consiga soltá-lo. Em minha defesa, *ele* também não quer largar de *mim*. É como se nós fôssemos os únicos seres estáveis em um mundo que de repente virou de ponta-cabeça.

Eu continuo agarrada a ele (e ele agarrado a mim) meia hora depois, quando o inspetor Canavan finalmente me acompanha até o elevador e o lobby do prédio. Luzes vermelhas piscantes de todos os carros de polícia estacionados na frente do prédio do Owen refletem contra o mármore e o bronze... mas essa não é a única diferença que eu detecto em relação a quando eu tinha subido, algumas horas antes. Uma outra coisa também mudou. Demora um minuto até que eu registre o que é, por causa da minha audição que ainda não se recuperou muito bem dos disparos.

Daí eu percebo.

Tem gente gritando no parque.

Não estão entoando palavras de ordem. Não estão comemorando. Estão *gritando*.

Eu fico paralisada com a mão do inspetor Canavan nas minhas costas, bem quando nós estamos para sair. Depois de eu dar o meu depoimento (coisa que fiz lá em cima), ele ia me acompanhar até em casa.

Mas agora eu reluto em sair à rua. Não quero entrar no meio *daquilo*. De jeito nenhum.

— Tudo bem, Heather — diz ele, em tom de incentivo. — É só aquela garotada que estava fazendo manifestação mais cedo. Estão comemorando.

— Comemorando — repito. — Comemorando *o quê*?

— Parece que o gabinete do reitor emitiu um memorando agora há pouco. Eles acertaram as diferenças que tinham.

Fico olhando surpresa para ele.

— Eles... se acertaram?

— É isso mesmo — diz o inspetor Canavan. — A garotada venceu. O gabinete do reitor cedeu em todos os pontos. Resolveu que já tinha tido propaganda negativa demais ultimamente. Ou isso ou ele não gostou nada de ver um rato enorme na frente da porta do prédio dele. Obviamente, ele nunca visitou o West Side.

Fico só olhando, atordoada.

— O reitor Allington fez acordo? O CAPG venceu?

— Foi o que eu ouvi dizer — o inspetor Canavan responde. — Toda a força policial da delegacia está a postos, com capacete e cassetete, para controlar a multidão. Achamos que eles vão começar a virar carros a qualquer minuto. Mas que noite dos infernos você escolheu para ficar na mira de uma arma. Ah, o seu namorado chegou. Bem na hora.

E, com isso, o inspetor Canavan me conduz porta afora...

...para os braços de Cooper Cartwright, que estão à minha espera.

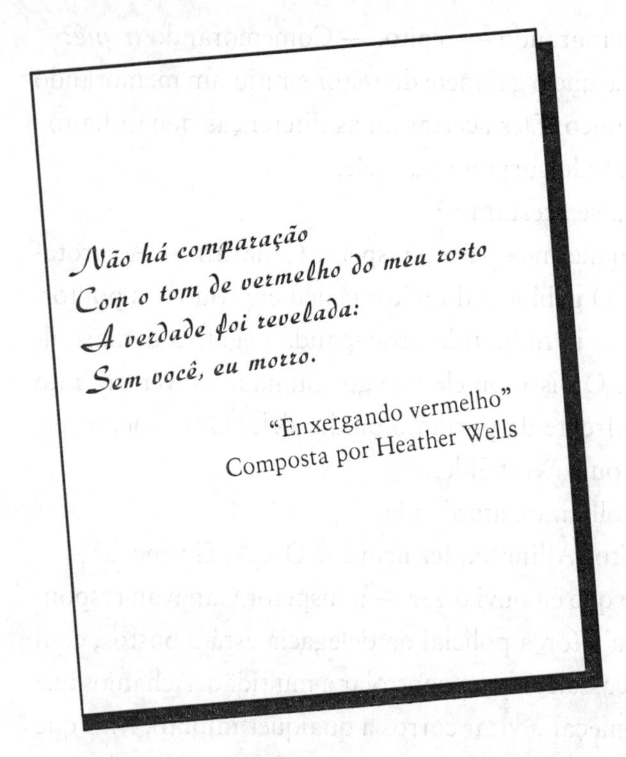

— Então — Cooper diz, quando nós dois estamos sentados na mesa da cozinha, olhando para o gato de Owen enquanto ele se limpa no tapetinho embaixo da pia, ignorando Lucy de propósito, que o observa com preocupação debaixo da mesa da cozinha. — Agora a gente tem um gato.

— A gente não precisa ficar com ele — respondo. — Posso ver se Tom quer ficar com ele. Parece o tipo de gato que Tom e Steve iam gostar de ter.

— Desagradável? — pergunta Cooper. — Maldoso?

— Exatamente — respondo. É legal da parte de Cooper não mencionar que eu já o fiz ir até o mercado comprar uma caixa de gato, areia e comida enlatada. Eu até tinha passado dez minutos no apartamento do Owen, antes de concordar em sair, procurando o remédio do Garfield, que a Pam já tinha colocado na mala dela. Acontece, claro, que a mulher tinha a intenção de levar o gato consigo quando fugisse.

Parece que a porcelana não era a única coisa que ela adorava e que tinha ficado com o Owen no acordo de divórcio.

— Vamos ver como ficam as coisas — Cooper diz. — Mas eu realmente não acho que a gente possa morar com um gato chamado Garfield.

— Eu sei — digo, toda tristonha. — É a mesma coisa que ter um cachorro chamado Totó ou Rex, certo? Mas de que a gente pode chamá-lo, então?

— Não sei dizer — Cooper responde. — Pol Pot? Idi Amin?

Estamos sentados à mesa da cozinha com copos de uísque com gelo à nossa frente. Levando em conta as coisas por que nós dois passamos, parecia a única maneira lógica de terminar a noite.

— Acho que a verdadeira pergunta é quanto tempo ele vai ficar aqui. — Cooper continua. — Não quero dar um nome nem me apegar a ele... partindo do princípio de que é *possível* se apegar a uma coisa como ele... só para que seja arrancado de mim quando eu começar a gostar de tê-lo por perto.

— Eu falo com Tom de manhã — respondo. Estou cansada de verdade. Este dia foi comprido. Essa *semana* foi comprida.

— Não foi exatamente isso que eu quis dizer — Cooper fala.

Algo no tom dele faz com que eu erga os olhos. No brilho que vem da luz do teto da cozinha, reparo que Cooper parece bem melhor do que eu me sinto... e ele rolou por uma escada abaixo, ao passo que eu só fiquei na mira de uma arma.

Não é justo. Como os homens podem passar por tantas coisas mais do que nós, mulheres, e saírem ainda *mais bonitos* da situação?

— Eu não falei para você o que o atendente médico disse para mim lá no centro esportivo? — pergunta, quase como se tivesse lido a minha mente.

— Não — eu respondo.

— A minha pressão sanguínea está em 16 por 9,4 — ele diz.

— Bem — eu digo, tomando um golinho restaurador do meu uísque. É necessário. Olhar nos olhos dele fez com que o meu pulso disparasse. Não é *justo*. — Você *de fato* sofreu uma queda grave.

— Eu deveria me consultar com o meu médico habitual — Cooper diz. — Tem bastante gente na minha família que sofre de pressão alta, sabe?

Eu concordo.

— Cuidado nunca é demais. A hipertensão é o assassino silencioso.

— Mas você sabe o que isso significa. Chega de sanduíches de bolacha Chips Ahoy!, Nutella e sorvete crocante de macadâmia para mim.

Eu dou de ombros.

— Se o médico der um remédio para você, vai poder comer tudo que quiser.

Cooper se inclina para a frente, sem se levantar.

— Já faz mais de meia hora que você está aqui — ele diz — e nem reparou.

Fico olhando para ele do outro lado da mesa sem entender nada.

— Reparei no quê? Do que você está falando?

Ele aponta para a porta que dá para o jardim dos fundos, que se localiza bem ao lado do fogão. Pela primeira vez, reparo que alguém instalou uma portinhola de cachorro bem grande no meio dela.

— Ai, meu Deus! — grito e me levanto de um pulo. — Cooper! Quando você fez isso?

Sorrindo, Cooper também se levanta e atravessa a cozinha, vai até a portinhola para me mostrar como a aba vai para a frente e para trás com facilidade.

— Foi depois que nós voltamos de Rock Ridge. Eu encomendei há um tempo. Só abre se o animal estiver usando uma coleira especial... sabe como é, é um dispositivo de segurança, para impedir que os viciados em crack usem para entrar. Foi superfácil de instalar. O mais difícil vai ser fazer Lucy usar. Mas achei que, agora que o seu pai não está mais aqui, vai ficar mais fácil para você quando está no trabalho durante o dia. Ela vai continuar precisando passear, mas, assim, se houver alguma emergência, ela pode sair sozinha. Isso se ela conseguir descobrir como se faz, quero dizer.

Eu me agacho para admirar a obra dele. Há algumas frestinhas entre a parte que ele serrou e o lugar onde a portinhola de cachorro encaixa. Mas a qualidade estética do trabalho não é o que importa. O que importa é o fato de ele ter feito uma coisa... uma coisa *permanente* na casa dele para a minha cachorra.

— Cooper — digo, acanhada de estar com os olhos marejados. Mas espero que ele não repare. — Isso é tão... gentil da sua parte.

— Bem — diz ele, parecendo pouco à vontade. — Eu só comprei uma coleira de segurança. Eu não sabia que nós íamos ter *dois* bichos de estimação para entrar e sair...

— Nós não vamos ter — garanto a ele e dou uma olhada no Garfield, que se acomodou no tapetinho da cozinha e está olhando bravo para a Lucy (que continua protegida embaixo da mesa da cozinha) com olhos amarelos brilhantes maldosos. — Vou encontrar um lar novo para ele de manhã. Além do mais, tenho certeza de que ele é o tipo de gato que fica dentro de casa.

— Para dizer a verdade — Cooper continua, sem me olhar nos olhos —, eu nem sabia mais quanto tempo você e Lucy ficariam por aqui.

Eu me aprumo e enxugo as palmas das mãos, repentinamente suadas, no jeans.

— É — eu digo. Estou com dificuldade de olhar nos olhos dele. Então, volto a minha atenção para o Garfield. — Precisamos falar sobre isso.

Cooper também se apruma.

— É só que... — diz ele. Não sei para onde ele está olhando, porque estou ocupada prestando atenção no Garfield. Mas faço ideia de que ele esteja olhando para mim, e sinto aumento de temperatura correspondente nas minhas bochechas. — Quando eu disse para você, há alguns meses, que não queria ser o cara que vai ajudar você a se recuperar de um relacionamento ruim...

— Nós realmente não precisamos falar sobre isso — eu me apresso em dizer... porque tenho a sensação de que não vou gostar do rumo desta conversa. — Aliás, eu tenho uma ideia. Vamos direto para a cama. Nós dois tivemos um dia muito longo e muito difícil. Vamos descansar. Não vamos dizer nada de que possamos nos arrepender depois.

— Eu não vou me arrepender de dizer isso — diz Cooper. Com isso, eu tiro os olhos de Garfield.

— Você teve uma concussão — insisto e confiro as pupilas dele, para ver se estão iguais. O atendente médico me disse para fazer isso. Parecem bem iguais. Mas como eu posso ter certeza? — Você não sabe o que está dizendo.

— Heather. — Para a minha surpresa, ele segura as minhas mãos. E olha bem firme nos meus olhos. As pupilas dele parecem precisamente iguais. — Eu não tive concussão nenhuma. Eu sei *exatamente* o que eu estou dizendo. É uma coisa que eu devia ter dito há muito tempo.

Ai, meu Deus. Falando sério. Por que eu? Será que o dia que eu tive já não foi suficiente? Quero dizer, é sério. Alguém *atirou* em mim. Um gato gordo cor de laranja me mordeu. Por que eu também preciso ser rejeitada pelo homem que eu amo?

— Cooper — digo. — De verdade. Será que nós não podemos simplesmente...

— Não — diz Cooper, com firmeza. — Eu sei que eu disse que não queria ser o cara que vai ajudar você a se recuperar de um relacionamento ruim. E quando eu disse isso, falei sério. Mas eu não achava que você ia lá achar um cara para ajudar você a se recuperar de um relacionamento ruim que fosse tão...

— Olha — eu digo, fazendo uma careta. — Eu sei. Certo? Mas...

— ...perfeito — Cooper conclui.

Fico olhando estupefata para ele, achando que escutei errado.

— Espera. *O quê?*

— Quero dizer, eu nunca achei que ele ia falar para você ir *morar com ele* — Cooper praticamente explode. — Nem que você ia dizer que sim!

— Eu... eu não disse!

De repente, a força com que o Cooper segura as minhas mãos aumenta.

— Espera. Você não disse que sim? — Ele olha bem fundo nos meus olhos. Reparo que as pupilas dele continuam bem iguaizinhas. — Então, por que você estava conversando com Tad hoje à noite...?

De repente, a minha boca fica muito seca. Talvez, estou começando a pensar, meu dia não vai acabar sendo assim tão ruim.

— Eu não aceitei — digo a ele. Não me dou ao trabalho de explicar exatamente *o que* Tad tinha me pedido e eu tinha recusado. Ele não precisa desta informação.

— E o seu pai? — Cooper pergunta lentamente. — Aquela coisa com Larry?

— Também recusei — respondo. O meu coração começou a fazer uma coisa louca dentro do meu peito. Não sei bem o quê. Mas acho que está dançando chá-chá-chá. — Cooper, eu não quero morar com Tad... ele *não* é perfeito, aliás. Longe disso. Para falar a verdade... nós terminamos hoje. E eu não quero outra carreira na indústria fonográfica, Eu adoro o meu trabalho. Eu adoro morar aqui, com você. Desde que eu me mudei para cá, as coisas têm sido maravilhosas. Eu gosto das coisas exatamente como elas estão. Aliás, quando eu estava levando um tiro antes, e achei que ia morrer, eu estava pensando em como não quero que *nada* mude...

— É — diz Cooper. — Bem, eu gostaria de poder dizer a mesma coisa. Porque eu estou pronto para mudanças.

Daí ele solta as minhas mãos e me pega pela cintura.

E, antes que eu possa dizer qualquer outra coisa, ele me puxa na direção dele e coloca a boca dele em cima da minha... em um gesto bastante possessivo, devo dizer.

Muitas ideias se passam pela minha cabeça exatamente naquele momento. Principalmente, estou pensando: *Uau. Eu estou beijando Cooper.* Não dá para acreditar, de verdade. Quero dizer, todos esses meses que eu fui a fim dele, e nunca sonhei que ele pudesse retribuir meus sentimentos.

E a única coisa necessária para ele admitir que gostava de mim foi eu namorar meu professor de matemática, vegan e jogador animal de frisbee.

Ah, e quase morrer várias vezes.

Mas quem está contando?

Cooper também parece bem sério em relação a essa coisa de beijo. Quando ele começa a beijar uma mulher (bom, eu, pelo menos), ele não brinca em serviço. Ele parte logo para o ataque, pressionando o corpo dele contra o meu com muita determinação, fazendo com que eu me encaixe nele. E também com a língua. A ação lingual é *excelente.* Estou impressionada. Estou mais do que impressionada. Eu estou *derretendo.* É isso que está acontecendo. Eu me sinto como um chocolate DoveBar que ficou no sol. Estou toda molenga e derretida.

Aliás, quando o Cooper me deixa respirar, a minha casquinha já se foi toda e eu não passo de uma meleca.

E eu adoro.

— Para o caso de eu não ter deixado óbvio — Cooper diz, com a voz um pouco sem fôlego, olhando para mim com pupilas que com certeza absoluta têm o mesmo tamanho —, eu acho que você devia vir morar aqui.

— Cooper, eu já moro com você — eu observo.

— Estou falando de você morar comigo *de* verdade. No andar de baixo. No meu apartamento, não no seu.

— Você vai precisar começar a jogar fora as coisas — eu digo, examinando a maneira muito interessante como a barba por fazer desaparece pelo colarinho da camisa dele. — Não quero mais saber de embalagem de fast-food no escritório.

— Tudo bem — diz ele. — Bem, então chega de investigar assassinatos até você conseguir seu diploma de direito penal. Eu estava pensando que outubro é um bom mês para um casamento.

— Certo — eu respondo. Daí, eu ergo os olhos da inspeção que estou fazendo na gola da camisa dele. — Espera. *O quê?* — Acho que o meu coração parou de dançar o chá-chá-chá e começou com alguma coisa mais complicada. Tipo alguma coisa que vai precisar de um choque com desfibrilador. — Você disse...

— Fugir para casar, quero dizer. — Cooper se corrige. — Eu detesto cerimônias de casamento. Mas sempre gostei do Cape em outubro. Não tem muitos turistas.

— *Fugir para casar?* — Estou seriamente necessitada de um saquinho de papel. Mal consigo respirar. Acho que estou ficando com falta de ar.

— A menos que você não queira — Cooper se apressa em dizer, depois de notar a minha expressão estupefata, parece. — Quero dizer, nós podemos ir devagar se você quiser. Mas, levando em conta o fator *Tad*, eu achei que era melhor...

— Fugir para casar está ótimo — respondo rapidinho. Não dá para acreditar que eu não escutei mal. Ele realmente está falando sério. Nossa agência conjunta de investigações (aquela a respeito da qual eu sempre fantasiei), a Investigações Wells-Cartwright... isso sem falar nos nossos três filhos (Jack, Emily e a pequena Charlotte!), pode ser que tudo isso venha a existir um dia... e um dia próximo!

Ai, meu Deus, eu realmente *vou* ficar sem ar.

Espera. Não, não vou nada. Não vou, porque isto aqui simplesmente é tão... tão... *perfeito*.

Mal consigo conter um sorriso. E daí percebo que isto não é necessário.

— Fugir para casar é uma ideia *maravilhosa*! — eu me derreto. — Será que a gente pode convidar o meu pai?

— Se você insistir... — responde Cooper, meio de mau humor.

— E Frank e Patty?

Ele revira os olhos.

— Por que não? Quanto mais gente, melhor.

— E Tom e Steve? Eles vão ficar muito magoados se nós não os convidarmos. Sarah também. E Sebastian, se eles ainda estiverem juntos. E Magda. E Pete, também. As filhas dele ficariam lindas de daminhas.

— Heather. Se nós convidarmos tanta gente assim, não vai ser fugir para casar. Vai ser uma cerimônia de casamento. E eu odeio casamentos.

— Vai dar tudo certo — eu digo. — Desde que os seus pais e a minha mãe não estejam lá. De qualquer modo, precisamos de testemunhas.

— Nesse caso — Cooper diz —, está combinado.

— E eu acho que nós devemos ficar com o gato — digo.

— Que gato? — Então Cooper suspira. — Ah, esse gato. Tudo bem. Mas com a condição de que a gente não vai ter que chamá-lo de Garfield.

— Eu sei — eu respondo, sorrindo. — Vamos chamá-lo de Owen.

— Em homenagem ao seu chefe?

— É. Afinal, de certo modo, foi a morte dele que nos uniu finalmente.

— Posso garantir — diz Cooper — que isso é categoricamente uma inverdade.

— Diga o que quiser. Será que nós podemos nos beijar mais um pouco agora?

— Esta foi a melhor ideia que você teve a noite toda — ele diz.

Depois de um tempo, sem parar de nos beijar, passamos para o corredor, onde derrubamos um monte dos porta-retratos que o avô do Cooper deixou quando morreu. De lá, passamos para o hall de entrada, perto da escada que leva para o segundo andar, onde corremos perigo real de sair rolando, principalmente porque estávamos os dois sem camisa e um de nós, sem calça.

— Não — digo, sem elaborar por quê, quando Cooper sugere que fazer amor pela primeira vez em cima do tapete do hall de entrada não seria assim tão mau. — Seria péssimo.

Conseguimos chegar ao andar de cima, ao quarto dele.

Mas é por pouco.

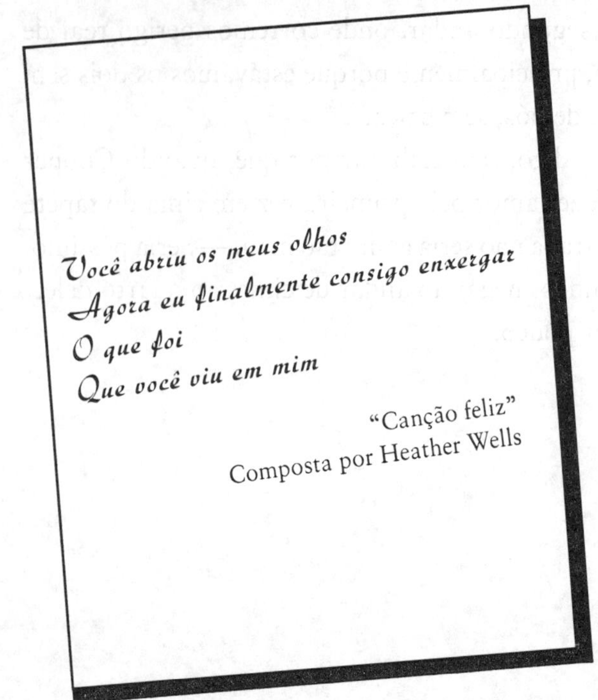

Na manhã seguinte, vou para o trabalho cantarolando.

Não consigo evitar. É uma manhã de primavera linda. O céu lá em cima está azul até não poder mais, os passarinhos cantam, o tempo está quente, as flores estão desabrochando e os traficantes de drogas estão na rua com força total, negociando sua mercadoria com alegria. Vamos encarar, eu tenho muitos motivos para sair por aí cantarolando. Eu estou feliz (de verdade, genuinamente, cem por cento feliz) pela primeira vez em... bem, na minha vida toda.

E também não é porque eu estou satisfeita com um doce de altas calorias do café mais próximo. É porque eu estou cheia de *amor.*

Fui melosa demais? Chegou a dar enjoo? Eu sei que sim. Mas não consigo evitar. *Ele me ama.* Ele *sempre* me amou.

Bem, tudo bem, talvez não *sempre.* Mas ele com toda a certeza começou a gostar de mim quando eu namorava o Jordan. Não foi *totalmente* coincidência Cooper ter aparecido com aquela oferta de trabalho e lugar para ficar exatamente quando eu estava sendo jogada na sarjeta pelo irmão dele.

Ele afirma que fez o convite apenas como um gesto de cavalheirismo em relação a uma mulher que, na opinião dele, estava sendo muito maltratada por um integrante da família dele. Os sentimentos de amizade que ele tinha por mim cresceram com o tempo, no decurso do ano que nós moramos juntos, e se transformaram em amor romântico.

Mas eu sei a verdade: ele não percebeu o quanto era a fim de mim até me ver com outro homem, e percebeu (com muito engano) que estava prestes a me perder. E, desta vez, não seria para algum psicopata assassino, mas para um professor de matemática vegan e míope. E daí, BAM! Era Heather para cá e Heather para lá, o tempo todo.

Por mais bobão que Tad tenha se revelado, eu realmente estou devendo uma a ele (e também não estou falando da nota de aprovação).

Claro que, no fim, que diferença faz há quanto tempo Cooper me ama? Ele me ama agora, e essa é a única coisa que importa. Ele instalou uma portinhola de cachorro só para mim. Ah, e nós vamos nos casar.

E nós temos um gato chamado Owen que ontem à noite subiu para cima da cama com a gente e dormiu do lado do Cooper, enquanto Lucy se enrolou do meu lado. E eles não brigaram. Nem uma vez.

Estou tão feliz cantarolando e cheia de amor que nem reparo na mulher que está correndo do meu lado até ela enfiar a cara bem na minha frente e dizer:

— Ei, você aí, Heather! Esta é só a quarta vez que eu dou um oi para você! Qual é o seu problema, hein?

É só aí que eu reconheço Muffy.

Só que ela parece completamente diferente em relação à última vez que a vi, porque o cabelo dela desinflou. Está amarrado para trás em um rabo de cavalo, e ela está de legging, camiseta regata e tênis de corrida, não de salto alto. Assim ela fica uns 10 centímetros mais baixa.

— Muffy! — Oi! Uau. Desculpe. Você me assustou.

— Acho que sim — diz ela, com uma risada. — Por que você está tão feliz hoje? Você realmente está reluzente.

— Ah — respondo, fazendo o maior esforço para não dar um abração nela e sorrir. — Não é nada. É só que... o dia está lindo.

— E não está? E você ficou sabendo da greve, certo? Não é uma maravilha? — Então Muffy fica mais séria. — Olha, eu soube do que aconteceu com você ontem à noite. Está tudo bem, certo? Não acredito que foi a ex-esposa, e não aquele garoto Blumenthal, desde o início. Mas que vaca!

— É — respondo. — Nem me diga.

— Ela vai ficar bem, ouvi dizer. Como foi que disseram mesmo? O tiro só pegou de raspão. Ela foi levada para uma avaliação psiquiátrica. Parece que foi por isso que o Dr. Broucho se separou dela, para começo de conversa. Porque ela não batia bem. Coitado. Acho que a defesa vai alegar insanidade. Bom, vão ter que fazer isso. Quero dizer, fazer uma coisa dessa por causa de um jogo de louça? *Acorda*! Ah, meu Deus, e você soube da outra coisa? Do reverendo Mark?

Eu ergo as sobrancelhas.

— Não. O quê?

— Ele pediu demissão — diz Muffy. — Assim, do nada. Ninguém sabe por quê. Quer dizer, eu sei que houve algum tipo de desentendimento ontem à noite durante a cerimônia de homenagem com aquele seu amigo fofo. Mas pedir demissão? Você faz ideia de por que ele fez isso?

Não consigo segurar, estou sorrindo de orelha a orelha.

— Não faço ideia. Ele deve ter achado que estava na hora de seguir em frente.

— Deve ter sido — diz Muffy. — Mas que pena! Ele era tão fofo! Graças a Deus que tem aquele seu outro amigo, Tad. Quer dizer, pelo menos sobrou UM cara bonito no campus. Ele é um amorzinho, de verdade. Bem, tirando a coisa de ser vegan. Mas eu vou fazer com que ele se cure disso bem rapidinho. Eu *não* posso namorar um cara que não aprecie a receita de frango frito da minha mamãezinha, sabe como é? Mas, bom, ele quer me encontrar para uma corrida hoje à noite, depois do trabalho, então achei melhor entrar em forma, sabe? Eu me larguei completamente. E, ah, é melhor eu ir andando. Agora que a greve acabou, eu vou trabalhar na iniciativa do reitor de melhorar a imagem da Faculdade de Nova York na mídia. Acho que estamos precisando disso, com tantos assassinatos que acontecem pelo campus todo. Preciso fazer alguma coisa a respeito do fato de chamarem aquele lugar em que você trabalha de Alojamento da Morte. Isso simplesmente é ridículo. Bem, até loguinho.

Muffy sai correndo. Fico olhando para ela, admirando a maneira como não deixa o útero escorregar para fora enquanto corre.

Acho que algumas mulheres têm essa sorte.

Chego ao Conjunto Residencial Fischer e abro a porta. A primeira coisa que vejo é Julio, tirando as marcas de patins do piso de mármore.

— Bem-vindo de volta — digo a ele.

Ele só balança a cabeça, tristonho.

— Olha isso — diz ele, de olho nas marcas. — Chega a dar nojo.

— É — respondo, toda contente. — Não é?

Avanço mais alguns passos e esbarro em Jamie, que se dirige apressada para algum lugar.

— Heather! — diz e se alegra ao me ver. — Você soube da novidade?

— Sobre o reverendo Mark? — assinto. — Claro que soube. Parabéns. Você o espantou daqui.

— Não estou falando disso — diz ela com um aceno de quem despreza alguma coisa. — Mas foi o máximo. Não, estou falando do meu pai. Ele retirou as queixas contra Gavin. Acho que o delegado O'Malley o convenceu de que aquilo não ia levar a lugar algum. Então agora o seu amigo Cooper vai receber de volta todo o dinheiro que pagou pela fiança do Gavin.

Dou um sorriso para ela.

— Ah — digo. — O dinheiro não era do Cooper. Era de uma agência que empresta dinheiro para pagar fiança. Cooper só entrou com dez por cento.

Jamie franze o rosto.

— Não — diz ela. — Foi isso que ele disse para você, mas eu estava lá quando ele pagou. Você estava falando com Gavin, então talvez não tenha notado. Mas ele pagou a quantia toda. Ele perguntou ao delegado O'Malley se podia dar um cheque pessoal, e ele disse que sim, só daquela vez. Então, Cooper pagou tudo.

Fico olhando para ela. Então, dou um sorriso.

E daí, caio na gargalhada.

Jamie olha para mim como se eu fosse completamente louca.

— Hum — diz ela. — Preciso ir andando. Tenho que me encontrar com Gavin para uma filmagem que ele quer fazer lá na zona norte. Vou dizer que você mandou dizer oi e, hum, a gente se vê mais tarde, Heather.

Eu ainda estou dando risada quando me viro e vejo Pete atrás do balcão da recepção. Ele abre um sorrisão para mim.

— O que tem de tão engraçado? — pergunta. Então, olha para o relógio. — Nossa, mas que coisa! É um novo recorde mundial! Bem na hora! E o que é isto? Não traz nas mãos nenhuma bebida com cafeína e coberta de chantili? O que aconteceu?

— Eu simplesmente não estava a fim hoje de manhã. Estou *tão* feliz de ver você de volta ao seu lugar — digo. — Você *nem* faz ideia quanto...

Corro até ele e, por impulso, lanço os braços ao redor do pescoço dele. Sobressaltado, Pete retribui o meu abraço, com tapinhas sem jeito nas minhas costas.

— Uau, faço uma boa ideia, sim — diz. — *Jesus Cristo!* Uma senhora tenta dar um tiro em você e você fica toda emotiva para cima de mim! Qual é o seu problema?

— Nada — eu respondo, afasto-me dele e só fico lá parada, olhando para ele com os olhos marejados. Eu perdi as estribeiras completamente, mas não me importo. Simplesmente estou feliz demais por vê-lo ali, e pelo fato de tudo ter voltado ao normal. E, ainda assim, por não terem voltado ao normal. É um normal novo... o melhor normal novo que poderia existir.

— É — Pete diz, estende o indicador e faz um sinal de aparafusar na têmpora, para indicar para o funcionário estudantil que está no balcão da recepção que ele acha que eu enlouqueci. — Será que a gente pode voltar para a Terra agora? — Ele imediatamente começa a abrir as gavetas da mesa dele. — Certo. Então, quem limpou tudo aqui na minha ausência? O que aconteceu com todas as minhas rosquinhas? Todo mundo disse que foi você...

— Por favor — digo com uma fungada e dou meia-volta para me dirigir ao refeitório. — A Secretaria da Vigilância Sanitária teria mandado fechar a sua mesa se tivesse visto aquilo, estava podre. Eu fiz um favor a você.

— Que belo favor — diz Pete enquanto eu me afasto. — Isso é assédio, sabia? Vou chamar o meu supervisor! Vou denunciar você!

Dando risada, encontro Magda à caixa registradora, passando o cartão de refeição de uma aluna no scanner dela.

— Olhe só para as estrelinhas de cinema lindas que vêm comer aqui — diz ela com voz de bebê. — Nós temos tanta sorte de ter tantas estrelinhas de cinema lindas aqui no Conjunto Residencial Fischer!

— Magda — diz a aluna. — Por favor. Agora, não. Eu só vim aqui pegar um café. Não tenho tempo para a sua puxa-saquice...

Eu reconheceria aquele tom afetado em qualquer lugar.

— Sarah?

A aluna se vira. É Sarah mesmo, com o cabelo mais uma vez de volta a seu estado normal enorme. Ela está usando calça de pijama de flanela, pantufas e um moletom largão. Ela não está mais com lente de contato, e o rosto dela não tem maquiagem. A Cinderela tirou o vestido de festa e voltou a seus andrajos.

Mas não há como confundir a beleza interna dela que brilha quando ela me reconhece. O rosto dela se transforma do mau humor contorcido de quem acabou de acordar para uma espécie de maravilhamento alegre quando ela respira fundo e joga os braços ao meu redor.

— Heather! — ela exclama e aperta o meu pescoço com tanta força que eu mal consigo inspirar. — Ah, Heather! Obrigada! *Obrigada!*

— Hum — engasgo. — De nada?

— Você nem sabe — Sarah respira no meu cabelo. — Você nem pode *imaginar* o que fez pela gente. Mas porque você pegou a verdadeira assassina de Owen, todas as acusações contra o Sebastian foram retiradas. Ele está livre... livre para retornar às aulas... para a posição de professor-assistente..

tudo. Você o salvou, Heather. *Você o salvou.* Você foi a única que acreditou nele. A única! Não sei como é que eu vou poder retribuir algum dia. Ele dormiu comigo ontem à noite... quero dizer, dormiu *de verdade* comigo. E foi o céu. Eu tinha desistido da minha ideia de algum dia encontrar um homem com quem eu pudesse ter um relacionamento verdadeiramente satisfatório, tanto do ponto de vista físico quando do intelectual... mas com Sebastian, eu achei. Nunca me senti tão feliz na vida. E não teria acontecido se a gente não tivesse *aquela* coisa pairando em cima da nossa cabeça, acho. Mas, graças a você... Não sei como eu vou poder agradecer algum dia...

— Bem — digo. — Você pode começar por não me estrangular.

Sarah me larga no mesmo instante.

— Ah — diz ela e se afasta um pouco, encabulada. — Desculpe.

— Tudo bem — digo. — Fico feliz por tudo ter dado certo entre você e Sebastian.

— Ter dado certo — diz Sarah, com uma risada. — *Ter dado certo!* Ah, meu Deus! Tudo deu *muito* mais do que certo. Não dá nem para dizer... parece um sonho. Eu só desci para pegar uns bagels e café. Daí nós vamos continuar fazendo um amor gostosinho o dia inteiro para comemorar a nossa vitória sobre o sistema de direito penal e também sobre o gabinete do reitor.

Magda e eu trocamos olhares. Nenhuma de nós duas está conseguindo muito bem manter a expressão séria.

— Certo — eu digo. — Bem, boa sorte com isso, Sarah. Sexo seguro, certo?

— Claro — ela responde, com uma fungada. Daí, como parece que ela não é capaz de se conter, ela se projeta para a frente e me dá mais um abraço final, antes de se virar e correr para o bufê de bagel. — Ah, Heather — ela diz. — Só espero que um dia você possa encontrar a felicidade romântica que Sebastian e eu temos!

— É — digo e dou tapinhas na cabeça dela. — Eu também.

Daí, para o meu grande alívio, ela se afasta para o bufê de bagel.

— Às vezes ela é meio pegajosa. — Magda observa afofando o cabelo, já enorme.

— Nem me diga — respondo, com um suspiro de alegria.

— Bem — diz Magda. — Você não vai acreditar.

— Não — digo a ela. — *Você* é que não vai acreditar.

— Eu já sei o que aconteceu com *você* — Magda diz, acenando com a mão de unhas feitas com exagero. — Você pegou a verdadeira assassina do Dr. Broucho, e ela tentou atirar em você, e você quase morreu. Então, que outra novidade você tem? Eu tenho uma coisa importante *de verdade* para contar.

Eu coloco a mão no quadril.

— Beleza — digo. — Não era isso que eu ia contar para você. Mas vamos lá. Conte a sua novidade. Tenho certeza de que é muito mais importante do que a minha. Ha, até parece!

A Magda olha para a direita, depois para a esquerda, para se assegurar de que não tem ninguém escutando. Daí ela se debruça por cima da caixa e sussurra:

— A minha novidade é que... você tinha razão!

Eu ergo as sobrancelhas, surpresa. Não é sempre que me dizem que eu tinha razão a respeito de alguma coisa. Então, isso aqui é *mesmo* novidade.

— Tinha? Em relação a quê?

— A Pete! — Magda exclama e se recosta. Ela sorri de orelha a orelha. — Você disse que eu devia falar para ele o que eu sentia. Bem, ontem à noite, depois da pizza, eu finalmente reuni coragem, e... eu falei. E...

Geralmente, eu não sou de soltar gritinhos, mas deixar aquela frase sem terminar desse jeito simplesmente é crueldade, e fico meio histérica.

— E *o quê?* — pergunto, estridente.

— *E ele disse que sente a mesma coisa por mim* — sussurra Magda, toda feliz. — Agora, a gente está namorando.

Fico olhando para ela.

— É mentira.

Ela sorri para mim.

— Não é mentira. Ah, a gente não vai... como foi mesmo que ela disse? Passar o dia inteiro fazendo um amor gostosinho... ainda, como Sarah vai. Nós vamos avançar devagar... sabe como é, por causa das crianças. Mas nós somos com toda a certeza feitos um para o outro. Então, o que você tem a dizer sobre isso, senhorita Heather Wells?

Sorrio.

— Que eu sempre soube que isso ia acontecer — respondo.

Este livro foi composto na tipologia Sabon LT Std, em corpo 11/16, e impresso em papel off-set 56g/m^2 no Sistema Cameron da Divisão Gráfica da Distribuidora Record.